渡辺 恒彦
와타나베 츠네히코
illustration 아야쿠라 쥬

이상적인 기둥서방 생활

4

마르그레테.
카파 왕국에서는 보기 드문
금발이 인상적인 시녀다.

「이번에 저희를 위해 성대한 환영의 자리를 마련해 주셔서 대단히 감사드립니다」

프란체스코 왕잔

목소리가 명랑하고 표정이 풍부한 미남이었다

보나 공주는 언뜻 보면 수수하지만 은가루가 섞인 밤색 머리카락이 반짝반짝 빛나고 있었다

「굉장해…… 이게

용궁기병단이구나……」

주룡에 기승한 채
활시위를 당긴 기병들이
푸죠르 장군의 신호에 맞춰 화살을 쏘았다.
날아간 수십 발의 화살들은
정확하게 군룡들의 몸에 박혔다.

「아우라……?」

얌전하게 젠지로의 품에 안겨 있던
아우라가 순식간에 몸을 뒤집더니
눈 깜빡할 사이에 뒤에서 안는 자세에서
기마자세로 바뀌었다.
배 위에서 웃는 아내를 올려다보는 젠지로는
그저 눈을 껌뻑일 뿐이었다.

이상^{퍼인}
기둥서방생활 ④

이상적인 기둥서방 생활

④

트러블 메이커

드디어 오고 말았다.
그 트러블메이커가.
프란체스코 왕자가 오고 나서 젠지로는 줄곧 휘둘리기만 할 뿐이다.

자그마한 트러블들은 그렇다 치더라도 끝내 카를로스 왕자에게 병마가 덮쳐 왔다.

이 또한 역귀의 저주인 것일까……!?

이윽고 생각지도 못한 곳에서 프란체스코 왕자의 혈통이 밝혀진다.

그리고 젠지로와 아우라는 자신들의 아이가 짊어지고 태어난 숙명을 깨닫게 되는데…….

이상적인 기둥서방 생활
❹

와타나베 츠네히코

길찾기

CONTENTS

일러스트 아야쿠라 쥬 **장정·본문 디자인** 5GAS DESIGN STUDIO
교정 아이카와 카오리(도쿄출판서비스센터) **편집** 다카하라 히데키(주부의 벗)
한국어판 번역 이기진 **로고** 박재성 **교정** 정성학 **마케팅** 정다움 이수빈 **편집** 김일철 **주간** 조성길

[프롤로그] 왕자와 왕녀의 여행길

카파 왕국은 랜드리온 대륙——통칭 남대륙의 서부를 장악한 대국이다.

그 입지 조건 때문에 왕국 서부는 '해로'가, 동부는 '육로'가 유통의 주역을 담당하고 있다.

물론 이것은 대략적인 구분에 불과해서 서부 지방에도 충분할 만큼 도로가 나 있으며 동부 지방에도 하천을 이용한 뱃길이 존재한다.

하지만 전체적인 경향을 비교하면 왕국 동부의 도로가 왕국 서부의 도로에 비해 보다 많은 돈과 노동력이 들어갔다는 건 틀림없는 사실이다.

그런 남대륙의 여러 나라 중에서도 특히 길이 잘 정비되어 있기로 평판이 자자한 곳이 카파 왕국 동부 국경 주변이다. 그곳을 8마리의 용이 이끄는 거대한 용차를 중심으로 한 어마어마한 일행이 천천히 지나고 있었다.

샤로와·지르벨 쌍왕국이 자랑하는 두 명의 젊은 왕족.

프란체스코 왕자와 보나 왕녀를 호위하는 샤로와·지르벨 쌍왕국군 총 삼백 명은 길가 초원에 잠시 발길을 멈추고 있었다.

조금 떨어진 곳에 강이 흐르고 있는 것을 보면 알 수 있듯이 이 주변은 의도적으로 만든 휴식 장소다.

다소 멀리 돌아가는 셈이 되긴 하지만, 이렇게 수원을 확보하면서 이동하지 않으면 여행자나 주룡들의 식수가 부족하게 된다. 그래서 인가에서 떨어진 도로는 조금 구불구불하게 되더라도 일부러 중간중간 물가에 접할 수 있도록 만드는 것이다.

용차를 끌고 있던 주룡들도 지금은 용차에서 풀려나 기사들의 주룡과 머리를 나란히 하고 강가에서 일사불란하게 물을 마시고 있다.

그사이에 기사들은 주위를 경계한다. 강 속에는 담수성 수룡이나 악어, 육식 물고기 등이 숨어 있을 위험이 있고 야생의 육식용이 사냥하러 나와 있을 가능성도 높다.

그러나 이 주변은 눈에 보이는 한 초원이 끝없이 이어져 있어 숨을 만한 곳도 없고 강물도 맑아 물속의 적을 발견하기도 쉽다. 보초를 서던 기사들도 비교적 편안한 자세로 물을 마시는 주룡의 몸이나 목덜미를 쓰다듬으며 여정의 노고를 달래고 있다.

절절한 긴장감을 유지하면서도 편안한 공기가 흐르는 시간.

8마리의 용이 이끄는 거대한 용차의 문이 열리며 한 사람이 모습을 나타난 것은 그런 때였다.

"후우…… 다들 수고가 많네. 완전히 어깨가 굳어 버렸지 뭐야"

용차에서 내린 젊은 남자는 신분에는 다소 걸맞지 않은 가벼운 말투로 그렇게 중얼거리고는 자신의 말이 사실이라는 것을 증명이라도 하듯이 삐걱삐걱 어깨를 돌렸다.

"불편하게 해 드려 송구합니다, 프란체스코 전하. 용들에게 물을 마시게 하기 위해 잠시 동안 이곳에 머물겠사오니 지금 잠시만이라도 바깥에서 몸을 풀어 두십시오."

"그래, 알았어. 이동 스케줄은 자네에게 일임하고 있으니까 알아서 해 주면 돼."

호위부대의 지휘관으로 보이는 중년 기사의 말에 금발 녹안의 젊은 남자——샤로와 왕가 제1왕자의 장남 프란체스코는 상큼한 미소로 그렇게 답했다.

동작도 말도 왕족으로서의 기품을 해치는 것은 아니었지만 어딘가 '가볍다'는 인상을 지울 수는 없었다. 실제로 차기 국왕의 장남이라는, 나라에서 손꼽히는 고위 왕족을 앞에 두고도 주위의 기사들에게 필요 이상의 긴장감이 보이지 않는 건 틀림없이 프란체스코 왕자의 그런 성격 때문일 것이다.

단정하고 갸름한 얼굴에 늘 사람 좋은 미소를 떠올리고 있기 때문에 실제 나이보다 어려 보였다.

그러나 주위를 멀찍이서 호위하고 있는 기사들의 존재를 '당연한 것'으로 받아들이는 부분이야말로 타고난 왕족 기질이라고 해야 할까.

수많은 기사들의 보호를 받으며 프란체스코 왕자는 지극히 편안한 표정으로 가볍게 걸음을 옮기며 긴 시간의 여행으로 굳어진 몸을 풀었다.

"프란체스코 전하."

그렇게 몸을 풀고 있는 왕자의 등 뒤에서 갑자기 젊은 여자의 목소리가 들렸다.

뒤를 돌아본 프란체스코 왕자는 익히 알고 있는 소녀의 모습을 발견하고 미소에 깊이를 더하며 대답했다.

"여어, 보나. 너도 용차에서 내렸구나. 응, 그러는 편이 좋아. 대륙 서부는 중앙부에 비해 습도가 높은 만큼 푹푹 찌지만 물가 주변은 역시 시원하니까. 봐, 기분 좋은 바람이 불고 있어."

"아, 네. 마음 써 주셔서 감사합니다, 전하."

프란체스코 왕자의 말에 젊은 여자──보나 왕녀는 조금 허를 찔린 것처럼 꾸벅 고개를 숙였다.

보나 왕녀. 그녀도 프란체스코 왕자와 같은 샤로와 왕가의 일원이다.

그러나 현 국왕의 적손인 프란체스코 왕자와 격세 유전으로 '부여마법'을 물려받은 덕에 왕족으로 편입됐을 뿐인 하급 귀족 출신의 보나 왕녀를 같은 '왕족'으로 묶는 건 다소 무리가 있다.

실제로 프란체스코 왕자에 대한 보나 왕녀의 언동은 왕족끼리라기보다 귀족이 왕족을 알현할 때의 그것에 가까웠다.

그 권위의 차이는 모든 면에서 나타나고 있어서 프란체스코 왕자는 8마리의 용이 끄는 거대한 용차를 타는 데 비해 보나 왕녀의 용차는 한 단계 작은 육두용차였다.

그러나 명확한 차이가 있다고는 해도 보나 왕녀가 왕족이라는 것에는 틀림이 없다. 호위 기사들과는 분명히 격이 다르고, 프란체스코 왕자에 훨씬 가까운 신분인 것이다.

그러므로 이런 경우 '그것'을 지적하는 역할은 다른 누구도 아닌 보나 왕녀가 맡아야 했다.

"프란체스코 전하. 실례입니다만 그 의복은 직접 입으신 건가요?"

무슨 의미로 하는 말인지 쉽게 알 수 있는 보나 왕녀의 질문에 프란체스코 왕자는 전혀 눈치챈 기미도 없이 명랑하게 대답했다.

"응. 용케 알았네. 여긴 왕궁이랑 달라서 시녀들도 별로 없으니까. 시녀들에게 과한 부담을 주지 않으려고 할 수 있는 건 직접 하려고 애쓰고 있어."

'나 정말 착하지? 자, 마음껏 칭찬해줘도 돼.'라는 말이 들려오는 것 같은 착각이 들 정도로 왕자는 가슴을 한껏 내밀며 그렇게 말했다.

그 표정을 보고 있노라니 보나 왕녀는 왠지 굉장한 죄책감이 느껴졌다. 그러나 말하지 않으면 안 된다. 이 자리에 있는 사람 중에 프란체스코 왕자에게 직언을 해도 문제가 없는 입장에 있는 사람은 자신밖에 없는 것이다.

마음을 굳게 다잡은 왕녀는 콜록, 하고 일부러 한 번 기침을 하고는,

"전하, 양말이 짝이 맞지 않습니다."

라고, 가능한 한 단적으로 사실을 고했다.

"응? 아, 정말이네."

놀란 프란체스코 왕자가 자신의 발끝을 보자 확실히 보나 왕녀의 지적대로였다. 오른발에는 빨간 양말, 왼발에는 파란 양말로 서로 짝이 맞지 않는 것을 신고 있는 게 아닌가.

"아하하. 이거야, 원. 가르쳐 줘서 고마워, 보나. 덕분에 창피를 당하지 않을 수 있게 됐어."

프란체스코 왕자는 잘못을 지적해 준 젊은 왕녀에게 웃는 얼굴로 감사를 표했다.

"송구합니다. 주제넘은 말씀인 줄 압니다만 용차로 돌아가셔서 양말을 갈아 신고 오시는 편이 좋지 않을까 합니다."

그렇게 대답하면서 보나 왕녀는 내심 안도했다.

(응, 역시 이분은 다른 사람이 하는 말을 '귀담아듣'고 계셔.)

비록 남이 본인을 위해서 해 준 올바른 지적일지라도 '창피를 당했다'고 받아들이고 심기 불편하게 여기는 사람도 있다. 프란체스코 왕자가 그런 속 좁은 부류가 아니라는 것은 주변 사람들에게 다행스러운 일이었다. 그러나 프란체스코 왕자의 문제점은 좀 더 다른 곳에 있다.

"응? 하지만 내가 지금 빨간 양말과 파란 양말을 한 쪽씩 신고 있다는 건, 용차에도 똑같은 게 한 쪽씩 있다는 거잖아? 돌아가서 갈아 신으면 이번엔 오른발이 파란 양말, 왼발이 빨간 양말이 돼 버리는 거 아니야?"

(문제는…… 상대방이 하는 말을 '이해하는 머리'가 조금 떨어진다는 건가.)

보나 왕녀는 8살 정도 연상인 왕자님의 발언에 관자놀이 부근에서 묵직한 두통을 느끼지 않을 수 없었다.

보나 왕녀는 왕궁에서 프란체스코 왕자의 아버지인 현 제1왕자와 조부에 해당하는 왕에게 들은 말을 떠올렸다.

"그 아이를 부탁한다."라고 했던 게 말 그대로 '애 보기'를 의미할 줄은 생각지도 못했다.

이것은 샤로와 왕가가 백여 년 만에 실행하는 국외 방문이다. 심지어 방문하는 곳은 제아무리 샤로와·지르벨 쌍왕국이라 할지라도 정면 대결은 피하고 싶은 서쪽의 웅자, 카파 왕국이다.

그 중대한 역할의 사신으로 왕족으로서는 말단 중의 말단인 자신과 이 두개골 안쪽이 자유롭지 않은 왕자님을 지명하다니 샤로와 왕가는 무슨 생각을 하고 있는 것일까?

(폐하도 제1왕자 전하도 총명한 분이셔. 프란체스코 전하가 아니면 안 되는 무언가 절대적인 이유가 있는 게 틀림없겠지만……)

가능하면 이유 정도는 가르쳐 주면 좋았을 텐데, 라고 생각하는 건 말단 왕족 따위에게는 지나친 욕심일까.

이렇게 될 줄 알았더라면 이번 파견에 입후보하지 않았을…….

(…… 아냐, 망설이고 망설인 끝에 결국엔 입후보했겠지.)

자신을 속일 수 없는 보나 왕녀는 그렇게 결론지었다.

지르벨 법왕가의 이자벨라 왕녀가 가지고 돌아온 금강석 반지.

그걸 봤을 때부터 보나 왕녀의 운명은 정해진 것인지도 모른다.

커다랗고 완벽한 형태를 갖춘 3열의 금강석과 눈이 멀 정도로 섬세하고 정밀한 선이 조각된 받침대.

그건 앞으로 보석 장인으로 일생을 살아가고자 하는 사람을 매료시키기에 충분한 것이었다.

원래 왕위 계승권이 낮은 샤로와 왕가 사람은 마법도구 제작자로서 자립하기 위해 보석이나 무구 제작에 뛰어드는 경우가 많다. 보나 왕녀도 예외가 아니어서 젊은 나이에 이미 한 사람 몫으로 인정받는 어엿한 보석 장인이었다.

(결국 나는 그 반지를 마법도구로 만드는 일에 참여할 수 없었어. 하지만 카파 왕국에 가서 아우라 폐하와 그 부군 되신 분과 가까워질 수 있다면……)

보나 왕녀는 야심이라고 하기에는 귀엽기 그지없는 그런 흑심을 품고 이번 파견에 입후보한 것이다.

어찌 되었든 현 국왕과 차기 국왕이 입을 모아 "모쪼록 부탁한다."고 말해 온 이상 말단 왕족인 보나 왕녀에게는 뜻을 받들어 전력을 다하는 것 외에 선택지가 없었다.

"전하. 양쪽을 모두 갈아 신을 필요는 없습니다. 어느 쪽이든 한쪽만 갈아 신으면 양쪽의 색이 같아집니다."

"아아, 과연! 발상의 전환이란 것이군. 굉장하구나, 보나. 머리가 잘 돌아가네."

"……황송합니다."

젊은 왕녀는 머리를 덮치는 둔탁한 통증과 싸우면서 이미 자신의 선택을 후회하기 시작하고 있었다.

———◆———

며칠 뒤.

왕궁 집무실에서 잡다한 서류를 보고 있던 아우라에게 동쪽 국경 요새에서 보내는 소비룡 우편이 도착한 건 날이 살짝 저물기 시작할 즈음이었다.
"……그렇군. 드디어 도착한 건가."

[샤로와·지르벨 쌍왕국 사절단, 동쪽 국경 요새에 도착. 사절단 대표는 프란체스코 왕자와 보나 왕녀.
요새에서 며칠 휴양을 취한 후 출발 예정. 그때 호위를 위해 요새에서 기병 천 기가 동행할 예정임.]

간결하게 적힌 내용을 읽은 아우라는 한 번 한숨을 내쉬었다.
꽤 오래전부터 알고 있던 일이고 반드시 손해만 보는 일은 아니라는 것도 이해하고 있다. 그러나 상황의 중대함과 그에 따른 온갖 귀찮은 일들을 예상할 수 있는 아우라는 한숨 한 번쯤은 짓고 싶었다.

그래도 한숨만 쉬고 있을 수만은 없는 것이 한 나라의 지도자라는 입장이다.

"파비오. 영접 준비는?"

의자에 앉아 시선은 책상 위의 서류에 둔 채 아우라는 자신의 대각선 뒤에서 대기하고 있는 비서관에게 말을 걸었다.

"예, 이미 빈틈없이 마쳤습니다. 왕궁 남쪽 건물 세 동을 비우고 인원도 지시하신 대로 갖추어 놓았습니다."

갸름한 얼굴의 중년 사내——파비오 비서관은 변함없이 평온한 목소리로 그렇게 대답했다.

"세 동? 그걸로 충분한가? 대국의 왕족이 둘이나 되는데?"

움찔하며 한쪽 눈썹을 올리고 얼굴만 대각선 뒤로 향하는 아우라에게 파비오 비서관은 담담하게 대답했다.

"예. 당초 예상했던 것보다 저쪽의 수행 인원이 적은 듯하니 그 걸로 충분하지 않을까 합니다. 첫째 건물과 두 번째 건물은 세 번째 건물을 경유하지 않으면 출입할 수 없는 구조라 첫째 건물은 프란체스코 왕자, 두 번째 건물은 보나 왕녀, 세 번째 건물은 호위 기사들이 머물도록 하면 그쪽 편에서 큰 불만이 나오지는 않을 것입니다."

"흐음……."

조금 세부적인 것까지 확인해 둘 필요성을 느낀 아우라는 손짓으로 자신의 옆으로 오게끔 비서관에게 지시하고 질문을 던졌다.

"무장은 어떻게 할 텐가? 쌍왕국, 그것도 샤로와 왕가 직속 기사쯤 되면 전원이 전투용 '마법도구'를 지니고 있을 가능성이 있는데."

"아마 틀림없이 그렇겠지요. 그래도 왕궁 안에서 전투용 마법도구를 무제한으로 소지하는 건 인정할 수 없습니다. 그러나 그들은 적은 인원으로 두 명의 왕족을 호위하지 않으면 안 되니까요. 마법도구를 내놓으라고 해도 납득하지 않을 겁니다."

"쌍왕국 사절단에게 대여하는 남쪽 세 건물은 '치외 법권'으로서 모든 무장을 허용한다. 거기서 밖으로 나올 때 소지해도 좋은 것은 이쪽이 성능을 확인하고 허가를 내린 방어용 마법도구에 한한다, 라는 것으로 해 둘까."

아우라의 제안에 비서관은 확인하듯이 되물었다.

"마법도구가 아닌 일반 무구는 왕궁 안에서도 제한을 두지 않는다는 말씀이십니까?"

"완전히 무제한은 아니지만 어느 정도의 무장은 인정할 수밖에 없겠지."

"국내의 귀족들이 반발할 것으로 예상됩니다만."

"어쩔 수 없어. 직계 왕족을 맨몸으로 호위하라고는 못하니까."

대답한 아우라는 다시 한 번 깊이 한숨을 지었다.

무장한 다른 나라 사람을 한정적이라고는 해도 왕궁 안에 불러들인다. 결코 환영할 수 없는 사태이긴 하지만 장래의 일을 생각하면 거절하기도 어렵다.

가까운 미래에 젠지로는 '순간 이동' 마법을 익혀 쌍왕국 왕궁에 가고 싶다고 말하고 있는 것이다. 여기서 프란체스코 왕자와 보나 왕녀의 호위에게 비무장을 강요한다면 젠지로가 저쪽에 갔을 때도 똑같은 요구를 당할 위험이 발생한다.

하지만 사정이 있어 찾아오는 '불청객'에게 하나부터 열까지 이쪽이 양보하는 것도 체면이 서지 않는 일이다.

슬릿이 들어간 빨간 롱 드레스 아래에서 다리를 포개며 생각에 빠진 아우라의 표정을 읽었는지 곁에서 오랜 시간 함께해 온 비서관이,

"그렇다면 무기와 마법도구를 소지하는 것에 대해 어느 정도 요금이라도 청구할까요? 금전으로 해결할 수 있는 것이라면 상대 쪽도 싫다고는 안 할 테지요."

라고 제안했다.

하지만 여왕은 비서관의 제안에 미간의 주름을 깊게 잡으며 고개를 저어 보였다.

"솔직히 조금 끌리긴 하지만 안 돼. 왕궁에 무기를 소지하고 출입하는 것을 금전으로 해결한다는 전례를 만들 수는 없어."

"그러하시다면 역시 뭔가 '마법도구'를 만들어 내놓으라고 하는 게 어떻습니까. 그거라면 쌍왕국 왕족이 아니면 지불할 수 없는 대가이니 나쁜 '전례'가 되지는 않을 겁니다."

"……역시 그 정도 선이겠지. 그러면 어떤 마법도구를 제작해 달라고 요구할까 고민해 봐야겠군."

"알고 계시겠지만 시공마법의 마법도구는 유익한 만큼 위험성도

큽니다."

본래 카파 왕가 사람만이 쓸 수 있는 '시공마법'을 마법도구로 만든다는 것은 그 마법을 카파 왕가 사람 외에도 재현할 수 있다는 얘기가 된다. 현재 시공마법을 구사할 수 있는 자가 왕인 아우라 본인밖에 존재하지 않는 카파 왕국에 있어서 시공마법의 마법도구는 커다란 힘이 되겠지만, 마법도구라는 형태를 갖추면 장래에 그것이 타국의 손에 넘어갈 가능성이 있다는 의미도 된다.

"'순간 이동'은 논외로 하고 그 외의 시공마법도 마법도구로 만든다면 '일회용'으로 하는 편이 무난하겠지만……."

어느새 생각이 알 까기 전에 병아리부터 세고 있는 격이 된 것을 깨달은 아우라는 흠흠, 하고 헛기침을 하고는 본론으로 돌아갔다.

"뭐, 어쨌거나 세세한 부분은 그쪽이 여기 도착하고 나서의 얘기다. 그러면 주거와 무장에 대해서는 그걸로 되었다 치고, 인원은 부족하지 않은가?"

아우라의 화제 전환은 상당히 급격한 것이었지만, 그런 데 익숙해 있는 비서관은 전혀 주저하지 않고 말을 받았다.

"예. 폐하가 지시하신 대로 하급 귀족이나 부유층 평민 출신의 시녀들을 중심으로 타국 왕족 앞에 세워도 부끄럽지 않을 만큼의 능력과 미모를 지닌 자들을 선별했습니다."

일부러 신분이 낮은 시녀를 모은 것은 쌍왕국에 대한 배려이다. 프란체스코 왕자도 보나 왕녀도 틀림없이 쌍왕국에서 최소한의 인원을 데려올 것이다.

카파 왕국에서 제공하는 인원은 그들의 보조 역할에 지나지 않는다. 그런데도 보조 역할이 쌍왕국에서 데려온 시녀들보다 신분이 높거나 나이가 굉장히 많거나 하면 명령하여 부리기 껄끄러울 것이다.

"좋아. 시녀들이 차출돼서 업무에 지장이 있는 부서는 없겠지?"

"괜찮습니다. 기본적으로 왕궁의 인원은 어느 정도 여유 있게 돌리고 있으니까요. 만에 하나를 위해 은퇴한 시녀들에게도 '일시 복귀'를 타진하는 중입니다."

"그렇다면 됐어."

일단 듣고 싶은 것을 다 들었는지 아우라는 작게 고개를 끄덕였다.

사전 준비에 큰 문제는 없는 것 같다. 막상 일이 시작되면 여기저기에서 예상 밖의 문제들이 터질지도 모르지만 이보다 사사로운 부분을 처리하는 건 현장에서 할 일이지 왕이 직접 지시할 만한 스케일이 아니다.

비서관의 대답에 만족한 여왕에게 이번에는 비서관이 질문을 던졌다.

"그런데 후궁의 젠지로 님은 어떻게 하고 계십니까? 적어도 환영식에는 젠지로 님도 출석을 하셔야 합니다만."

요즘 젠지로는 후궁에서 예법 공부에 한창이다.

지난 1년 동안 젠지로는 국내 귀족을 대하는 법은 어느 정도 익혔지만, 자신과 거의 동격인 타국 왕족을 상대하는 예법에 대해서는 뒤로 미뤘었다. 물론 쌍왕국 외교관으로부터 샤로와 왕가의 왕족이 내방할 것이라는 비공식 정보를 전해 들었을 때부터 왕족용 예법을 배우기 시작했지만, 아직 완전히 습득했다고 하기는 어려운 상황이다.

이번에도 또 서방님에게 벼락치기로 공부를 시키고 본무대에 올려 보내야만 하게 된 아우라는 가슴속을 따끔하게 찌르는 죄책감을 억누르며 어울리지 않는 평온한 목소리로 대답했다.

"옥타비아 부인이 말하길 '불의의 사태'가 일어나지 않는 한 무난하게 헤쳐 나갈 수 있을 만큼은 익혔다는군."

어딘가 시원스럽지 않은 아우라의 답변에 중년의 비서관은 아니나 다를까 입가를 살짝 비틀었다.

"허어, 과연. '불의의 사태'가 일어나지 않는 한은 문제없다, 는 겁니까."

"……관둬라, 파비오."

아우라는 나무랐지만 그 말에도 역시 박력이 없었다. 당연하다면 당연한 일이다.

백여 년의 침묵을 깨고 타국을 방문하는 샤로와 왕가의 왕족.

그들이 노리는 바는 젠지로의 소지품인 구슬인가, 아니면 젠지로의 혈통 그 자체인가.

또한 방문해 오는 왕족은 현 왕국의 적손이라는 최고의 혈통을 지녔으면서도 20세가 넘을 때까지 여태 왕위 계승권을 부여받지 못하고 있다는, 명백히 무언가 문제를 안고 있는 왕자와 마침 결혼 적령기인 젊은 왕녀.

　이만큼의 조건이 갖춰진 상황에서 '불의의 사태'가 하나도 일어나지 않으리라고는 아우라 스스로도 전혀 생각하지 않았다.

[제1장] 여왕과 국서와 왕자와 왕녀

그날 늦은 오후.

카파 왕국 왕궁의 중심부라고 불리는 '알현의 방'은 심상찮은 분위기에 휩싸여 있었다.

여왕 아우라가 진좌해 있는 옥좌 아래에 늘어선 카파 왕국 문무백관의 얼굴에는 긴장과 호기심이 복잡하게 섞인 표정이 떠올라 있다.

이것은 무척이나 드문 일이라고 할 수 있었다. 이 자리에 있는 귀족들은 모두 일정 이상의 지위를 가진, 이 나라를 지탱하고 있는 인재들이라 해도 무방하다.

그런 산전수전 다 겪은 귀족들이 '긴장'을 드러내는 것도 드문 일이거니와 '호기심'을 감추지 못하고 있다는 것도 좀처럼 드문 일이다.

그러나 그런 그들의 모습을 '칠칠치 못하다'고 단정해 버리는 건 좀 가혹한 처사일 터이다. 왜냐하면 지금 그들은 '긴장'할 수밖에 없고 '호기심'을 자극받는 사태에 직면해 있기 때문이다.

샤로와·지르벨 쌍왕국 왕자와 왕녀의 내방.

그 사실은 대국 카파 왕국의 귀족들에게서 평정심을 앗아 갈 정도로 중대했다.

카파 왕국이 남대륙 서부의 웅자라고 한다면 샤로와·지르벨 쌍왕국은 남대륙 중앙부의 패자다.

게다가 프란체스코 왕자와 보나 왕녀는 '샤로와 왕가' 사람이다. '치유마법'의 힘을 원하는 곳을 빈번하게 방문하는 지르벨 법왕가 사람들과는 달리 '부여마법'을 구사하는 샤로와 왕가 사람들은 기본적으로 나라 밖으로 나가는 일이 없다.

적어도 백여 년 동안은 공식적인 방문이 없었을 터이다. 그런 신비한 베일에 감싸인 왕족의 긴급한 내방 소식에 말과 표정을 수습하느라 힘겨운 귀족들이 호기심을 감추지 못하는 것도 무리는 아니다.

옥좌 아래에 늘어선 귀족들은 억지로 점잖은 표정을 꾸미면서도 그 눈에 억누를 길 없는 호기심의 빛을 띤 채 아직 열리지 않은 양문형 출입구로 시선을 향하고 있었다.

(소문으로는 들었습니다만 설마 정말로 오실 줄이야……)

(놀라운 일입니다그려. 대체 무슨 의도인 것일까요?)

(글쎄요, 공식적으로는 '우호 사절'로서의 방문이라고 합디다만.)

(그거야 그저 명목상의 이유겠지요. 아마도……)

(그럼요. 당분간은 꽤나 소란스러울 것 같구려.)

직립 부동으로 얌전히 고개를 숙인 채 작은 목소리로 나누는 그들의 대화가 아우라의 귀에 들렸다면 아마도 안도의 한숨을 내쉬었을 것이다.

사실은 젠지로가 샤로와 왕가의 피를 잇고 있다거나 젠지로가 가져온 구슬이 '부여마법'에 최고로 적합한 매개체일 가능성이 높다거나 하는, 프란체스코 왕자와 보나 왕녀가 내방하는 진짜 목적일 법한 정보들은 귀족들의 대화 속에 섞여 있지 않았다.

지금 시점에서는 정보 통제가 기대만큼의 효과를 발휘하고 있는 것 같다.

잠시 뒤 양문형 출입구가 무거운 소리와 함께 활짝 열리고 알현의 방에 한 쌍의 남녀가 그 모습을 드러냈다.

(호오, 저 사람들이······.)

(프란체스코 왕자와 보나 왕녀······.)

좌우로 늘어선 카파 왕국 귀족들의 주목을 한 몸에 받으며 자색 정장으로 몸을 감싼 샤로와 왕가의 젊은 왕자와 왕녀는 조용히 빨간 양탄자 위를 걸어 들어왔다.

그리고 그들 뒤로 이어진 행렬은 가죽 갑옷으로 몸을 감싸고 허리에 장검을 찬 여러 명의 기사들.

전투용 마법도구는 물론 활이나 창과 같은 주 무기도 이 자리에 갖고 들어오는 것은 허용되지 않았지만 그들의 자연스러우면서도 빈틈없는 걸음걸이를 보아 만일의 경우에는 검 한 자루로도 일기당천의 전투력을 발휘할 것을 대번에 알 수 있었다.

역시 남대륙 중앙부의 패자, 샤로와·지르벨 쌍왕국의 근위병이다. 무관들로부터 그런 감탄과 경계의 시선을 받으며 쌍왕국 사절단 일행은 옥좌 앞까지 와서 걸음을 멈췄다.

"…………."

옥좌에 앉은 아우라는 말없이 아래쪽에 선 이국의 왕자와 왕녀를 응시했다.

(이것이 쌍왕국의 왕자와 왕녀인가. 과연, 이 마력량은 왕족의 것이군.)

아우라는 프란체스코 왕자와 보나 왕녀의 몸에서 뿜어 나오는 마력을 보고 속으로 그렇게 중얼거렸다.

보나 왕녀의 마력은 대략 옆에 앉아 있는 남편——젠지로에 약간 미치지 못하는 정도였지만, 프란체스코 왕자는 젠지로의 두 배 가까이 되었다.

이것은 대국의 왕족으로서도 파격적인 마력량이다. 왕족 중에서도 꽤 높은 마력량을 자부하는 아우라보다도 훨씬 많다.

(흐음. 프란체스코 왕자가 현왕의 적손이고 보나 왕녀가 격세 유전인 1대 왕족이라는 말은 사실인 것 같군. 하지만 이걸 보니 더 알 수 없는걸. 이 정도의 마력을 가진 직계 왕족이 어째서 왕위 계승권을 못 가진 것인지……)

이미 성인이 되었고 보기에 건강상 문제도 없으며 왕족 중에서도 파격적인 마력을 지닌 제1왕자의 장남.

이런 조건이면서 왕위 계승권을 부여받지 못했다는 것은 지극히 부자연스러운 이야기다.

(역시 인격에 무언가 문제가 있는 건가?)

새삼스레 경계심을 바짝 세운 아우라는 그런 속마음은 눈곱만큼도 비치지 않고 옥좌 위에서 낭랑한 목소리로 말을 건넸다.

"카파 왕국 국왕 아우라다. 먼 곳에서 잘 와 주었다. 그대들의 내방을 환영한다. 느긋하게 즐기시라."

이런 유의 공식 행사에서는 오고 가는 말도 취해야 할 동작도 대체로 정해져 있다. 그러나 프란체스코 왕자가 취한 행동은 아우라의 예상을 다소 뒤엎는 것이었다.

"예, 샤로와 왕가 제1왕자 주세페의 장남 프란체스코입니다. 입국과 체류를 허가해 주셔서 황공무지로소이다."

그렇게 매끄러운 말투로 틀에 박힌 말을 자아낸 프란체스코 왕자는 망설임 한 점 없는 동작으로 깊숙이 '고개를 숙인' 것이다.

통상 일반 왕족이라면 몰라도 차기 왕위를 물려받기로 되어 있는 왕태자나 그의 장남은 '장래의 왕'이라는 입장 때문에 타국의 왕 앞에서도 머리를 숙이거나 하지 않는다.

물론 말 씀씀이 등에서 다소 겸양의 태도를 취하는 건 현역 왕과 왕자라는 지위의 차이가 있기에 당연하지만, '머리를 숙인다'는 건 있을 수 없는 일이다.

그 자리를 가득 메운 귀족들도 웅성거리며 놀라움을 드러냈다.

한편 프란체스코 왕자의 뒤편에 서 있는 쌍왕국의 기사들 중에는 별다른 반응을 보이는 자가 없었다.

(과연. 쌍왕국 사람에게는 특별한 일이 아니라는 건가. 그렇다면 일단 프란체스코 왕자의 독단적인 행동은 아니라는 얘기로군.)

그건 그렇다 치더라도, 샤로와·지르벨 쌍왕국에서는 '프란체스코 왕자가 향후 왕위를 계승할 일은 없다'는 것을 누구나가 인식하고 있음을 의미한다.

"같은 샤로와 왕가의 보나라고 합니다. 황송하게도 아우라 폐하의 용안을 알현할 기회를……."

이어서 옆에 있던 보나 왕녀가 프란체스코 왕자 이상으로 정중하게 머리를 숙이며 긴장이 역력한 말투로 예법에 따라 인사를 올렸지만 아우라는 그걸 흘려들으며 프란체스코 왕자에 대해 생각했다.

(대체 이 남자의 무엇이 문제길래 왕위 계승권을 갖지 못한 것일까? 역시 인격인가? 하지만 적어도 이렇게 의례적인 자리를 무난히 소화할 정도의 상식은 있는 것 같은데……)

표면상으로는 눈썹 한 올 움직이지 않은 채 아우라는 머릿속을 분주하게 굴리며 앞으로 일어날 법한 일들에 대해 생각을 뻗어 나갔다.

◆

일반적으로 왕궁에서 열리는 야간 파티에는 신분이 높은 사람일수록 나중에 입장한다는 불문율이 존재한다.

야간 파티의 '주최자'라면 조금쯤 늑장을 피우며 참가자의 애를 태우는 것도 허용되어 있는데, 그 주최자가 왕족인 경우에는 더욱 그래서 가장 마지막이라는 게 분명해지기 전까지는 파티장에 얼굴을 내미는 것이 허용되지 않을 정도다.

물론 명문화된 법적 행위는 아니기에 왕족이 벌에 처해지는 일은 없지만, 결과적으로 왕족보다 늦게 입장하고 만 귀족들의 원성을 사게 되기 때문에 웬만한 일이 없는 한 피해야 하는 것이다.

그리고 오늘 밤 왕궁에서 열리는 '프란체스코 왕자와 보나 왕녀 환영 파티'는 카파 왕가 주최.

필연적으로 주최자이자 왕족인 여왕 아우라와 그 반려 젠지로는 마지막에 입장하지 않으면 안 된다.

그러나 이쪽 세계에는 현대 지구에 있는 것 같은 '정확한 기계식 시계'가 존재하지 않는다. 해시계에 의존할 수 있는 낮이라면 몰라도 밤의 시간은 각자의 감각에 의존할 수밖에 없다.

그 결과 젠지로와 아우라는 파티장 옆의 대기실에서 오늘 밤의 출석 예정자 전원의 입장이 확인될 때까지 기다리며 무료한 시간을 보내야만 했다.

"후우……. 심심해."

어두침침한 대기실 안, 푹신한 쿠션이 있는 소파에 앉은 젠지로의 입에서 무심코 그런 본심이 튀어나왔다.

대기실에 들어온 시점에서는 샤로와·지르벨 쌍왕국의 왕자, 왕녀와 대화를 나누지 않으면 안 된다는 사실에 초긴장 상태였지만 그런 긴장감도 1시간 이상 지속되지는 않았다.

"크으…… 웃. 아, 위험해. 옷이 구겨질 뻔했네."

긴장이 풀려 저도 모르게 소파 위에 칠칠치 못하게 몸을 늘어뜨릴 뻔한 젠지로는 자신의 복장을 떠올리고 고쳐 앉았다.

오늘 밤의 젠지로는 붉은색을 기조로 한 카파 왕국의 민족의상을 어마어마하게 차려입었다. 며칠 전에 열린 '환영 식전'에서 입었던 제1정장에 비교하면 귀여운 편이었지만, 그래도 지금 입고 있는 제3정장도 결코 착용감이 좋은 옷은 아니다.

"젠지로, 힘들면 잠깐 풀어 놓는 게 어때? 우리가 나갈 차례가 되려면 아직 한참 더 있어야 할 것 같은데."

마주 보는 소파에 앉은 아우라가 그렇게 말해 주었다. 하지만 젠지로는 그 말에 편승하기에는 다분히 고지식한 성격이다.

현재 젠지로가 몸에 걸치고 있는 제3정장이란 물건은 기모노처럼 앞을 여미는 타입의 옷을 허리띠로 고정한 뒤 그 위에 조끼 같은 옷을 겹쳐 입는 것이다.

한심한 얘기지만 지금 여기서 옷매무새를 흐트러뜨리면 스스로 모양을 고쳐 입을 자신이 전혀 없다. 이런 중요한 상황에서 안 그래도 바쁜 시녀들의 손을 번잡스럽게 하는 건 내키지 않았다.

"아니, 관두겠어. 슬슬 부르러 올 때도 됐고."

그래서 젠지로는 그렇게 말하며 고개를 가로저었다.

잠자코 기다리고 있는 건 확실히 무료하지만, 쓸데없이 해프닝을 만들고 싶지는 않았다. 원래 애드리브에 약하다는 자각을 갖고 있는 젠지로로서는 가능한 한 계산 밖의 사태를 피하고 싶었다.

"그건 그렇다 치고, 어둡네……"

이제 와서 그렇게 웅얼거리며 젠지로는 바른 자세로 소파에 앉은 채 테이블 옆에 서 있는 키 높은 등잔불을 노려보았다.

야간의 파티장은 번쩍거리는 샹들리에 위에 초를 잔뜩 켜서 어느 정도의 밝기를 유지하고 있었지만, 이 대기실의 상황은 그렇지 못했다.

마주 보는 두 개의 소파를 둘러싸듯이 서 있는 네 개의 등잔불의 빛은 빈말로라도 밝다고는 할 수 없었다. 맞은편 소파에 앉은 애처의 모습도 실루엣을 겨우 알아볼 수 있는 정도일 뿐 얼굴의 이목구비는 전혀 알 수 없었다.

그때 문득 아우라의 얼굴 아래가 반짝하고 밝아졌다.

소파에 앉은 아우라가 무릎 위에서 오른손 안의 무언가를 딸깍딸깍 조작하고 있다는 걸 깨달은 젠지로는 그것이 무엇인지 금세 감이 왔다.

"어라? 아우라, 여기까지 가져온 거야? 그거."

아우라가 오른손으로 쥐고 손가락을 움직여 익숙하게 조작하고 있던 그것은 '휴대용 음악 플레이어'였다. 원래는 젠지로가 통근 전철 안에서 기분을 달래기 위해 사용하곤 했던 것이다.

요즘은 '전화 기능만 없는 스마트폰'이라고 불릴 정도로 기능이 많은 플레이어도 있지만 젠지로의 것은 그렇게까지 고성능은 아니다. 좀 더 소형에 기능이 단순한 물건이다. 작으나마 디스플레이가 있어서 동영상 감상도 불가능하지는 않지만, 실질적으로는 음악 재생 전용 기기에 가깝다.

"응. 무료함을 달래는 데는 이것만 한 것이 없으니까. 당신도 듣겠어?"

지난 1년 동안 기계에 완전히 익숙해진 아우라는 스스럼없는 동작으로 음악 플레이어를 조작하고는 한쪽 귀의 이어폰을 빼더니 자기가 앉아 있는 소파의 옆자리를 손으로 톡톡 두드렸다.

"응. 가끔은 괜찮지."

심심해서 죽을 지경이었던 젠지로에게 그 제안을 거절할 이유는 없었으므로 순순히 아내의 오른편 자리에 앉아 한쪽 이어폰을 왼쪽 귀에 꽂았다.

그 휴대용 음악 플레이어는 외부 스피커도 있어서 이어폰을 뽑으면 이렇게 하지 않아도 음악을 들을 수 있지만, 기본적으로 두 사람은 젠지로가 가져온 도구를 후궁 밖에서는 대놓고 사용하지 않기로 했다.

게다가 이렇게 어깨와 어깨를 나란히 붙이고 하나의 이어폰으로 같은 음악을 즐기는 것도 나쁘지 않다.

이어폰을 꽂은 젠지로의 왼쪽 귀에 밝은 피아노 선율이 흘렀다.

"어라, 클래식 피아노야?"

젠지로는 조금 실망한 것처럼 불만을 내뱉었다.

아우라가 재생하고 있는 그 곡은 젠지로가 전에 렌털 CD 숍의 떨이 판매 코너에서 대량으로 구입한 클래식 음악이었다.

CD 패키지에 '폴리니의 완전한 세계'라거나 '쇼팽 야상곡집' 같은 글자가 박혀 있었던 것도 같지만 바로 컴퓨터로 파일을 옮겨 놓고 CD 자체는 폐기해 버렸기 때문에 잘 기억나지 않았다.

애착도 별로 없는 그런 곡을 젠지로가 좋아하는 팝 음악보다 아내가 선호한다는 사실이 조금은 쓸쓸하게 느껴졌다.

"음. 우리나라에도 음악이라는 문화가 있고 왕궁에는 일류 악사들을 대거 초빙해 두고 있지만 이 피아노라는 악기에 비견할 것은 없는 것 같아. 굉장히 듣기 좋은 음색이야."

젠지로가 가져온 다종다양한 음악 중에서도 클래식 피아노곡을 가장 마음에 들어 하는 아우라는 그렇게 말하고 입가에 미소를 띠어 올렸다.

카파 왕국의 전통 악기는 타악기, 현악기, 관악기의 3종류가 있다.

기술적으로 피아노를 제작할 수 없는 것은 물론 철금과 실로폰으로 대표되는 '건반 타악기'도 이 부근에는 존재하지 않는다. 때문에 아우라에게는 피아노 독주가 신선하게 들릴 터이다.

반대로 젠지로가 좋아하는 밴드 음악에 이르면 신선함을 뛰어넘어 감성이 쫓아가지 못하는 모양이라 그다지 좋아하지 않는 것 같다. 그보다 말이 통하지 않는 이세계의 노래보다 악기 연주만 있는 쪽이 듣기 편하다는 좀 더 간단한 문제인지도 모르지만.

어쨌든 그다지 좋아하지 않는 장르의 음악이라도 대기 시간의 무료함을 달래는 데는 도움이 된다.

"아우라는 피아노곡을 좋아하니까. 그러고 보니 젠키치도 방에서 클래식을 틀어 줄 때 더 기분이 좋아 보이는 것 같아."

아무 생각 없이 중얼거리는 남편의 말을 이어폰을 꽂지 않은 왼쪽 귀로 들은 여왕은 빙긋하고 득의양양한 미소를 짓더니,

"응, 아무래도 카를로스의 감성은 날 닮은 것 같아. 후후후."

그렇게 말하고는 도발적인 시선을 옆에 앉은 남편에게로 향했다.

평상시에는 사이좋은 여왕 부부도 아이에 관한 일이라고 하면 경쟁심을 드러내며 대치하고 만다.

"으…… 뭐, 뭐 괜찮아. 내가 좋아하는 곡은 아직 컴퓨터에 잔뜩 들어 있으니까. 승부는 이제부터야. 발라드곡 같은 것도 있고."

젠지로는 아우라 곁에 앉은 채 무릎 위에서 주먹을 꽉 쥐었다.

"호오, 그건 흥미진진한데. 부디 애써 주길 바라. 그래도 당신의 모국어로 된 노래는 카를로스가 말을 배우기 전까지는 들려줄 수 없지만."

"으아아, 그랬지 참! 뭐, 사, 상관없어. 카를로스가 말을 배운 다음에라도 역전은 가능할 테니까. 두고 보라고."

"호호호. 힘내라, 힘내라. 아빠 힘내라. 5년 후에는 카를로스가 후궁을 나오지 않으면 안 되지만 말야."

후궁의 남자 금지 규율은 직계 왕족이라 해도 예외는 없다. 예외는 후궁의 주인인 왕 자신(젠지로의 경우는 왕이 아니라 왕비지만), 그리고 아직 성별이 없다고 여겨지는 5세 미만의 유아뿐이다.

"으그그……"

도발적인 말과 투쟁심을 한껏 드러낸 응수. 그러나 그 내용과는 별개로 두 사람의 음색과 표정에는 그렇게 가벼운 언쟁을 즐기는 분위기가 배어 나오고 있었다.

"어디 보자, 너무 템포가 빠른 곡은 좋아하는 것 같지 않으니까 아카펠라에 가까운 발라드곡을 중심으로. 아니지. 잠깐, 연주만 하는 밴드의 곡도 몇 곡 있었는데? 그런 곡이라면 지금부터라도……."

"흐음, 소용없다는 걸 알면서도 도전하는 굳은 심지만큼은 인정해 줘야겠네."

어깨와 어깨를 맞댄 채 이어폰 하나를 나누어 끼고 음악을 듣는 부부의 가벼운 투닥거림은 왕궁 시녀가 두 사람을 부르러 올 때까지 계속되었다.

◆

"아우라 폐하, 젠지로 님 입장하십니다!"

드높은 목소리로 이름이 불리자 파티장 안의 모든 시선이 이쪽으로 집중되는 것을 느끼며 젠지로는 애처의 손을 잡고 천천히 앞으로 나아갔다.

천장에 매달린 여러 개의 샹들리에와 규칙적으로 늘어선 높은 촛대 위에서 불타는 촛불이 야간의 파티장을 밝히고 있었다.

하나씩 떼어 놓으면 광원으로는 그다지 미덥지 않아도 이만큼 많이 모아 놓으면 이 넓은 파티장도 '밝다'고 느껴질 만큼은 된다.

물론 LED 스탠드 라이트로 밝히고 있는 후궁 거실만큼은 아니지만, 젠지로가 조금 전까지 있던 대기실과는 비교도 되지 않을 정도로 밝다.

은과 수정으로 만든 샹들리에의 반짝임 탓에 눈을 깜빡인 젠지로는 이 많은 시선 속에서도 그다지 동요하지 않는 자기 자신에게 속으로 쓴웃음이 났다.

(과연, 몇 번이나 경험을 하니 이런 입장에도 조금은 익숙해지는구나.)

아우라와 결혼하고 1년 이상의 세월이 흘렀다. 이런 자리도 상당히 많이 경험해 왔다.

처음에는 똑바로 걷는 것조차 힘들었지만 지금은 '아아, 다들 쳐다보고 있구나.' 정도의 막연한 감상만을 품게 됐다.

과도한 '익숙함'은 때때로 '방심'으로 이어지기 때문에 반드시 좋은 것만은 아니지만, 지나치게 긴장해서 걷는 데 아내의 도움을 받아야 했던 시기에 비하면 성장했다고 해도 좋을 것이다.

(어디 보자, 우선은 주빈에게 말을 걸어야 하지.)

젠지로는 오른팔을 감싼 아우라의 체온을 느끼면서 살며시 주변을 둘러보고는 맨 처음 인사를 건네야 할 타깃을 찾았다.

(있다. 저기로군.)

타깃은 찾아 헤맬 것도 없이 곧 발견되었다. 아니, 발견되었다기보다는 커다란 목소리가 젠지로와 여왕 부부의 입장을 알렸기 때문에 그들이 인사를 하러 오지 않을 리 없는 것이다.

젠지로와 아우라는 붉은 양탄자 위에서 걸음을 멈추고 재빠르게 다가오고 있는 한 쌍의 남녀를 기다렸다.

젠지로와 비슷한 연령대로 보이는 금발 남자와 10대 후반 정도로 보이는 밤색 머리카락의 소녀다.

주빈인 그들의 움직임에 맞춰 파티장에 서 있던 사람들이 길을 터 주었다.

이윽고 아우라와 젠지로 앞까지 온 남녀 두 사람을 대표하듯이 먼저 입을 연 것은 금발의 남자 쪽이었다.

"아우라 폐하, 젠지로 폐하. 이렇게 저희를 위해 성대한 환영의 자리를 마련해 주셔서 대단히 감사드립니다."

그렇게 말하고 금발의 남자는 마치 무대에 선 배우로 보일 만큼 과장스러운 동작으로 인사했다.

"저도 깊이 감사 말씀 올립니다. 아우라 폐하, 젠지로 폐하."

이어서 그의 대각선 뒤에 서 있던 밤색 머리칼의 소녀도 그렇게 말하고는 정중히 머리를 숙였다.

며칠 전에 알현의 방에서 얼굴을 마주했기 때문에 이것이 '첫 대면'은 아니었지만 입국의 의식을 거행하는 모습을 단상 위의 부옥좌에 앉은 채 말없이 지켜봤을 뿐인 젠지로에게는 이것이 실질적인 첫 대면과 같은 것이었다.

젠지로는 '폐하'라는 경칭에 저도 모르게 움찔하며 반응할 뻔했지만 옆에 선 아우라가 아무 말도 없는 것을 보고 이 장면은 그대로 흘려보내기로 마음먹었다.

카파 왕국에서는 과거에 전례가 없는 여왕의 반려라는 지위였기에 젠지로에 대한 경칭을 '폐하'로 할지 '전하'로 할지 아직 정해지지 않았다. 때문에 카파 왕국의 귀족들은 공식적으로도 비공식적으로도 늘 '님'만 붙이고 있다. 그러나 이런 미묘한 부분을 불과 며칠 전에 이 나라에 도착한 타국인이 알아주기 바라는 건 무리일 터이다.

"음, 두 분 전하도 느긋하게 즐겨 주시오."

"두 분이 즐거우시다면 이 자리를 마련한 사람 중 하나로서 무한한 기쁨일 것입니다. 프란체스코 전하, 보나 전하."

　아우라의 뒤를 쫓듯 그렇게 말하면서 젠지로는 눈앞에 선 두 명의 젊은 왕족을 자세히 관찰했다.

　"네. 즐겁다마다요. 부끄럽지만 저는 이 나이에 첫 해외 방문이라서 보는 것 만지는 것 모두가 신선합니다. 이곳에 늘어선 요리, 술도 모두 처음 먹어 보는 것들뿐입니다."

　그렇게 발랄하게 답하는 프란체스코 왕자는 명랑한 목소리와 풍부한 표정이 담긴 잘생긴 얼굴의 젊은 남자다.

　신장은 젠지로보다 크지만 시선이 그다지 어긋날 정도는 아니므로 175센티 정도일까? 그러나 젠지로에 비해 팔다리와 목이 꽤 길고 균형 잡힌 근육질이어서 눈길을 사로잡을 만큼 스타일이 좋았다.

　때문에 샤로와 왕가의 정장인 진한 자색을 기조로 한 턱시도와 군복을 섞어 놓은 듯한 옷도 위화감 없이 어울린다.

　젠지로가 입는다면 틀림없이 나쁜 의미로 용기 있는 코스프레로밖에 보이지 않을 그 옷도 금발 녹안에 몸매 좋은 핸섬 가이가 입으니 의상에 묻히지 않고 잘 매치되어 보였다.

　(흐-음, 뭘까, 좋게 말하면 사교적, 나쁘게 말하면 좀 경박한 인상이군.)

　이국 왕자의 첫인상을 그렇게 판단한 젠지로는 아내인 아우라에게 대화의 주도권을 맡기고 그대로 옆에 서 있는 소녀——보나 왕녀에게로 시선을 옮겼다.

"네. 소문으로만 듣던 카파 왕국의 번영을 이 눈으로 확인할 수 있어서 황공하기 그지없습니다."

그렇게 또박또박한 말투로 대답하는 보나 왕녀는 바르게 등을 펴고 하복부 주변에 양손을 가볍게 맞잡은 자세로 누가 봐도 지어 낸 미소라는 걸 알 수 있는 긴장으로 굳어진 웃음을 짓고 있었다.

보나 왕녀의 드레스는 프란체스코 왕자의 의상에 비하면 상당히 옅은 자색이다.

어쩌면 색의 농담을 통해 왕족의 '격'을 드러내고 있는 것인지도 모르나 오히려 보나 왕녀의 경우는 그 옅은 색조가 바람직한 효과를 내고 있다.

몸매가 가냘프고 얼굴 생김새도 수수한 편인 보나 왕녀의 경우 짙은 자색의 드레스라면 개성이 묻히고 말 것이다.

프란체스코 왕자에 비하면 인상이 두드러지지 않는 보나 왕녀의 외모에서 가장 눈길을 끄는 부분은 머리카락일 것이다.

색은 밤색, 길이는 어깨와 허리의 중간 정도로, 시선을 모을 정도는 아니지만 그 수수한 색조를 보완하려는 듯 은가루를 뿌려 놓아서 샹들리에의 불빛에 반사된 머리 전체가 반짝반짝 빛나는 것처럼 보였다.

머리 모양도 독특하다. 원래 스타일은 스트레이트인지 곧게 뻗은 머리카락이 중간 부근부터 크게 웨이브를 그리고 있다. 현대의 펌 기술만큼 세련된 것은 아니지만 머리카락에 의도적인 컬을 주는 패션은 이쪽 세계에도 존재한다.

보나 왕녀의 머리 모양도 그 일종이라고 여겨지는데, 이 파티장에는 비슷한 머리 모양을 한 여성이 없다. 때문에 뿌려 놓은 은가루의 효과와 맞물려 여성들로부터 꽤나 흥미진진한 시선이 집중되었다. 비교적 호의적인 시선이 많은 것으로 보아 어쩌면 이후 흉내를 내는 사람이 생길지도 모른다.

그렇게 젠지로가 프란체스코 왕자와 보나 왕녀를 관찰하고 있는 동안에도 옆에 선 아우라는 붙임성 있는 응대로 대화를 계속해 나갔다.

"호오, 그럼 프란체스코 전하와 보나 전하 두 분 모두 스스로 원해서 우리나라에 오셨다고?"

"네. 아시다시피 우리 샤로와 왕가는 바깥으로 나갈 기회가 굉장히 적기 때문에 이거다, 하고 자원했죠. 마침 운이 좋았달까요. 하하하하."

"프란체스코 전하! 아우라 폐하 앞입니다. 좀 더 말씀을 가려 주세요. 죄송합니다, 폐하. 하지만 이번 방문을 스스로 원했고 또 기대하고 있었다는 전하의 말은 허언이 아닙니다. 그건 저도 마찬가지입니다."

털끝만큼의 긴장감도 없이 발랄하게 담소를 즐기는 금발의 왕자와 그 왕자의 언동에 조마조마하며 감싸느라 분주한 밤색 머리카락의 소녀.

그들을 응대하는 건 주로 아우라가 맡아 주고 있지만 이 자리에 참석한 이상 젠지로도 방관자로 있을 수만은 없는 노릇이다.

"아아, 젠지로 폐하를 만나고 싶었던 것도 커다란 이유 중 하나입니다. 완전히 제 생각일 뿐이지만 저는 젠지로 폐하께 굉장한 친밀감을 느끼고 있거든요."

"그건 영광이군요, 프란체스코 전하. 저도 전하와 이렇게 이야기 나눌 기회를 갖게 되어 기쁘게 생각합니다."

젠지로는 천연덕스럽다고 느낄 정도로 프렌들리하게 접근해 오는 금발의 왕자에게 지어낸 미소를 보이며 대응하는 것이었다.

◆

약 1시간 후.

"오오오오, 삶의 기쁨이여어어어! 이 금색 바다에 노래해에에!"

어느덧 분위기가 무르익은 파티장 한가운데에서는 얼굴이 붉어진 프란체스코 왕자가 멋진 미성을 울려 퍼뜨리고 있었다.

노래는 악기 연주나 춤과 함께 귀족이 갖춰야 할 기예로 여겨지고 있지만, 이처럼 일반적인 파티에서 낭랑하게 독창을 펼치는 일은 물론 좀처럼 없는 일이다.

어쩌면 카파 왕국에서만 그럴 뿐 쌍왕국에서는 공공연한 일인지도 모른다. 그런 가능성에 생각이 미친 젠지로는 같은 자리에 있는 보나 왕녀나 쌍왕국 기사들의 기색을 살폈다.

그러자 근위 기사들이 머리를 감싸 안거나 콧수염 아래로 쓴웃음을 애써 억누르는 모습이 보였다.

그 모습을 보아하니 쌍왕국의 상식도 카파 왕국과 큰 차이는 없는 듯하다.

"죄송합니다. 전하에게 나쁜 뜻은 없습니다만……."

프란체스코 왕자의 기이한 행동을 막지 못한 책임감을 느끼는 것인지 불쌍할 만큼 위축된 모습으로 보나 왕녀가 그렇게 몇 번째인지 모를 사죄를 입에 담았다.

"아뇨, 그렇게 마음 쓰지 않아도 됩니다. 누구에게 민폐를 끼치는 것도 아니고."

지어낸 웃음으로 응대한 젠지로는 속으로 살짝 죄책감을 느끼지 않을 수 없었다.

어느 틈엔가 자색 상의를 벗어 버리고 기분 좋게 노래를 불러 재끼고 있는 프란체스코 왕자의 붉은 얼굴을 보면 알 수 있듯이 그는 지금 상당히 취해 있다.

그 이유는 틀림없이 젠지로가 직접 만든 '증류주'를 섞은 과일 칵테일을 기세 좋게 마셔 댄 탓이다.

알코올 도수가 10퍼센트 이하인 과실주밖에 마셔 본 적이 없는 남대륙 사람이 비슷한 감각으로 증류주 베이스의 칵테일을 마시면 취하는 게 당연하다.

(일단 '이건 꽤 센 술입니다.'라고 경고를 하긴 했지만. 하긴, 난생처음 마시는 증류주가 얼마나 셀지 상상하기는 어려웠겠지.)

"사랑의 찬가르으으으을! 은빛 달에게 노래해에에에에!"

어쨌거나 무척이나 흥에 겨운 노랫가락이다. 몸 둘 바를 모르겠다는 듯이 부들부들 떨고 있는 보나 왕녀에게는 미안하지만, 저렇게 상쾌한 노랫소리를 듣고 있자니 어쩐지 이쪽이 좋은 일이라도 한 것 같은 착각마저 들 정도다.

사실 다른 참석자들도 처음의 놀라움이 가신 뒤에는 호의적인 미소를 보이며 노래하는 이국의 왕자를 멀리서 에워싸고 있다.

게다가 어느새 노랫소리에 맞추는 것처럼 반주 소리가 들려왔다.

(응?)

반사적으로 소리가 나는 쪽으로 고개를 돌린 젠지로의 시야에 예스러운 카파 왕국 민족의상으로 몸을 감싸고 현악기며 피리를 연주하는 남녀의 모습이 비쳤다.

(저건, 궁정 악단? 아아, 아우라가 손을 쓴 건가.)

그러고 보니 프란체스코 왕자가 큰 소리로 노래를 하기 시작했을 때, 아우라가 시종 중 하나를 불러 무언가 명령했던 것이 떠올랐다.

혼자서 멋대로 노래를 불러대는 건 단순한 해프닝이지만 악단의 연주를 반주로 삼아 노래한다면 그건 일종의 여흥이다.

물론 술에 취한 프란체스코 왕자가 제 흥에 겨워 멋대로 노래를 부르기 시작했다, 라는 사실은 이제 와서 감출 수 없지만 이 파티의 주최자인 아우라가 악사들에게 반주를 하도록 명령해 프란체스코 왕자의 노래를 공인한 것이 된다.

파티장에 있는 귀족들에게도 그런 아우라의 의도가 전해졌을 것이다. 살짝 감돌던 당황스러운 분위기도 완전히 불식되어 모두 순수하게 이국 왕자의 노랫소리에 미소와 박수를 보내고 있다.

"프란체스코 전하는 실로 스스럼없는 성격이로군요."

"아, 네, 그…… 감사합니다."

애써 밝은 단어를 선택하고 있는 것을 역력히 알 수 있는 젠지로의 평가에 보나 왕녀는 안도하면서도 여전히 송구한 듯한 고뇌의 표정을 짓고 있었다.

"젠지로."

나는 프란체스코 왕자를 상대하러 갈게, 라고 눈으로 말하는 아우라에게,

"알겠어."

내게 맡겨, 라고 눈으로 대답한 젠지로는 매끄러운 걸음걸이로 그 자리를 뜨는 아내의 뒷모습을 배웅하고는 이국의 왕녀를 마주 보고 섰다.

"보나 전하, 목이 마르지 않습니까? 뭘 좀 드시죠."

그렇게 말하고 젠지로는 가까이에 대기하고 있던 은쟁반을 든 시녀에게 손으로 신호를 보냈다.

신호를 받은 시녀는 은잔이 놓인 은쟁반을 손에 든 채 재빠르게 이쪽으로 다가와서는 공손한 동작으로 은쟁반을 쌍왕국의 왕녀에게 내밀었다.

"아, 네, 고맙습니다. 잘 마시겠습니다."

권유대로 은잔을 손에 든 보나 왕녀는 황송해하면서도 단숨에 그 내용물을 비웠다.

은잔의 내용물은 카파 왕국에서는 일반적인 달콤한 과실주다. 젠지로는 처음 대면한 왕녀에게 증류주 베이스의 칵테일을 권할 만큼 비상식적인 사람은 아니다.

불과 조금 전에 왕자에게 권해서 낭패를 본 참이었기에 더더욱.

"후우……."

수분을 섭취한 덕분인지, 아니면 미량의 알코올이 효과를 발휘한 탓인지, 조금 전까지 가엾을 정도로 긴장해 있던 것이 조금 풀어진 듯한 밤색 머리의 왕녀는 다시 한 번 확인하듯이 시선을 프란체스코 왕자에게로 향했다.

"오오오, 아름다운 도시여어어! 사막의 진주, 그 이름으으으은!"

궁정 악단이라는 든든한 지원군을 얻은 주정뱅이 왕자님은 유쾌하게 두 번째 곡으로 돌입했다.

본국의 현왕과 차기 국왕으로부터 '감시 역할'을 부탁받은 보나 왕녀로서는 머리가 지끈거릴 일이지만, 여왕 아우라의 수완으로 '무대'가 만들어진 이상, 그녀가 개입할 여지는 없었다.

한 줄기 구원이라면 여왕 아우라도 주위의 귀족들도 이쪽의 입장을 배려해서 무난하게 상황을 받아넘기려는 의도가 명확하다는 것 정도일까. 그건 그것대로 '감시역'으로서는 무력감을 통감하며 한심한 기분이 드는 일이지만.

어쨌든 지금 상황에서 프란체스코 왕자에게 더 신경을 쓴다 한들 정신적인 피로가 쌓일 뿐 아무런 득도 없다는 것을 깨달은 보나 왕녀는 비로소 프란체스코 왕자로부터 완전히 시선을 거두었다.

그리고 보나 왕녀는 은잔을 든 젠지로의 왼손 약지 손가락에서 빛나고 있는 '마력을 띤 반지'의 존재를 알아챘다.

"젠지로 폐하, 그 반지는……."

눈빛을 바꾼 보나 왕녀는 몸을 내밀듯이 하며 젠지로의 왼손에 뜨거운 시선을 향했다.

"아아, 이것 말입니까. 네, 그렇습니다. 이건 전에 샤로와 왕가에서 '마법도구'로 만들어 주신 반지입니다."

그렇게 말하고 젠지로는 은잔을 오른손으로 바꿔 들고 잘 보이게끔 손바닥을 아래로 향한 채 반지를 낀 왼손을 보나 왕녀 가까이에 내밀었다.

마력 시인 능력을 깨우친 사람이라면 보일 것이다. 젠지로의 손에서 피어오르는 마력과는 별개로 반지 자체가 마력을 발하고 있다.

젠지로가 지구에서 가져온 그 '결혼반지'는 지나치게 정밀한 만듦새 때문에 나쁜 의미에서 눈에 띈다는 이유로 후궁 밖으로 가지고 나오는 일이 없었지만 오늘 밤은 예외다.

반지를 마법도구로 만든 당사자 프란체스코 왕자가 참석한 이상, 이 자리에 반지를 빼고 나오는 건 무례한 일이다. 프란체스코 왕자의 자유분방한 성격으로 보아 불필요한 배려였을지도 모르지만.

어쨌거나 보나 왕녀의 관심 어린 태도로 보아 대화를 이끌어 낼 좋은 기회라고 생각한 젠지로는 적극적으로 반지 얘기를 꺼냈다.

"확실히 이 반지는 프란체스코 왕자께서 마법을 부여해 주신 것이죠?"

"네, 프란체스코 전하는 저희 샤로와 왕가 중에서도 손에 꼽는 부여마법 술사니까요. 저도 당시에 참여를 희망했지만 제외되고 말았습니다. 아예 처음부터 세공을 하는 일이라면 나름대로 자신 있지만, 이미 완성된 물건에 마법을 부여하는 일이었으니 저의 마법으로는 무리였을 테지만요."

그렇게 말하며 자조적으로 웃는 보나 왕녀의 몸에서 피어오르는 마력은 과연 왕족이라고 하기에는 상당히 약했다.

왕족치고는 마력이 낮은 편인 젠지로보다도 약하다. 아마도 왕족으로서 최저 라인일 것이다.

격세 유전으로 '혈통마법'을 계승한 사람은 그 피의 힘도 가장 급이 낮다는 얘기가 아무래도 사실인 것 같다.

(그에 비해 저쪽은 굉장하군. 저건 아우라의 1.5배는 되겠는걸.)

젠지로는 흘끗 시선을 파티장 중앙에서 즐겁게 세 곡째를 노래하는 금발의 왕자에게로 향했다.

금발의 왕자가 몸에 두르고 있는 마력에는 직계 왕족의 관록을 과시하는 방대함이 있었다.

여왕 아우라도 대국의 왕으로서 전혀 부끄럽지 않을 만큼의 마력을 보유하고 있는데, 그런 아우라와 비교해도 한눈에 우열을 알 수 있을 만큼 프란체스코 왕자의 마력은 단연 돋보였다.

젠지로나 보나 왕녀와 비교하면 농담이 아니라 '두 배 이상' 되는 것 같았다.

(굉장하군. 혹시 젠키치도 저 정도인 것 아닐까?)

그런 감상을 마음속 깊이 감추고 젠지로는 멀리 있는 왕자로부터 가까이에 있는 왕녀에게로 관심을 되돌렸다.

"과연, 보나 전하는 세공에 재주가 있으십니까. 그리고 보니 쌍왕국은 보석에 관해서는 남대륙에서 제일간다고 들은 적이 있습니다."

"네. 물론 그쪽 일도 여전히 미숙합니다만, 마력보다는 보석 세공 쪽에 좀 더 자신이 있습니다."

그렇게 말하며 작게 고개를 끄덕이는 보나 왕녀의 얼굴에는 말한 것 이상의 자신감이 번져 있었다.

고지식하고 내성적인 성격으로 보이는 왕녀님이 분명하게 '자신 있'다고 말하고 있는 것이다. 어쩌면 이렇게 젊은 나이에 이미 어엿한 장인일지도 모른다.

적어도 그녀가 보석류에 보통 이상의 흥미와 정열을 갖고 있다는 건 틀림없어 보인다.

"전에 지르벨 법왕가의 이자벨라 님이 한 번 보여 주신 적이 있습니다만, 그건 젠지로 폐하가 폐하의 고국에서 가져오신 것이라지요?"

예법에 어긋나지는 않을지언정 젠지로가 무심코 신변의 위협을 느낄 정도로 뜨거운 시선을 보나 왕녀가 젠지로의 왼쪽 넷째 손가락에 쏟아부었다.

집어삼킬 듯이 바라본다, 라는 것은 이런 시선을 두고 하는 말일 것이다.

예상을 뛰어넘는 뜨거운 시선에 내심 주춤했지만 젠지로는 간신히 웃음을 잃지 않고,

"네, 그렇습니다. 내 고향에는 혼인을 앞둔 남자가 아내 될 여인에게 커플링——한 쌍의 반지 중 하나를 선물하는 풍습이 있거든요."

그렇게 간단히 결혼반지에 대해 설명했다. 하지만 결혼반지에 관한 유래 따위 흥미가 없는 듯 보나 왕녀는 대충 흘려들으며 오로지 '반지' 그 자체에 관심을 집중했다.

"그렇습니까. 그러면 그런 반지는 젠지로 폐하의 고국에서는 일반적인 것입니까? 저렇게 금강석을 빛나는 다면체로 커트하고 게다가 세 개의 돌을 구분하지 못할 만큼 똑같은 크기와 형태로 만들어 갖추는 것이……."

"아, 네에. 뭐, 결코 값싼 물건은 아니지만 일반적이라면 일반적이라 할 수 있을 겁니다."

"그러면 저 받침 부분의 금속 가공법을 젠지로 폐하는 알고 계십니까? 확실히 황금은 가공하기에 용이한 금속이긴 합니다만, 저처럼 섬세한 모양을 뒤틀림 없이 새기는 방법이 있다니 저는 몰랐습니다. 만약 젠지로 폐하가 알고 계시다면 꼭 가르침을 받고 싶습니다만."

조금은 술기운도 있는 것이겠지만 조금 전까지의 과묵함과는 천지 차이인 수다스러움은 보나 왕녀의 '보석 공예'에 대한 정열을 알

수 있게 했다.

"아뇨, 미안합니다만 내게는 그런 지식이 전혀 없습니다."

"전혀 말입니까? 손톱만큼도? 아무리 사사로운 것이라도 좋습니다."

"아무리 그리 말해도……. 정말로 문외한입니다. 문외한이 주워들은 지식 따위 오히려 해가 될 뿐이지요."

"그래도 상관없습니다. 뭔가 참고가 될 만한 것을."

첫인상과는 거리가 먼 보나 왕녀의 열의와 애원에 젠지로는 놀라움을 감출 수 없었다.

(우와아, 왠지 첫인상이랑 엄청 다른데. 내숭을 떨었던 건가? 아냐, 이 느낌은 첫인상이 잘못됐다기보다는 보석에 관한 화제에 한해서 사람이 변한다는 느낌인데?)

젠지로는 그렇게 자기가 좋아하는 것에 대해 눈빛을 바꾸는 마니아적인 사람이 싫지 않았다.

"……알겠습니다. 기회가 있으면 언젠가."

"고맙습니다!"

결국 그녀의 끈기에 굴복한 젠지로는 '명분을 내어 줬다'고 해도 이상하지 않을 발언을 하고 만 것이었다.

❖

주최자 입장으로 참석한 파티도 그럭저럭 무사히 끝난 뒤, 목욕

탕에서 땀과 먼지와 향유를 깨끗하고 상쾌하게 씻어낸 젠지로와 아우라는 에어컨이 쌩쌩하게 돌아가는 침실에서 취침 전의 한때를 보내고 있었다.

"아— 피곤해. 아—아, 자기 전에 젠키치의 얼굴을 보고 싶었는데."

"후후, 어쩔 수 없어. 이 시간에 카를로스 방에 가면 유모랑 담당 시녀에게 민폐를 끼칠 걸. 우리가 방에 들어가면 그녀들은 잠에서 깨야 하니까."

"그건 알고 있지만."

아내의 말에 이해를 표하면서도 미련이 뚝뚝 떨어지는 말을 내뱉은 젠지로는 크게 한숨을 지으며 의자 등받이에 등을 기댔다.

지금 젠지로와 아우라가 앉아 있는 곳은 침실 구석에 놓인 목제 의자다.

에어컨 설치에 성공한 다음 날, 아우라의 신속한 지시로 침실에는 둥글고 작은(어디까지나 왕궁 기준에서 '작다'는 이야기지만) 테이블과 목제 의자 두 개가 운반되어 왔다. 그와 함께 두 개 있는 침실의 LED 스탠드 라이트 중 하나를 침대 옆에서 테이블 옆으로 이동시켰다.

그 이후로 저녁의 느긋한 휴식 시간은 물론 후궁에서의 아침, 점심 식사도 거의 침실에서 갖고 있다.

이 상태는 혹서기가 지나갈 때까지 계속될 것이다.

밤에도 기온이 사람의 체온을 밑돌지 않는 날이 허다한 지금 시기에서 에어컨의 존재를 알아 버린 인간이 그 매력에서 헤어 나오지 못하는 것도 당연한 얘기다.

젠지로는 유리컵에 든 얼음물을 단숨에 들이켜고는 빈 컵을 테이블 위에 내려놓았다.

"……후우."

이전에 젠지로가 목욕 후 마시던 음료는 일본에서 가져온 맥주였지만 이미 남아 있지 않았다. 처음엔 소중히 여기며 조금씩 마셨지만, 유효 기간이 간당간당해진 즈음부터 명백히 맛이 변하기 시작했기 때문에 상해 버리기 전에 전부 마셔 버렸다.

남편이 컵을 테이블 위에 내려놓는 것을 확인한 아우라는 맞잡은 양손을 테이블 위에 올려놓고 입을 열었다.

"그러면, 시작해 볼까. 내일도 아침 일찍부터 일이 시작되니 시간을 낭비할 수는 없지. 젠지로, 당신은 샤로와·지르벨 쌍왕국의 왕자와 왕녀, 프란체스코 왕자와 보나 왕녀를 어떻게 봤지? 단순한 인상, 신경 쓰인 점, 무엇이라도 좋아. 얘기해 줘."

"좋아. 그러니까, 음……."

아우라의 말에 젠지로는 가볍게 고개를 끄덕이고는 파티에서의 일을 떠올리면서 신중하게 단어를 골랐다.

"그럼 먼저 프란체스코 왕자의 첫인상부터. 뭐, 말할 필요도 없을지 모르지만 그 언동에 감춰진 의도가 없다면 '천진난만한 바보'랄까."

"확실히, 그래……."

솔직한 젠지로의 인물 품평에 아우라도 쓴웃음을 지으며 수긍할 수밖에 없었다.

프란체스코 왕자가 파티에서 보인 언동은 확실히 "지혜가 모자라다."는 말을 들어도 어쩔 수 없는 부분이 있었다.

아무리 약간의 무례가 허용되는 야간 파티라고는 해도 제정신을 잃을 정도로 술을 마시고 큰 목소리로 노래를 부르는 일 등은 대체로 귀족으로서 마땅한 행동이라 할 수 없다.

그 언동이 본모습이라고 한다면 프란체스코 왕자가 24세나 되어서도 아직 왕위 계승권을 갖지 못하고 있는 것도 설명이 된다.

그러나 젠지로는 고개를 갸웃하며 말을 이었다.

"단, 그렇다고 하면 프란체스코 왕자의 언동에 지나치게 짓궂은 구석이 없는 게 신경 쓰여. 그게 본모습이라면 어느 정도 바보짓을 해도 허용될 만큼 뒤끝 없고 악의 없는 성격일 거 아냐? 그 왕자."

"음, 그렇지. 그게 이상한가?"

"상식적으로 생각해서 만약 정말로 그 경솔함과 바보스러움이 왕자의 본질이라고 한다면 어릴 적부터 왕궁에서 좋지 않은 취급을 받아 왔을 거라고 생각해. 제1왕자의 적자라는 지위에 따르는 기대를 저버린 셈이니까. 그런 환경에서 자란 사람이 저렇게 천진난만한 성품을 가질 수 있을까?"

유년기의 환경이 사람의 인격 형성에 지대한 영향을 끼친다는 젠지로의 의견에 아우라도 이견은 없었다. 하지만 전면적으로 찬성하기에는 지나치게 단면적인 의견이기도 했다.

"나도 소문 정도로밖에 접하지 못했지만, 프란체스코 왕자의 부모——주세페 제1왕자와 그 부인은 두 분 모두 훌륭한 인물이라고 들었어. 부모가 제대로 애정을 쏟는다면 어느 정도는 구김살 없이 자랄 가능성도 있지 않을까?"

그런 아우라의 반론은 젠지로도 충분히 수긍할 만한 것이었다.

"응, 그건 충분히 있을 수 있다고 생각해. 게다가 이건 보나 왕녀에게서 들은 얘긴데 프란체스코 왕자는 현 샤로와 왕가 내에서도 손꼽히는 부여마법 술사라는군. '이것만은 누구에게도 지지 않는다'는 마음 둘 곳이 있다는 건 중요해. 그러니까 저 성격이 진짜 있는 그대로라고 해도 이상하지는 않다고 봐. 연기라고 하기엔 너무 위화감이 없으니까."

그렇게 말하며 동의를 표했다.

"단, 그렇다고 하면 의문이 하나 남아. 어째서 그런 그저 '사람 좋은 바보'에게 샤로와 왕가가 백여 년 만에 갖는 해외 방문이라는 크나큰 임무를 맡긴 것일까?"

"흐음, 우리가 생각하는 것만큼 그쪽은 이 일을 중요하게 여기지 않고 있다, 라는 건 어때? 그래서 소거법으로 왕위 계승권을 갖지 않는 사실상 폐왕자와 왕족이라기엔 이름뿐인 왕녀를 보냈다."

그건 아닐 거라고 생각하면서도 아우라는 반쯤 남편의 의중을 떠보는 기분으로 그렇게 설득력 없는 반론을 펼쳤다.

젠지로의 반응은 예상대로였다. 일말의 주저도 없이 고개를 옆으로 저은 젠지로는,

"그건 아냐. 프란체스코 왕자는 '손에 꼽는 부여마법 술사'잖아? 적어도 마법도구 제작자로서는 유능하다는 것이 명백하니까, 적어도 그런 능력 있는 제작자의 손을 쉬게 할 만한 확실한 이유나 어떤 이득이 존재하지 않는다면 말이 되지 않아."

그렇게 아우라의 예상과 큰 차이 없는 결론을 냈다.

"흐음. 그건 그래."

일단 남편과 자신의 상황 인식에 빗나감이 없음을 확인한 아우라는 조금 기쁜 듯이 뺨을 이완시켰다. 이 성가신 사태를 앞에 두고 남편과의 의사소통에 문제가 없다는 건 대단히 다행한 일이다.

"즉, 프란체스코 왕자의 인품이 진짜 그런 것이라면 그런 천진난만한 왕자를 우리나라에 보낸 샤로와 왕가 상층부의 의도에 뭔가가 있다, 어찌 되었건 표면적인 정보만으로 이야기를 진행시키는 건 위험하다, 라는 건가."

"응, 그런 거지."

확인하려는 듯한 아우라의 말에 젠지로는 고개를 끄덕였다.

어쨌거나 오늘밤이 사실상의 첫 대면이었던 것이다. 젠지로는 단 한 번 얼굴을 마주하고 몇 마디 말을 섞은 것만으로 자신이 누군가를 정확히 평가할 수 있을 만큼 사람 보는 눈이 탁월하다고는 생각지 않았다.

그건 약간의 차이는 있지만 아우라도 마찬가지였다.

"알았어. 그러면 프란체스코 왕자에 관해서는 일단 살펴보는 걸로."

그렇게 이야기를 한 번 정리한 아우라는 이어서 다른 한 명의 왕족에 대해 언급하기 시작했다.

"그러면 다른 한 사람, 보나 왕녀에 대해서는 어떻게 생각했지?"

"음, 보나 왕녀의 첫인상은 '성실하고 세상 이치에 밝은 사람'일까나? 이건 상당히 들어맞을 거라는 자신이 있어. 프란체스코 왕자의 감시역을 맡은 모양이라 가엾을 정도로 어깨에 힘이 들어가 있고 말이야."

아우라에게는 통하지 않을 것이기에 구태여 말하지 않았지만 보다 정확히 말하면 보나 왕녀의 인상은 '심약하고 고지식한 학급 반장'이다.

성적이 좋아서 선생의 총애를 받는 탓에 학급 반장을 맡고 있지만 사교적인 성격이 아니고 추진력도 없어서 반 전체를 아우를 능력이 없는, 그러나 타고난 성실함 때문에 맡은 책무를 방기할 수 없어 늘 눈물이 그렁그렁한 채 죽도록 애쓰는 여자아이. 그런 이미지다.

"음. 확실히, 잔뜩 긴장해서 줄곧 프란체스코 왕자 쪽만 신경 쓰고 있는 것 같았어. 그런데 당신하고는 꽤 이야기꽃을 피우는 것 같던데?"

"응. 처음엔 바짝 긴장해서 '폐를 끼쳐서 미안합니다, 죄송합니다.'를 연발했지만. 반지 얘기가 나오자마자 굉장한 달변으로 바뀌더라고."

그때의 상황을 떠올린 것인지 젠지로의 표정에 쓴웃음이 번졌다.

"아무래도 그쪽 관계의 일에 인생을 몽땅 걸고 있는 느낌이었어. 좀 무서울 정도로 굉장한 기세로 달려들던걸."

"반지? 아아, 당신이 준 '결혼반지' 말이군. 그거라면 무리도 아니네."

완전히 납득하는 아우라에게 젠지로는 살짝 의표를 찔린 듯,

"무리도 아니라고?"

라고 되물었다.

아우라는 가볍게 고개를 끄덕이고는,

"으응, 샤로와 왕가의 방계 왕족은 거의 마법도구 제작에 투신하거든. 남자라면 무기와 방어구, 여자라면 장식품 제작 같은 일에 몸담는 게 일반적이지. 그러니 보나 왕녀가 그 반지를 보고 눈빛을 바꾼 것도 당연한 일이랄까."

그렇게 말하고 살짝 어깨를 으쓱했다.

금으로 된 받침에 작은 금강석 알갱이가 세 개 나란히 박힌 젠지로의 결혼반지는 볼 줄 아는 사람이 보면 숨을 삼킬 만큼 광채를 뿜고 있다.

그러니 전문가인 보나 왕녀라면 그 정밀한 세공과 보석의 균일함이 이쪽 세계에서는 도저히 재현할 수 없는 것이라는 점을 이해했을 것이다.

"헤에, 하지만 그런 '직업이니까'라는 느낌은 아니었는데. 좀 더 뭐랄까, 정열을 쏟고 있는 느낌이었어. 반지를 보여 달라거나 얘기를 들려 달라며 밀어붙이는 모양이. 결국 마지막엔 두 손 들고 조만

간 그러마, 하고 약속하고 말았어."

그렇게 말하며 머리를 긁는 젠지로에게 아우라는 오늘 밤 처음으로 미간에 주름을 만들고 험악한 목소리를 냈다.

"이런, 젠지로. 그건 좀 경솔한 거 아니야? 확실하게 날짜나 조건까지 정한 약속은 아닌 모양이지만 괜히 말꼬리를 잡힐 만한 언동은 삼가 줘."

좀처럼 들은 적이 없는 아내의 질책에 젠지로는 약간 진지한 표정으로 고개를 숙였다.

"미안. 상대방이 아무리 말단이라고는 해도 대국의 왕녀님이라 실례되지 않게 말을 고르다 보니 그렇게 돼 버렸네. 어떡하지? 약속이라고까지는 할 수 없는 말이었으니 여차하면 모른 척 시치미를 뗄 수도 있을 것 같은데."

"흐음……."

젠지로의 물음에 아우라는 손을 턱에 괴고 잠시 생각했다.

(약속 자체는 그다지 문제 되지 않아. 어차피 술자리에서의 약속이고, 저쪽도 약속이 엄수될 거라고는 생각하지 않을 테니까. 얼마든지 얼렁뚱땅 넘어갈 수는 있어. 문제는 서방님이 이런 섣부른 언동을 취한 일이 처음이라는 거야.)

그것이 습관적으로 나오는 실수라면 그나마 낫다. 지금 저 숙연한 표정으로 보아 젠지로도 정신을 바짝 차린 것 같으니 앞으로 당분간 같은 실수는 하지 않을 것이다.

두려운 것은 이것이 '보나 왕녀와의 궁합' 문제일 가능성이다.

성격이 잘 맞는 상대. 바꿔 말하면 이야기하기 편한 상대, 혹은 무조건적으로 경계심이 엷어지고 마는 상대라고 해도 좋다.

지나친 생각인지는 모르지만 아우라는 젠지로와 보나 왕녀의 거리가 첫 대면인 것치고는 꽤 가까웠다고 느꼈다.

(원래 젠지로는 진중하고 보수적인 성격이야. 실제로 지금까지 수없이 둘만의 시간을 보낸 옥타비아 부인도, 틈만 있으면 적극적으로 공세를 펴부은 파티마 양도 요만큼도 거리를 좁히지 못하고 있어.)

그에 비해 보나 왕녀는 사실상의 첫 대면에서 애매한 구두 약속이라고는 해도 나중에 만날 약속까지 잡았다.

(기분 탓이거나 단순히 내 질투심이라면 괜찮지만, 그렇지 않다면 조금 성가시게 될지도 모르겠는걸.)

이러쿵저러쿵해도 아우라는 남편에게 접근하는 여자에게 그다지 좋지 않은 감정을 품고 마는 자신을 자각하고 있다. 스스로의 판단에 질투가 일으키는 사심이 섞여 있지 않다고 단언할 자신은 없다.

일단 현시점에서 더 이상 추궁하는 건 피하기로 했다.

"알았어. 소홀히 대해서는 안 되는 상대인 건 분명하니까. 앞으로 조심해 주면 돼. 그러면 오늘 밤은 이쯤에서 그만하고 슬슬 잘까."

아우라의 말을 듣고 테이블 위에 놓인 휴대전화로 시간을 확인한 젠지로는 의자에서 일어나 맞은편에 앉아 있는 아우라 곁으로 다가갔다.

"벌써 이런 시간이네. 자."

자연스럽게 내미는 남편의 손.

"음."

그 손을 잡고 자리에서 일어나는 아내.

그대로 손을 맞잡고 침대로 향하는…… 줄 알았는데 젠지로가 무언가 생각에 잠긴 듯 걸음을 멈췄다.

"음? 왜 그래?"

의아하게 여기며 이쪽의 얼굴을 살피는 아내에게 비어 있는 쪽 손으로 머리를 긁적이며 남편은,

"아니, 별로 대수로운 건 아닌데. 이런 상황에서는 부인을 '공주님 안기'로 침대까지 옮기는 게 멋있지 않을까, 하는 생각을 좀."

그렇게 뜬금없는 얘기를 했다.

"공주님 안기?"

"아아, 응. 뭐라고 해야 하나, 이렇게 상대방의 무릎 뒤쪽이랑 등에 팔을 두르고 안아 올리는 모양을 우리나라에서는 공주님 안기라고 해."

"호오."

남편의 설명을 들은 여왕은 잠시 생각한 후 빙긋 웃으며 입을 열었다.

"흐음, 그런 거라면 맡겨 둬. 요즘은 몸이 둔해져서 좀 불안하긴 하지만, 조금만 더 단련하면 당신을 '공주님 안기' 해 줄 수 있을 거야."

"뭐? 공수 역전? 그런 건 동경은커녕 좀 상처 받는 시추에이션인

데? 그보다 아우라 다 알고서 얘기하는 거지!?"

도중부터 아내가 히죽이며 짓궂은 웃음을 짓고 있다는 걸 깨달은 젠지로는 그렇게 말하고 일부러 눈꼬리를 치켜올렸다.

여자가 남자를 안아 올린다. 강함을 남자의 미덕으로 여기는 남성 우위 세계의 남자라면 아무리 농담일지라도 진심으로 화를 낼 만한 얘기다.

그러나 지난 1년을 통해 자신의 남편이 이 정도의 말장난에 기분 나빠할 속 좁은 남자가 아니라는 걸 잘 알고 있는 아우라는 그런 짓궂은 장난을 치고 마는 것이었다.

그건 일종의 '어리광'이라 해도 좋을 것이다.

예상대로 젠지로는 비어 있는 왼손으로 톡, 하고 가볍게 아우라의 얼굴을 쳤을 뿐 오른손은 그대로 아우라의 왼손을 꼭 잡고 있었다.

"아얏. 후후, 알았어."

아우라는 젠지로의 오른팔을 가슴골 사이에 끼우듯이 끌어안고는 어리광을 부리며 남편의 오른쪽 어깨에 뺨을 기댔다.

"…………."

"…………."

그렇게 두 사람은 서로의 그림자가 하나의 덩어리로 보일 만큼 몸을 밀착하고서 침대로 향하는 것이었다.

[막간1] **영웅과 젊은이**

그 무렵.

가질 변경백의 삼남이자 차기 변경백인 사비에르 가질은 왕령 남단에 있는 요새의 어느 방에서 푸죠르 기젠 장군과 대면하고 있었다.

빛을 통과시키는 창이 작고 석벽이 두터운 요새 안은 한낮에도 어두침침했지만 그만큼 보통 가정집에 비해 시원했다.

그러나 그런 시원함을 느낄 여유도 없이 등줄기에 흠뻑 식은땀을 흘리고 있는 사비에르는 온 힘을 다해 등을 곧게 펴고 뒷짐을 진 직립 부동의 자세를 유지하고 있었다.

(이분이 지난 대전의 영웅, 푸죠르 장군······!)

사비에르는 외경심을 담아 눈앞에 선 거인의 얼굴을 올려다보았다.

160센티 중반의 사비에르 입장에서 보면 2미터에 가까운 푸죠르 장군은 문자 그대로 고개를 젖히고 우러러보게 되는 거한이다.

또한 나이치고는 무술 실력이 있는 편인 사비에르는 그저 서 있는 모습만 보아도 푸죠르 장군이 자신 따위는 발끝에도 미치지 못할 만큼의 달인이라는 걸 감각적으로 알 수 있었다.

그렇게 귀족으로서의 신분도, 무인으로서의 완력도, 군인으로서의 지위도 압도적인 우위에 있는 인물 앞에서 의견을 진술하고 있는 것이다.

긴장으로 인해 입안이 바짝 말라 침도 삼킬 수 없는 사비에르에게 푸죠르 장군은 천천히 입을 열었다.

"호오, 그러면 사비에르 경은 지난번의 '군룡 토벌'의 임무를 내게 인계하는 것이 아니라 어디까지나 스스로의 손으로 완수하고 싶다고, 그렇게 말하는 건가?"

낮고 결코 크지 않은데도 왠지 쩌렁쩌렁 울리는 푸죠르 장군의 목소리에 사비에르는 비틀댈 것 같은 다리에 힘을 주고 대답했다.

"아닙니다, 푸죠르 장군. 저도 주제를 잘 알고 있습니다! 왕국 수도에 원군을 요청한 시점에서 제가 주도하는 '군룡 토벌'은 이미 실패입니다. 제가 부탁드리고 싶은 것은 저 사비에르 가질 이하 백 명이 '의용병'으로서 장군의 작전에 동행하게끔 허가해 주십사 하는 것입니다!"

"호오……?"

조금 전과 같은 "호오."라는 감탄사였지만 거기에 담긴 뉘앙스는 달랐다. 눈앞에 선 왜소한 젊은이를 조금 다시 본 것인지 감탄의 빛이 어려 있다.

"흐음."

잠자코 서서 생각에 잠긴 것도 잠시, 살짝 고개를 끄덕인 푸죠르 장군이 입을 열었다.

"사비에르 경. 나는 이 원정이 장기간으로 이어질 가능성이 높다고 보고 있다. 자네가 보았다는 거대한 군룡. 군룡은 나이를 먹을수록 체구와 지혜도 커진다는 사냥꾼들 사이의 속설이 사실이라면 결코 쉽지 않은 상대다."

"아, 네. 그건 저도 동감입니다."

자신의 요청에 대한 대답을 하지 않고 갑자기 자기 생각을 담담히 꺼내 놓는 장군에게 사비에르는 당황하면서도 동의를 표했다.

애당초 그 말에 거짓은 없다.

만약 군룡의 보스에게 피아의 전력 차이를 이해할 수 있을 만한 능력이 있다면 푸죠르 장군의 '용궁기병단' 앞에 모습을 드러내지 않을 가능성도 있는 것이다.

그 경우는 산에서 사냥을 하듯 저 넓은 밀림을 뒤지고 다녀야만 한다.

그렇게 되면 아주 운 좋게, 또는 우연한 타이밍에 군룡 무리가 덫에 걸리지 않는 한 필시 장기전으로 가게 될 것이다.

"허나 그렇게 되면 문제는 가질 변경백령의 소금이다. 듣자하니 소금 비축량이 기껏해야 3개월분 정도라고?"

푸죠르 장군이 하려는 말이 무엇인지 이해한 사비에르는 엄혹한 표정으로 수긍했다.

"네. 배급제 등을 실시해서 졸라맨다면 반년 정도는 버티겠지만 그렇게 되면 영민 사이에 동요가 번져 영내의 물가에도 악영향을 미칠 것입니다. 가능하면 그리하고 싶지 않습니다."

사비에르의 대답은 푸죠르 장군에게 만족스러운 것이었던 모양이다. 푸죠르 장군은 표정을 전혀 바꾸지 않은 채 작게 한 번 고개를 끄덕이고는,

　"그렇게 되지 않기 위해서 나는 왕국 수도에서 이 요새까지 대량의 소금을 운반해 왔다. 당연히 그 많은 양의 소금을 지키면서 '군룡 토벌'은 불가능하지. 때문에 원래 예정으로는 군룡 토벌을 마치자마자 곧바로 요새로 되돌아와서 변경백령에 소금을 운반할 작정이었다. 그러나 사비에르 경의 군대가 합류한다면 조금 계산이 달라지네. 사비에르 경. 자네가 그 소금의 운반과 경비에 전념해 준다면 나는 우선 도로를 내달려 변경백령에 소금을 가져가는 것을 최우선으로 해도 괜찮지 않을까 생각한다. 물론 그 길에서 군룡을 만나 그것들을 섬멸하는 행운을 만나지 못한다면 이후의 군사 행동에 있어서는 자네의 부대도 최전선에서 활약할 수 있게 해 주겠네. 어떤가?"

　과연, 그렇게 이야기가 연결되는 건가. 사비에르는 속으로 납득했다.

　즉 푸죠르 장군은 소금 운송과 호위 전문으로라면 사비에르 일행을 데려가도 좋다고 말하고 있는 것이다.

　(만약 장군 말대로 영지로 소금을 운반하는 도중에 군룡의 습격을 받는다면 우리에게 나설 기회는 없어. 하지만 거기서 결판이 나지 않으면 그 후엔 공을 세울 수 있는 위치에도 세워 주겠다, 라는 건가.)

　게다가 차기 영주라는 입장을 고려하면 무엇보다 신속하게 영

지에 소금을 가져갈 수 있다는 제안은 두 손 들고 환영할 만한 것이다.

종합적으로 생각해서 사비에르에게 거절할 이유는 어디에도 없다.

"알겠습니다. 그 임무, 맡겨 주십시오. 푸죠르 장군. 저희 영지로의 소금 운송을 최우선으로 생각해 주셔서 감사합니다. 영지의 백성을 대신하여 감사 인사 올립니다."

"신경 쓰지 말게, 이것이 내 임무다."

대답하는 푸죠르 장군의 얼굴에는 이날 처음으로 웃음이 떠오르고 있었다.

[제2장] 휘두르는 자와 휘둘리는 자

　프란체스코 왕자와 보나 왕녀가 카파 왕궁에 온 지 열흘이 지났다.

　열흘이나 지나면 왕궁도 어느 정도 이국의 왕자, 왕녀가 머물고 있는 상태에 익숙해지기 마련이다.

　그건 받아들인 입장의 카파 왕궁도 받아들여진 입장의 사절단 일행도 마찬가지다.

　물론 완벽하게는 아니다. 고향과는 건축 양식 자체가 다른 객실, 인원수는 충분하지만 세세한 상식이 다른 이국의 시녀. 고국의 요리사를 데리고 왔지만 식재료 등의 문제로 아무래도 고향과는 같을 수 없는 음식.

　그런 근본적인 문화의 차이를 받아들이는 데 열흘이라는 시간은 너무 짧다. 향수병의 원인이 되는 그런 사사로운 문화의 차이라는 것은 시간과 함께 쌓이기 마련이라 오히려 앞으로가 더 큰일일지 모른다.

　그러나 개중에는 이국땅에서의 생활을 전혀 불편해하지 않는 자도 있다.

　다행이라고 해야 할까, 그럴 줄 알았다고 해야 할까. 프란체스코 왕자가 그런 부류였다.

"프란체스코 전하, 제가 전에 말씀드렸던 신형 단추가 달린 옷입니다. 이건 견본이라서 그대로 전하께서 입으시기에는 크기가 맞지 않지만 주문을 해 주시면 당장이라도 같은 옷감, 같은 모양으로 만들어 올리겠습니다."

카파 왕궁의 남쪽, 샤로와·지르벨 쌍왕국 사절단에게 대여하고 있는 건물의 한 방에서 프란체스코 왕자는 상인을 불러들여 오늘도 천진난만하게 쇼핑을 즐기고 있었다.

활짝 열어젖힌 여러 창문으로 쏟아져 들어오는 햇빛이 밝게 비추는 방바닥에는 상인이 가져온 듯한 의류와 옷감 등이 빽빽하게 늘어서 있었다.

상인이 조금 전에 말한 대로 완성된 옷들은 견본에 불과할 뿐, 일본의 옷가게처럼 같은 색 같은 모양에 사이즈가 다른 옷이 구비되어 있지는 않았다.

즉, 견본 옷의 수만큼 무늬와 디자인을 바꿀 수 있다는 얘기다.

"음, 그나저나 역시 흥미롭구나. 똑같이 북대륙에서 전해진 것이라도 우리나라의 옷과는 하나부터 열까지 달라. 재밌군. 정말 재미있어."

이리저리 펼쳐진 옷들 사이를 누비듯이 걸어가면서 프란체스코 왕자는 그렇게 말하고 눈을 빛냈다.

원래 양복에 가까운 의류는 북대륙에서 남대륙으로 전해진 문화다. 때문에 남대륙 서부의 카파 왕국도 중앙부인 샤로와·지르벨 쌍왕국에서도 기본적인 틀은 같을지언정 그 지역의 문화와 풍습의 영향을 받으며 각각 독자적으로 발전해 왔다.

"좋아. 일단 위아래 한 벌의 옷을 세 벌 부탁할까. 하나는 그 신형 '구멍 네 개 단추'를 사용한 것. 또 하나는 조금 전에 자네가 '카파 왕국에서 가장 일반적'이라고 한 것으로. 마지막 하나는 자네에게 맡기지. 내게 어울릴 만한 것으로 한 벌 지어 다오."

"예에이, 알겠습니다! 온 힘을 다해 반드시 전하의 안목을 만족시킬 수 있는 옷을 지어 올리겠습니다."

대국의 직계 왕족이라는 대형 고객을 유치한 상인은 희색을 감추지 못하고 그 자리에 넙죽 엎드렸다.

"…………"

반면 벽 쪽에 정렬한 호위 기사들은 떨떠름한 표정을 짓고 있었다.

호위 대상이 이국의 땅에서 새 옷을 맞춘다. 이는 무엇보다 프란체스코 왕자의 신변 안전이 최우선인 호위 기사들에게 있어서는 상당히 껄끄러운 일이다.

일반적으로 재봉사라는 직업은 네 번째로 '암살에 투입했을 때 성공률이 높은 직종'으로 알려져 있다. (참고로 1위는 의사, 2위는 요리사, 3위는 이발사다.)

재봉사는 필연적으로 옷을 맞추는 과정에서 주문한 사람의 몸에 접촉하게 되는데, 이때 재봉사가 바늘을 손에 든 상태로 접근하

는 것을 허가할 수밖에 없다.

가위나 면도칼 따위를 들고 오랜 시간 등 뒤에 서게 되는 '이발사' 정도는 아니지만, 상대를 해칠 생각만 있다면 얼마든지 그럴 기회가 있는 직종인 것이다.

때문에 통상적으로 왕족의 재봉사는 실력만이 아니라 신원 및 인품에 대한 보증이 요구된다.

이렇게 먼 이국땅에서 신원도 보증되지 않은 일반 재봉사에게 직계 왕족이 옷을 만들게 하다니, 호위하는 입장에서 보면 "제발 참아 줘."라는 한마디밖에 나오지 않는다.

그러나 등 뒤에 선 기사들은 얼굴에 벌레 씹은 듯한 표정만을 떠올리고 있을 뿐, 프란체스코 왕자의 행동에 간섭하려는 기색은 없었다.

표정을 보아하니 이미 왕자의 행동을 저지하는 건 포기한 듯했다.

하지만 옷을 맞추는 걸 막지 못했다고 해서 호위의 임무를 포기할 수는 없다.

가봉에 사용하는 바늘은 이쪽에서 준비하고, 옷감은 왕자의 몸에 닿기 전에 샅샅이 점검하며, 상인이나 재봉사의 신원에 대해 카파 왕국 측의 보증을 요구하는 등 가능한 한의 대책을 취할 것이다.

그래도 모든 위험을 배제할 수는 없기에 만에 하나 불의의 사태가 일어난다면 그들 호위 기사들이 책임을 추궁당하게 될 것이다.

"음, 기대하도록 하지. 가봉은 언제든지 협조할 테니 필요할 때는 사양 말고 이곳으로 와 주게."

"예, 감사합니다. 전력을 다하겠습니다."

"…………."

벽 쪽에 선 기사들은 천진난만한 웃음을 지으며 쓸데없이 친절한 약조를 나누는 왕자를 벌레인지 한숨인지 모를 것을 씹어 삼키는 표정으로 지켜보는 것이었다.

◆

프란체스코 왕자와 보나 왕녀의 내방으로 가장 분주해진 사람이 누구냐고 하면, 그건 두말할 나위 없이 젠지로일 것이다.

물론 이때 '가장 분주해졌다'는 것은 내방 전과 후를 비교한 상대적인 평가일 뿐, 젠지로가 왕궁 안에서 가장 바쁜 사람이라는 뜻은 아니다.

이전까지 젠지로는 아우라의 대리로서 몇 번의 공식 행사에 얼굴을 내밀곤 했지만, 하루 종일 자유 시간을 갖는 경우도 적지 않았다.

그러나 그런 생활도 프란체스코 왕자와 보나 왕녀가 오고 나서는 백팔십도 달라졌다.

대국 샤로와·지르벨 쌍왕국의 왕자와 왕녀인 것이다. 그런 손님을 상대하기 위해서는 그에 걸맞는 '격'이 필요하다. 하지만 카파 왕국에서 성인이 된 왕족은 여왕 아우라를 제외하면 국서인 젠지로 단 한 사람뿐이다.

아우라가 왕으로서의 책무를 방기할 수 없는 이상, 왕자와 왕녀를 상대하는 일에 젠지로가 동원되는 건 지극히 당연한 일이다.

"젠지로 님. 오늘 아침에 말씀드린 대로 잠시 후에 프란체스코 왕자와의 면담이 있습니다. 왕자님은 이미 대기실에서 기다리고 계십니다. 들어오시라고 해도 되겠습니까?"

최근에 젠지로가 '집무실 겸 알현의 방'으로 사용하고 있는 왕궁의 어느 방에 파비오 비서관의 억양 없는 목소리가 울려 퍼졌다.

"그래, 좋아."

이쪽을 내려다보는 표정 없는 중년 사내와 눈길이 마주친 젠지로는 소파 위에서 고쳐 앉으며 작게 고개를 끄덕였다.

있는 힘껏 기지개라도 켜고 땅이 꺼져라 한숨을 쉬고 싶은 심정이었지만, 이렇게 늘 한마디 덧붙이는 성미인 아내의 측근 앞에서 그런 무방비한 자세를 보일 수는 없었다.

아우라의 말대로 이 중년 비서관이 궁정 실무에 탁월한 능력을 가진 인물인 건 사실이지만, 이쪽이 빈틈을 보일 때마다 비아냥과 비꼼이 섞인 충고를 날리는 상대가 도무지 마음에 들지 않았다.

그러나 동시에 이 남자의 조언만 충실히 따르면 치명적인 잘못을 저지르지 않을 수 있다는 안도감이 있는 것 또한 분하지만 사실이다. 파비오 비서관은 종종 일부러 말에 가시를 넣어 이쪽을 시험

하는 듯한 언동을 취하지만, 요즘처럼 대외적으로 품위를 지켜야만
하는 자리에서는 절대로 그런 바보 같은 짓을 하지 않는다.

"그러면 들어오시라고 전하겠습니다. 조금 기다리십시오."

그렇게만 말을 남기고 파비오 비서관은 일단 방을 나갔다.

그로부터 몇 분 후, 젠지로는 소파에 마주 앉아서 프란체스코 왕
자와 담소를 나누고 있었다.

"그렇습니까. 프란체스코 전하도 이곳에 어느 정도 적응하신 것
같아 다행입니다."

"네, 기온도 음식도 우리나라와 이 나라는 그다지 큰 차이가 없
으니까요. 하하하하."

가식적으로 웃고 있는 젠지로에게 금발의 왕자는 다른 뜻이 전
혀 없어 보이는 웃음을 지으며 그렇게 명랑하게 대답했다.

그러나 객관적인 사실과 프란체스코 왕자의 지금 발언에는 차이
가 있다.

고온 다습하고 밀림이 영토의 대부분을 점하고 있는 카파 왕국
의 기후와 덥더라도 영토 내에 사막이 있어 늘 대기가 건조한 샤로
와·지르벨 쌍왕국의 기후를 '똑같다'고 하기에는 무리가 있다.

당연히 기후의 차이는 식생 및 생태계의 차이로 드러나며, 연쇄
적으로 그곳에 사는 사람들의 식생활에도 차이를 가져온다.

주식이 얇은 빵이라는 점과 향신료를 아낌없이 사용한 수프 및
고기구이를 좋아한다는 점에서 확실히 큰 틀은 비슷한 부분이 있

지만, 세세한 부분으로 가면 빵에 사용하는 가루부터 시작해서 향신료의 종류에 이르기까지 무엇 하나 같은 것이 없다고 해도 좋다.

예를 들어 말하자면 프랑스 요리와 영국 요리를 '같은 서양 요리'라고 뭉뚱그려 말하는 것에 비견될 만큼 난폭한 화법이다.

(그래도 이 왕자님의 경우엔 진심으로 그렇게 생각하고 있을 가능성도 충분히 있을 것 같지만.)

요 며칠 동안의 교류를 통해 프란체스코 왕자의 성격을 대략 파악한 젠지로는 속으로 쓴웃음을 흘렸다.

아무튼 이 왕자님의 언동은 종잡을 수가 없다. 모든 말을 감정적, 충동적으로 뱉는 것인지 때때로 말한 내용이 모순되는 일도 적지 않다.

이런 언동이 본연의 모습인지 교묘한 연기인지는 두고 본다 하더라도, 일일이 진지하게 받아들인다면 이쪽의 몸이 남아나지 않을 건 확실하다.

어쨌거나 먹거리 화제가 나온 것을 기회 삼아 젠지로는 미리 준비해 두었던 말을 꺼냈다.

"그러고 보니 프란체스코 전하는 저번 파티 때 '증류주'를 꽤 마음에 들어 하신 것 같던데요. 어떻습니까, 좋으시다면 한 병 드릴까 합니다만."

그 말에 금발의 왕자는 눈을 빛내며 몸을 한껏 앞으로 내밀었다.

"정말이십니까! 감사합니다, 젠지로 폐하!"

예상을 훨씬 뛰어넘는 반응에 약간 얼굴을 뒤로 피하면서 젠지로는 뒤쪽에서 대기하고 있던 파비오 비서관에게 말을 걸었다.

"그, 그럼요. 정말이고말고요. 파비오, 가져오게."

"예. 알겠습니다."

목례를 하고 옆방으로 물러가는 중년의 비서관을 곁눈질로 배웅하면서 젠지로는 비서관이 '증류주'를 가져올 때까지의 막간을 침묵으로 버틸…… 생각이었으나, 그런 계획은 맥없이 무너졌다.

"우와아, 기대되네요. 정말로 감사합니다. 그렇게 센 술은 처음 마셔 봤어요. 완전히 푹 빠져 버렸지 뭐예요! 원래 술을 좋아하는 편이지만 그건 정말이지 각별해요. 게다가 이것저것 섞어서 마실 수 있잖아요? 시험해 보고 싶은 게 있어요."

마주 앉은 금발의 왕자는 한순간의 침묵조차 참을 수 없는 것인지 기쁜 표정으로 계속 떠들었다.

대등한 상대를 앞에 두고 일방적으로 계속 떠드는 것은 다소 매너가 아니지만, 프란체스코 왕자에게 그런 정도의 매너 위반을 일일이 지적하다가는 끝이 없을 것이다.

"그렇습니까. 그 정도로 마음에 드셨다면 저로서도 선물하는 보람이 있군요."

젠지로가 형식적인 대응을 하는 사이에 파비오 비서관이 돌아왔다.

"젠지로 님. 가져왔습니다."

"그래, 수고했다."

소파에 앉은 채 작게 고개를 끄덕여 보이는 젠지로 앞에 파비오 비서관은 붉은 천으로 감싼 물건을 소리 나지 않게 놓았다.

젠지로는 테이블 위에 손을 뻗어 천의 매듭을 풀고 내용물을 드러냈다.

"오오!"

하며 프란체스코 왕자가 감탄성을 냈는데, 이번만큼은 그 반응도 과장이 아니었다. 실제로 프란체스코 왕자의 뒤쪽에 대기하고 있는 호위 기사들도 그때까지 조각상 같았던 무표정을 허물고 놀라운 기색을 드러낸 것이다.

붉은 천으로 감싸여 있던 물건은 '무색투명한 사각 용기'였다.

젠지로가 이쪽 세계로 가져온 '위스키병'이다.

바닥이 사각이고 세로로 길쭉한 병은 두꺼운 투명 유리로 되어 있다. 심지어 전체에 거북 등과 같은 요철이 새겨져 있어서 창문으로 비쳐 들어온 태양빛을 받아 보석처럼 반짝반짝 빛나고 있었다.

원래는 호박색 위스키가 들어 있던 그 병에 지금 채워져 있는 것은 투명에 가까운 젠지로의 수제 '증류주'이다. 덕분에 그 위스키병이 완전한 무색투명인 것을 한눈에 알 수 있다.

유리 제조 기술이 존재하지 않는 남대륙 사람이 봤을 때 그것은 그냥 용기라기보다 일종의 공예품에 가까울 것이다.

"훌륭합니다! 그걸 그대로 주신다는 겁니까!? 다 마시고 나면 병은 돌려드려야 하는 건가요?"

"아닙니다. 그대로 가지셔도 됩니다."

왕족이라고는 여겨지지 않는 다소 궁상맞은 걱정을 하는 프란체스코 왕자의 우려를 젠지로는 고개를 저으며 부정해 주었다.

젠지로는 위스키병을 붉은 천으로 다시 싸고는 소파에서 조금 일어나 그것을 프란체스코 왕자 앞으로 밀었다.

"다만 조심해 주십시오. 그 용기는 목제나 금속제에 비할 수 없을 정도로 충격에 약하니까요. 높은 곳에서 떨어뜨리면 조각나 깨질 겁니다. 바닥이 단단하면 조금 세게 넘어지기만 해도 파손될 염려가 있습니다."

그렇게 충고하면서 젠지로는 세심한 주의를 기울여 프란체스코 왕자의 언동을 지켜보았다.

유리로 된 위스키병을 프란체스코 왕자에게 건넨 것은 젠지로의 독단적 결정이 아니다. 어젯밤에 아우라와의 대화를 통해 결정한 일이다.

쌍왕국 사람은 구슬에 강한 흥미를 보인 반면 비즈에는 그렇게까지 흥미를 보이지 않았다.

그러면 투명한 유리병이라면 어떨까? 그 반응을 살펴보고자 하는 생각에서 취한 행동이었으나, 결과적으로 예상 이상의 반응이었고 동시에 기대 밖이기도 했다.

"이거야, 정말 대단하네요, 이건. 대체 뭐로 만든 건가요? 저는 수정도 이렇게까지 투명한 것을 본 적이 없거든요. 게다가 이렇게 한 점의 흐트러짐도 없는 완벽한 형태를 만들어 낼 수 있다니!"

과장스러울 만큼 기뻐하는 왕자의 표정은 지나치게 천진난만해서 그 기쁨이 단순히 '아름다운 예술품'에 대한 것인지 '마법도구로서 이용 가치가 높은 것'에 대한 것인지 판별할 수가 없었다.

(낭패네. 내 눈으로는 전혀 구분이 안 돼. 역시 아우라를 부르든지 아니면 디카로 동영상이라도 촬영할 수 있는 준비를 해 놓았어야 했어.)

그렇게 속으로 후회했지만, 현실적으로 그것이 어려운 일임은 이미 알고 있다.

왕으로서의 업무에 분주한 아우라가 동석 가능한 시간에 맞추려면 대체 언제까지 기다려야 할지 모르는 일인 데다가 주위의 의심을 사지 않고 디카로 촬영할 수 있는 방법도 딱히 떠오르지 않는다.

일본에서는 그저 단순한 재활용 쓰레기일 뿐이지만 이쪽 세계에서는 몇 안 되는 귀한 위스키병이다. 젠지로로서는 그 결과가 다소 만족스럽지 않았다.

프란체스코 왕자는 그런 젠지로의 염려를 간파하기라도 한 듯이,

"이런 훌륭한 물건을 받고 아무런 답례도 하지 않는 건 마음이 괴롭습니다. 어떻습니까? 제가 젠지로 폐하께 '마법도구'를 하나 선물해 드리고 싶은데요."

라고, 젠지로가 생각지도 못한 말을 꺼냈다.

마법도구 제작에 대해서 상대방이 먼저 말을 꺼냈다는 것은 엄청난 행운이다.

젠지로는 재차 프란체스코 왕자의 표정과 말투에 주의를 기울이며 대답했다.

"그건 매력적인 제안이군요. 하지만 마법도구 제작에는 상당한

시간이 걸린다고 들었습니다만 괜찮으시겠습니까? 프란체스코 전하와는 이미 머무시는 동안 마법도구를 하나 만들어 주신다는 약속이 되어 있다고 기억하고 있습니다만?"

프란체스코 왕자 일행의 숙박비 및 호위 기사들의 왕궁 내 제한적 무장 허용의 대가로 프란체스코 왕자와 보나 왕녀는 각각 하나씩 카파 왕국에 마법도구를 증정한다는 약속이 맺어져 있었다.

마법도구 제작에 드는 시간은 간단한 것이라면 몇 개월, '혈통마법'을 부여하게 되면 몇 년이나 걸리는 대작업이다. 필연적으로 그 위스키병에 대한 '사적인 답례'는 몇 년이나 뒤로 미뤄질 수밖에 없다.

"아아, 확실히 그렇긴 하네요. 으으음, 어쩐다. 그 투명한 보옥이 있으면 해결될 문제이긴 한데……."

"!?"

왕자가 반쯤 혼잣말처럼 작은 목소리로 중얼거린 그 말의 내용에 놀라 자빠질 뻔한 것을 자제한 젠지로는 스스로를 칭찬해 주고 싶었다.

(제정신이야, 이 왕자님!? 그건 그쪽 나라의 비밀 중 비밀이잖아?)

구슬과 같은 '투명한 구체'를 사용하면 마법도구 제작 시간을 대폭 단축할 수 있다. 라는 것은, 지극히 일부 사이에서만 회자되고 있는 신빙성 없는 소문에 불과하다.

아우라는 쌍왕국과 주고받은 서한을 근거로 그 소문이 거의 진실이라고 확신하고 있는 것 같았지만, 당연히 확증이라 할 만한 것은 잡지 못하고 있었다.

그걸 이렇게 빨리, 게다가 저쪽이 스스로 자백해 올 줄이야. 예상 밖의 쾌거였다.

혹시 왕자는 진짜 단순한 바보인 것일까? 젠지로가 순간적으로 그렇게 낙관적인 생각을 떠올린 그때였다.

"실례합니다. 젠지로 님."

출입문 쪽에서 보초를 서고 있던 근위 병사의 목소리가 들렸다.

젠지로는 정면에 앉은 프란체스코 왕자에게 양해를 구하고는,

"무슨 일인가?"

라고 큰 소리로 출입문 너머의 병사에게 대답했다.

"옛, 보나 전하가 오셨습니다. 들어가시라고 해도 되겠습니까?"

그 말을 듣고 젠지로는 이제 와서야 생각이 미쳤다.

그러고 보니 어째서 이 자리에 보나 왕녀가 없었던 것일까?

회담 신청이 프란체스코 왕자 한 사람의 명의로 올라왔기 때문에 프란체스코 왕자가 혼자 찾아온 것에 대해 위화감을 느끼지 못했지만, 냉정하게 생각해 보면 이상하다.

저번 파티 때의 대화를 떠올려 보면 분명 보나 왕녀는 프란체스코 왕자의 '감시역'이다.

문제아 취급을 받고 있는 왕자가 혼자서 타국의 왕족과 면담한다. 그런 지극히 위험한 일을 저 고지식한 보나 왕녀가 과연 허락했

을까?

"프란체스코 전하?"

반쯤 상황을 파악한 젠지로가 의문을 던지듯이 맞은편에 앉은 금발 왕자의 이름을 불렀다.

프란체스코 왕자는 한 점의 꿍꿍이도 보이지 않는 밝은 웃음을 떠올리고는,

"예, 매번 동행하게 하는 것도 미안해서요. 그 아이에게도 자유로운 시간이 필요하고요. 보나에게는 말하지 않고 왔습니다만, 그 아이는 정말이지 책임감이 강하네요."

그렇게 말하고는 금발에 감싸인 머리를 긁적였다.

"그렇습니까. 그래도 이왕 오셨으니 들어오시라 해야겠지요? 밖의 병사, 들리나? 들어오시라 해라."

(……보나 왕녀도 고생이군.)

속으로 밤색 머리칼의 왕녀에게 적잖이 동정을 표하며 젠지로는 커다란 목소리로 출입문 너머에 있는 병사에게 그렇게 명령했다.

"오늘은 예고도 없이 찾아와서 죄송합니다. 이런 무례를 흔쾌히 받아들여 주신 젠지로 폐하의 온정에는 뭐라고 감사의 말씀을 올려야 할지 모르겠습니다."

보나 왕녀가 처음 꺼낸 말은 젠지로의 예상대로 사죄의 말이

었다.

확실히 예고 없이 방문해 온 것은 예의에 어긋나는 일이다. 특히 지금 왕궁에 있는 젠지로는 '공인'의 입장이고, 젠지로와 보나 왕녀는 그런 불문율을 무시할 정도로 스스럼없는 관계도 아니다.

그러나 '감시역'이라는 보나 왕녀의 입장을 이해하고 있는 젠지로는 그 정도의 일로 시끄럽게 추궁할 생각은 없었다.

"아닙니다. 괜찮습니다. 물론 이쪽도 여러 사정이 있을 수 있으니 항상 이럴 수는 없습니다만, 오늘 같은 경우는 보나 전하의 방문을 거절할 이유가 없으니까요."

그렇게 가볍게 주의를 주면서도 보나 왕녀의 행동을 용인한다는 뜻을 비쳤다.

'오늘 같은 경우'란 말할 필요도 없이 프란체스코 왕자가 감시역인 보나 왕녀를 따돌리고 혼자서 젠지로와의 면담을 진행한 상황을 가리킨다.

즉, 젠지로는 '앞으로 이런 일이 있을 때는 예약 같은 건 신경 쓰지 말고 합류해도 좋다'는 뜻으로 말한 것이다.

그런 젠지로의 의도가 제대로 전달된 것이리라.

"가, 감사합니다."

보나 왕녀는 구사일생한 것 같은 표정으로 새삼스럽게 머리를 숙였다.

"음, 뭐가 뭔지는 모르겠지만 잘됐구나, 보나."

보나 왕녀는 천연덕스럽게 말하는 마음고생의 원흉에게 반사적으로 뭔가를 말하려고 했지만, 이 자리에서 해도 좋을 만한 말이 아니라는 생각이 들었는지 말이 튀어나오기 직전에 삼켰다.

이건 분위기를 조금 바꾸는 편이 좋을 것 같다. 그렇게 민감하게 감지한 젠지로는 마치 방금 떠올렸다는 듯이,

"그러고 보니 슬슬 차를 마셔도 좋을 시간이군요. 어떻습니까? 정원에 있는 정자로 장소를 옮겨서 이야기를 계속하지 않으시겠습니까?"

그렇게 자연스럽게 제안했다.

왕자와 왕녀도 딱히 그 제안을 거절할 이유가 없어서

"아아, 그거 좋네요. 마침 목이 마르던 참이거든요."

"네, 감사합니다. 마시겠습니다."

라며 동시에 수긍하는 대답을 해 왔다.

정원의 정자. 벽은 없고 판자 지붕을 네 개의 기둥만으로 지탱하고 있는 그 건물은 가까이에 있는 분수에서 바람이 안으로 불어오게끔 나무가 심겨져 있어 왕궁 안보다 훨씬 시원했다.

때문에 한낮의 더운 시간대를 안뜰의 정자에서 보내자는 제안은 지극히 자연스러웠다. 그러나 젠지로가 정자로 장소를 옮긴 진짜 목적은 시원함 때문이 아니다.

솟아오르는 분수 옆의 정자에는 당연히 끊임없이 물소리가 울려 퍼지고 있다. 때문에 그 안에서 오고 가는 대화는 의식적으로 큰 소리를 지르지 않는 한 주변에서 대기하는 비서관이나 호위 병사들

의 귀에까지 닿지 않는다.

이 장소로 자리를 옮긴 것은 조금 전에 프란체스코 왕자가 뱉은 '실언'을 보나 왕녀에게 보고 및 확인해 두고자 한 젠지로의 속 깊은 배려였다.

"그럼 내게는 냉차를 주게."

나무와 덩굴로 만든 남국풍 의자에 앉은 젠지로는 얼굴은 정면으로 향한 채 일부러 평소와 다름없는 성량으로 등 뒤에 대기하고 있는 사람에게 그렇게 말했다.

그러자,

"예, 젠지로 님? 방금 뭐라고 말씀하셨습니까?"

파비오 비서관이 일부러 그러는 것처럼 되묻고,

"아아, 안 들렸나. 냉차를 달라고 말했네."

라고 젠지로가 큰 목소리로 다시 말하는 부분까지, 모두 이미 지시해 놓은 사항이었다.

이렇게 '이 장소는 평소의 목소리로 떠들어도 주위 사람에게는 들리지 않는다'는 점을 프란체스코 왕자와 보나 왕녀에게 어필한 것이지만, 그 의도가 전해졌는지 아닌지는 두 사람의 표정을 보고 판단할 수밖에 없다.

"저도 냉차를 부탁합니다. 더운 날엔 뜨거운 걸 마시고 땀을 흘리라고들 하지만, 역시 더울 때는 차가운 걸 마시고 싶은 법이지요."

그렇게 말하며 빙글빙글 웃는 프란체스코 왕자의 표정을 읽을 수 없는 건 젠지로도 이미 예상했던 일이다.

문제는 보나 왕녀 쪽인데, 이쪽은 실로 알기 쉬웠다.

"에? 앗! 네에? 아아! …… 저, 저도 냉차로 부탁합니다……."

말로 표현하자면 저 표정의 변화는 처음 것은 '의문', 다음으로 '납득', 그다음에는 한 번 더 '의문', 그리고 마지막으로 '충격'이다.

맨 처음에는 숨은 뜻을 이해할 수 없어서 멍했고 몇 초 후 젠지로의 말에 숨겨진 뜻을 이해해서 '아아, 과연'이라고 미소 지었다가 그 직후 '왜 이런 밀담을 나눌 자리를 마련해야만 했을까?'라는 데 생각이 미치고 '그건 내가 여기 오기 전에 프란체스코 왕자가 발설해서는 안 되는 기밀 정보를 상대방에게 말했기 때문'이라는 추측에 도달하고 절망했다는 뜻이다.

젠지로는 내심 동정했지만 그 감정을 행동으로 옮길 입장은 아니었다. 오히려 그런 실언을 꼬투리 잡아 이쪽의 이익을 최대한 이끌어 내야 하는 입장에 있다.

(그래도 너무 지나치게 몰아붙여서 쌍왕국의 반감을 사는 것도 그렇고, 내 입장을 생각하면 쓸데없이 공을 세우는 것도 좋지 않으니…… 좀 번거롭게 됐네!)

젠지로가 그런 생각을 하고 있는 동안 파비오 비서관의 명을 받은 시녀가 음료가 든 은잔과 과자를 담은 나무 접시를 테이블 위에 늘어놓았다.

은잔은 물론 나무 접시도 결이 촘촘한 고급 목재에 정밀한 조각으로 모양을 낸 귀한 물건이었다.

은잔을 입에 대고 목을 가볍게 축인 젠지로는 마주 앉은 금발의 왕자와 밤색 머리의 왕녀를 번갈아 응시하다가 입을 열었다.

"프란체스코 전하. 조금 전에 전하가 말씀하신, '투명한 보옥'이 있으면 마법도구 제작에 드는 시간의 문제를 해결할 수 있다는 건 무슨 의미인지요? 구체적인 방법에 대해 말씀해 주실 수 있습니까?"

여기서는 단도직입적으로 얘기를 꺼내는 편이 좋겠다는 판단이었는데 그 말에 보나 왕녀는 극적인 반응을 보였다.

"푸웁!?"

수습할 여유도 없이 뿜어낸 보나 왕녀는 표정뿐 아니라 온몸으로 '경악'을 드러냈다. 그나마 불행 중 다행인 것은 입안에 음료를 머금고 있지는 않았다는 정도일까.

물론 만일의 경우를 생각해서 보나 왕녀가 냉차를 삼키는 것을 확인하고 말을 꺼낸 것인데, 그런 젠지로의 배려가 적중한 셈이 되었다. 정작 뿜어낸 본인에게는 아무런 위로도 되지 않는 것이겠지만.

그러나 지금의 보나 왕녀에게는 타국의 왕족 앞에서 숙녀로서 점잖지 못한 모습을 보인 데 대한 쇼크보다 그 리액션을 이끌어 낸 폭탄 발언을 추궁하는 쪽이 훨씬 중요했다.

"프, 프란체스코 전하. 설마 이야기해 버리신 거예요!?"

목소리가 평소의 성량으로 조절되어 있는 건 보나 왕녀가 간신히 붙들고 있는 이성 덕분일까. 그러나 얼굴은 비유가 아니라 '창백'

그 자체였고 파랗게 핏기가 가신 입술에서 튀어나온 목소리는 비명을 뛰어넘어 '단말마'에 가까웠다.

그러나 그런 왕녀의 심경 따위 아랑곳지도 않고,

"응, 그러고 보니 조금 전에 말해 버린 것 같네. 꽤 작은 목소리였는데, 젠지로 폐하의 귀에는 들리셨군요. 아하하하."

"……웃을 일이 아니에요, 프란체스코 전하. 그건 샤로와 왕가의 비전이잖아요!"

"아아, 그러고 보니 그랬지. 젠지로 폐하, 그런 사정이니 이 얘기는 비밀로 해 주십시오."

정말로 이제야 깨달았다는 듯한 표정으로 입가에 둘째 손가락을 곧추세워 대고 목소리를 낮추는 프란체스코 왕자를 바라보며 보나 왕녀는 격앙했다.

"젠지로 폐하께 비밀로 해 달라고 해서 어쩌겠다는 거예요! 폐하께서 아신 시점에서 이미 끝이에요!"

"자아, 보나 전하, 진정하십시오. 내 입장에서 이런 말을 하는 것도 뭣합니다만, 아까 프란체스코 왕자님이 중얼거리신 목소리는 대단히 작아서 마주 앉은 저 외에는 아무도 듣지 못했을 겁니다. 이자리에서는 조금 더 건설적인 이야기를 나누도록 하지요."

그렇게 타이르면서 젠지로는 내심 '어리구나'라는 생각에 쓴웃음이 났다.

만약 젠지로가 꺼낸 이야기가 슬쩍 떠보는 말이었다면 오히려 보나 왕녀가 보인 반응이야말로 치명적인 정보라는 점을 본인은 깨달지 못하고 있다.

하지만 보나 왕녀는 겨우 16살. 일본이라면 고등학생이다. 아무리 왕후 귀족 태생이라 해도 저 나이에 포커페이스나 애드리브와 같은 교섭 기술을 실전 레벨로 갖추고 있는 사람은 극소수다. 이 고지식한 소녀에게 그런 부분까지 요구하는 건 가혹한 일일 것이다.

"아, 네, 죄송합니다. 흉한 꼴을 보여 드려서……."

자신의 언동을 되돌아보고 이번엔 얼굴이 새빨개진 보나 왕녀가 꾸벅꾸벅 머리를 조아리는 반면,

"그래. 이미 벌어진 일을 어쩌겠어. 어차피 이렇게 된 이상 좋은 방향으로 갈 수 있게 노력해야지. 어떻습니까, 젠지로 폐하. 폐하가 가지고 계신 그 보옥을 건네주신다면 마법도구 제작 시간을 대폭 단축할 수 있습니다만."

프란체스코 왕자는 마치 그것이 처음부터 정해진 길이라는 것처럼 뻔뻔스럽게 웃으며 그렇게 졸랐다.

(아아, 이건……. 역시 단순한 바보가 아니다, 라는 걸까?)

"과연, 대략적인 사정은 이해했습니다. 그런데 모르겠는 건, 어째서 구슬——그 보옥이 아니면 안 되는지요? 보석 연마 기술에 관해서는 쌍왕국이 남대륙 제일이라고 들었습니다. 그 기술로 수정을 동그랗게 갈아서 만들면 안 되는 겁니까?"

자연히 솟아나는 경계심이 표정에 드러나지 않도록 애써 미소를 지으며 젠지로는 가능한 한 스스럼없는 말투로 그렇게 되물었다.

프란체스코 왕자는 그늘 없는 미소를 띤 채 과장스러운 동작으

로 고개를 가로젓고는,

"말도 안 돼요. 그건 우리나라의 보석 가공 기술을 조금 과대평가하신 겁니다. 확실히 우리나라는 대륙에서 손에 꼽히는 보석 가공 기술을 갖고 있습니다만, 투명한 소재를 그 정도까지 완벽한 구형으로 갈아 내는 건 불가능합니다. 그렇지, 보나?"

보나 왕녀는 잠시 갈등하는 듯했지만 이내 단념했는지 한 번 크게 한숨을 짓고는 이야기를 시작했다.

"네, 정확히 말하자면 현재 쌍왕국에는 그런 가공이 가능한 기술자가 한 사람도 없습니다. 보석 연마는 장인의 솜씨에 달린 것이라서요. 과거에는 수정을 실용 가능한 구형으로 연마할 수 있는 장인도 있었습니다. 하지만 그런 탁월한 장인이라도 성공하는 경우는 매우 드물고 시간도 걸리기 때문에 평생 동안 세 개나 네 개를 남기는 것이 고작이었다고 합니다. 그만한 장인이 구형 수정 제작에만 평생을 바칠 리도 없고요."

"과연."

젠지로는 납득했다는 듯이 고개를 끄덕였다.

실제로 지구의 역사에서도 단단한 광물을 완벽한 구형으로 세공하는 게 가능해진 것은 비교적 최근의 일이다.

젠지로는 잘 모르지만 광물을 완벽한 구형으로 갈아 내는 일은 상당한 기술을 필요로 하는 것이다.

그에 비하면 유리구슬을 동그랗게 만드는 건 훨씬 간단하다. 수정구의 경우처럼 동그랗게 깎아내는 것이 아니라 처음부터 구형으로 만들어 내기 때문이다.

대략적으로 설명하자면 점도가 높은 뜨거운 액체 상태의 유리를 적당량 잘라서 풀장의 나선형 미끄럼틀과 같은 비탈면에서 굴려 떨어뜨리면 아래에 도착할 때는 딱 적당하게 식어서 둥근 모양이 되어 있는 것이다.

물론 이런 조잡한 방법으로 만들면 완벽한 구체라고 할 수 없는 불량품이 대부분이겠지만, 그 부분은 수량을 확보해 성공한 것만 추출해 내면 된다.

머릿속 한 편에서 고등학생 시절 수학여행으로 갔던 유리 박물관에서 본 '유리구슬 제작 방법'을 어렴풋이 떠올리면서 젠지로는 맞장구를 치고 대화를 이어나갔다.

"그건 확실히 귀중품이로군요. 그런데 실제로 그런 보옥을 사용하면 어느 정도의 효과가 있습니까?"

"그건……."

이미 여기까지 왔는데도 정보를 공개하는 데 저항을 느끼는 듯 보나 왕녀가 말끝을 흐렸지만 옆에 앉은 금발의 왕자님에게는 그런 신중한 마음 자세 따위 없었다.

"네, 그건 뭐 완전히 다릅니다. 전에 이자벨라 님이 빌려 주신 그 보옥이라면 일반적인 4대 마법의 부여는 하루 만에 끝날 겁니다. 마법을 부여하는 대상으로서 중요한 점은 '색'과 '형태'거든요. 그렇지, 보나? 맞지?"

대체 어디까지 다 폭로할 셈인지 전혀 멈출 줄 모르는 프란체스코 왕자의 태도에 애초부터 그다지 포커페이스에 능하지 않는 보나 왕녀의 표정이 완전히 굳어졌다.

프란체스코 왕자의 입을 틀어막기 위해서는 이젠 호위 병사들에게 명령해서 물리적인 수단을 동원하는 수밖에 없을 것 같다.

그걸 깨달은 보나 왕녀는 마음을 굳혔다. 이렇게 된 이상 차라리 자기 입으로 설명함으로써 이 자리에서 대화의 주도권을 조금이라도 빼앗아 어떻게든 일방적인 정보 제공 상태 대신 조금이라도 기브 앤드 테이크의 형태로 가져가야만 한다.

그런 계산적인 결의를 굳힌 보나 왕녀는 젠지로와 시선을 마주치자 명백히 가식적인 표정으로 수긍했다.

"……네. '색'은 무색투명에 가까우면 가까울수록 부여할 때 마법이 잘 통한다고 알려져 있습니다. 무색투명까지는 아니더라도 투명도가 높은 것이라면 그렇지 않은 것에 비해 마력이 잘 통합니다. 부여 대상으로 보석이 귀하게 여겨지는 건 실은 그런 이유 때문입니다. 그리고 형태는……. 아, 죄송합니다. 그만 심취해서 저 혼자 떠들어 버렸네요. 이런 얘기에 젠지로 폐하도 흥미가 있으신지요?"

어느 정도 정보를 공개한 시점에서 밤색 머리 소녀는 다소 의도적으로 이야기를 끊었다.

젠지로는 그것만으로도 보나 왕녀가 무슨 뜻을 비치는 것인지 알아챘다.

(아아, 과연. 여기서 내게 '흥미가 있다'는 말을 듣고 싶은 것이로군. 그런 언질을 받아내면 최소한 이다음부터는 '프란체스코 왕자가 멋대로 말했다'는

것에서 '이쪽이 흥미를 보였기 때문에 말했다'는 식으로 주장할 수 있을 테니까.)

상대방의 의도를 깨달은 이상 구태여 편승할 필요는 없다.

하지만 여기서 너무 쩨쩨하게 굴면 샤로와·지르벨 쌍왕국과의 관계에 균열이 생길 수도 있다.

재빨리 머리를 굴린 젠지로는 조금 과장스럽게 미소를 지으며 대답했다.

"아니요, 대단히 흥미로운 얘기입니다. 하지만 그렇기 때문에 제가 이야기를 들어도 되는지 조금 두렵군요. 부끄럽습니다만 저는 이 나이에 겨우 마력 시인 능력을 깨쳤을 만큼 마법과는 거리가 먼 사람이라서 엉뚱한 소리로 두 분을 실망시켜 드릴 것 같습니다. 아우라 폐하라면 그럴 일도 없을 것입니다만."

의역하자면 "내 입장에서는 이 이상의 정보를 받아도 대가를 약속할 수 없습니다. 그런 얘기는 여왕인 아우라에게 해 주세요."라는 말이다.

갑작스러운 상황이라서 의도를 그다지 교묘하게 감추지 못한 것이 오히려 성공적이었는지 행간의 뜻을 올바르게 해석한 밤색 머리 소녀는 조금 안심한 듯이 미소에 깊이를 더했다.

"그렇습니까. 그러시다면 다음 이야기는 아우라 폐하도 함께 모셔서 추후에 계속하는 것이 어떠십니까?"

"네. 제가 폐하에게 그렇게 전해 두겠습니다."

이렇게 무난히 이야기가 정리되었다. 안도의 빛을 감추지 못하는 보나 왕녀 앞에서 포커페이스를 유지하고 있는 젠지로도 속으로는 눈앞의 소녀와 별반 차이 없는 긴장과 압박을 견디고 있었다.

그걸 간신히 겉으로 드러내지 않고 끝낼 수 있었던 건, 아주 조금이지만 그녀보다 많은 경험을 쌓아 왔기 때문이다.

"…………."

한편 프란체스코 왕자는 그때까지 수다스럽던 모습은 온데간데없이 예의바르게 한마디도 끼어들지 않고 빙긋빙긋 천진하게 웃으며 젠지로와 보나 왕녀의 대화를 지켜보고 있었다.

◆

안뜰의 정자에서 프란체스코 왕자, 보나 왕녀와 헤어진 젠지로는 다시 왕궁 집무실로 돌아왔다.

"…………."

방 안에 있는 자는 젠지로 외에는 파비오 비서관뿐. 정자에 비하면 무더운 집무실이지만, 대국의 왕족 두 사람과의 면담이라는 중책에서 해방된 지금은 그 무더운 공기조차 마음 편하게 느껴졌다.

젠지로는 가죽 소파에 다리를 쩍 벌리고 깊숙이 앉아 어깨에 힘을 빼고 심호흡을 했다.

비서관 파비오가 흘끗 이쪽으로 시선을 향했지만 아무 말도 하지 않았다.

주위에 사람 눈이 없고 시간의 여유가 있을 때 조금이나마 흐트러지지 않으면 심신이 견디지 못한다는 걸 이해하기 때문이리라.

게다가 이 중년 비서관의 밉살스러운 부분은 이쪽이 한숨 돌리고 간신히 기력과 체력을 회복한 절묘한 시점을 기다렸다는 듯이 말을 건다는 데에 있다.

"자, 젠지로 님. 잠시 괜찮으십니까? 아까 중간에 장소를 정자로 옮기셨는데 저희들의 귀에 들려서는 안 될 얘기가 있었다고 생각해도 무방하겠지요?"

혹시 이 사내에게는 자신의 체력과 기력의 회복 정도가 수치로 보이는 것이 아닐까? 젠지로는 순간 그런 비현실적인 의심을 품을 뻔했지만 들려온 질문에 대답하지 않을 수는 없었다.

한 번 머리를 흔들고 소파 위에 단정하게 고쳐 앉은 젠지로는 등받이에 등을 기대고는 눈앞에 선 중년의 비서관을 올려다보며 입을 열었다.

"아아, 그래. 실은 쌍왕국의 비밀을 들었어. 솔직히 그 정도로 중요한 정보를 프란체스코 왕자가 부주의하게 흘릴 줄이야. 완벽하게 예상 밖이었어. 도저히라고는 못해도 내 입으로 자네에게 들려줄 수는 없는 정보라네. 이 건은 아우라 폐하에게 전하겠어. 꼭 알아야 할 필요가 있다면 폐하에게 듣도록."

"흐음……. 과연."

젠지로의 대답에 파비오 비서관은 좁다란 턱에 오른손을 대고 잠시 생각에 잠겼다.

아우라가 빌려 준 이 중년의 비서관이 긴 시간 고민 상태에 들어가는 건 드문 일이다.

방금 자신의 대답에 뭔가 문제가 있었던 것일까? 표정에는 드러내지 않았지만 속으로 조금 조마조마하면서 젠지로는 비서관의 대답을 기다렸다.

이윽고 생각이 정리되었는지 파비오 비서관이 고개를 한 번 끄덕이고는 혼잣말처럼 중얼거렸다.

"이건 어쩌면 '감쪽같이 당한' 건지도 모르겠군요."

불길한 감상에 젠지로는 펄쩍 뛰며 미간에 주름을 지었다.

"당했다? 무슨 의미야? 설명해 봐라."

젠지로는 '감쪽같이 당했다'는 말을 들을 만한 실수를 한 기억이 없다. 저쪽이 멋대로 나자빠진 것이라고는 해도 오히려 이쪽이 일방적으로 외교적 우위를 거뒀다고 생각했다.

명백히 가시가 돋친 젠지로의 시선을 받으며 여전히 표정 하나 변하지 않고 중년의 비서관은 대답했다.

"예, 젠지로 님의 귀에만 직접 샤로와 왕가의 기밀 정보가 들어갔다, 라는 점이 이 경우 커다란 문제가 됩니다. 하나만 확인하고 싶습니다. 그 기밀 정보를 흘린 프란체스코 왕자는 그 직후에 입막음을 하려 들지 않았습니까?"

"으응, 그랬지. 이 일은 비밀로 해 달라고."

당황하면서도 솔직하게 밝히는 젠지로의 대답에 파비오 비서관은 '역시'라는 듯이 고개를 한 번 끄덕이고는,

"그렇다면 저쪽의 의도가 무엇이든 이쪽은 그대로 할 수밖에 없

다는 생각이 듭니다. 왜냐하면 이 일은 대국 샤로와·지르벨 쌍왕국의 기밀 정보니까요. 그 정보를 유용하게 활용할 경우 얼마나 이득이 될는지는 모르겠지만 전혀 이득이 없는 일은 아니겠지요. 그리고 오늘 젠지로 님과 프란체스코 왕자의 회담은 공식 기록으로도 남게 됩니다. 이건 훌륭한 외교적 공적이지요. '젠지로 폐하의 명성'이 극적으로 드높아질 것은 틀림없을 겝니다."

"……아."

젠지로는 파비오가 밉살맞게 '폐하'라는 경칭으로 부른 것을 나무라는 것도 잊어버리고 넋이 나간 소리를 냈다.

파비오 비서관의 말뜻은 간단하다.

오늘 젠지로가 입수한 정보를 공식적으로 드러내고 유효하게 활용해 카파 왕국에 이득을 가져오면 가져올수록 젠지로의 공적은 뚜렷해지고, 싫든 좋든 그 명성이 드높아지게 된다.

말할 것도 없이 그건 카파 왕가에게 있어서 더없이 불편한 전개다.

카파 왕국의 남성 우위 가치관은 뿌리 깊다. 이런 정도의 '공적'이라면 젠지로의 권력을 확대하는 구실로 삼기에 충분하다.

여왕 아우라의 통치 능력을 인정하면서도 심정적으로는 여자의 지배하에 있는 것을 불편해하는 귀족은 많다.

혈통의 정당성에 문제가 있는 탓에 현시점에서 옥좌, 왕관을 젠지로에게 양도하라고 주장하는 바보는 없지만, 단 한 명뿐인 성인 남성 왕족에 상응하는 권한을 부여해야 한다는 '정론'은 종종 들려

온다.

물론 순수한 호의와 의분에서 그렇게 말하는 자도 있지만, 여왕 아우라보다 젠지로에게 권력을 몰아주는 편이 '휘두르기 쉽다'는 계산에서 말하는 자는 그 이상으로 많다.

"그러니까…… 뭐야? 현 상태에서는 아직 저쪽에 주도권이 있다, 라는 건가?"

아직 혼란스러웠지만 살피는 듯한 자신 없는 말투로 그렇게 말하는 젠지로에게 비서관은 작게 한 번 긍정했다.

"네. 일을 표면으로 드러낼 경우 이득도 발생하겠지만 동시에 혼란도 생길 것입니다. 때문에 내밀하게 진행할 필요가 있습니다. 아무래도 수동적인 자세로 대처할 필요가 있을 것입니다."

"어째서 저쪽이 실수로 흘린 정보를 들은 쪽이 조심해야 하는지……. 조금 억울한 생각이 드는데."

파비오 비서관의 지적이 올바르다는 걸 인식하면서도 젠지로는 무심코 그런 불만을 토로했다.

그러나 그런 대화를 주고받는 사이에 처음에 느꼈던 경악이 사라지고 평소와 같은 사고 능력이 되돌아왔다.

"그런데 이렇게까지 번거로운 사태를 프란체스코 왕자는 일부러 일으켰다는 건가? 과연 단순한 주책바가지의 자유분방한 언동이 우연히 이런 상황을 만들었다고 보기엔 부자연스럽긴 한데."

젠지로의 물음에 중년의 비서관은 어깨를 으쓱하며,

"글쎄요, 확실히 모든 것이 우연이라고 보는 건 지나치게 낙관적이라는 생각이 듭니다. 하지만 프란체스코 왕자의 태도가 거짓이고 사실은 굉장히 총명한 사람이라고 가정한다 해도 이 상황을 일부러 획책했다고 보는 건 지나친 과대평가이지 싶습니다만. 만약 젠지로 님이 공을 세우는 데 집착하는 분이라면 그것만으로도 상황은 훨씬 달라졌을 테니까요. 일부러 이 상황을 만들어 내지는 않았을 겁니다."

확실히 파비오 비서관의 말대로다. 아니, 그렇다기보다는 젠지로가 예외 중의 예외다. 이런 기밀 정보를 손에 넣고도 아내를 배려해 내밀하게 일을 진행하려는 남자 왕족 따위 세상에는 존재하지 않는다.

보통이라면 국서의 귀에 기밀 정보가 들어간 시점에서 멋대로 이용당하고 쌍왕국은 막대한 손실을 입게 될 것이 뻔하다.

"흐음. 확실히. 하지만 바보가 일으킨 우연이라고 보기에도 부자연스러워. 바보를 연기하고 있는 지혜로운 자가 이끌어 낸 필연이라고 보기에도 부자연스럽고. 그렇다면 대체 정체가 뭐지?"

젠지로의 입에서 그런 의문이 흘러나왔지만 그건 혼잣말에 가깝지 해답을 바라는 말투는 아니었다.

"모르겠습니다. 모든 것이 우연인지, 아니면 모든 것이 필연인지, 그 어느 쪽도 아니라면 우연과 필연이 뒤섞인 것인지, 기밀 정보 누출을 대수롭게 여기지 않을 정도로 더욱 커다란 목적이 숨어 있는 것인지. 어쨌든 정보가 너무 적어서 추측다운 추측을 할 방도가 없습니다."

실제로 파비오 비서관의 말에 해답이라 할 만한 건 전혀 포함되어 있지 않았다.

———————◆———————

젠지로와 파비오 비서관이 심각한 화제로 깊은 대화를 나누고 있을 무렵, 남쪽 건물로 돌아온 프란체스코 왕자와 보나 왕녀는 길고 곧은 통로를 걸으며 이젠 일상이 되어 버린 동문서답의 대화에 열을 올리고 있었다.

"프란체스코 전하! 정말 곤란합니다, 오늘과 같은 일은요. 젠지로 폐하나 아우라 폐하와 만날 때는 제게도 알려주세요."

"이야아, 미안해. 요즘 보나도 바쁜 것 같아서 배려한 건데, 오히려 폐를 끼쳐 버렸네. 응, 앞으로는 조심할게."

정확하게는 열을 내고 있는 건 보나 왕녀뿐이고, 프란체스코 왕자는 여전히 사람 좋은 미소로 표표히 대답했다.

"부탁드려요."

감시역이라는 입장에서 잔소리를 하지 않을 수는 없지만, 나이도 신분도 자신보다 높은 남자를 계속 질타하기도 꺼려진다. 보나 왕녀는 복잡한 표정을 지으면서도 일단 발톱을 거뒀다.

그러는 동안 두 사람은 방 앞에 도착했다.

이곳 제1건물에 머무는 건 프란체스코 왕자뿐이고 보나 왕녀의 방은 옆의 제2건물이었지만 지금은 나눠야 할 이야기가 있다.

보나 왕녀는 프란체스코 왕자의 뒤를 쫓듯이 호위 병사가 열어 준 문을 통과했다.

　방 안은 한 발짝 내디뎠을 뿐인데도 확연히 시원했다.

　당연한 얘기지만 프란체스코 왕자와 보나 왕녀가 타국에 장기 체류하는 것이 결정된 시점에서 샤로와 왕가는 일상생활이 원만히 이루어질 수 있도록 마법도구 일부의 지참을 허가했다.

　이 방을 시원하게 하고 있는 것도 그런 마법도구 중 하나다.

　'서리 발생'과 '바람 조작'의 주문을 부여한 그 커다란 은쟁반은 항상 흰 연기와 같은 서리를 내뿜고 거기에서 기분 좋은 바람이 불어 나오게끔 만들었다.

　수온을 조작하는 마법은 존재하지 않기 때문에 젠지로가 가져온 에어컨만큼 극적으로 시원해지지는 않지만, '시냇가의 나무 그늘' 정도의 시원함은 가져다주었다.

　익숙하지 않은 무더위에서 해방된 이국의 왕자와 왕녀는 안도의 한숨을 내쉬면서 마주 앉도록 되어 있는 의자에 앉았다.

　그들이 앉아 있는 나무와 덩굴로 만든 의자도 목제 테이블도 모두 이곳 카파 왕국의 것이다. 불편하다고 할 정도는 아니지만 역시 어딘가 위화감은 있다.

　딱 꼬집어 말할 수 없는 묘한 불편함 때문에 의자 위에서 엉덩이를 이리저리 옮기면서 프란체스코 왕자는 입을 열었다.

　"후우, 시원하다. 맞다, 진짜 미안해, 보나. 하지만 그렇게 눈꼬리를 험상궂게 올릴 필요도 없잖아? 아버지도 할아버지도 '보옥을 손에 넣기 위해서라면 전부 말해 버려도 좋다'고 하셨잖아."

"제1왕자 전하와 국왕폐하는 '최종적으로는 보옥의 입수를 우선한다. 최악의 경우 기밀을 발설해도 어쩔 수 없다'고 말하신 거예요. 기밀을 내던지고 무방비 전법을 취하라는 말씀은 아무도 안 하셨어요."

보나 왕녀는 고지식한 말투로 프란체스코 왕자의 편리하게 재구성된 기억을 정정했다.

그러나 금발의 왕자는 전혀 개의치 않고,

"그건 얄팍한 인식이야, 보나. 너는 아버지와 할아버지가 나에 대해 얼마나 이해하고 계신지 간파하지 못하고 있어. 내게 기밀을 밝히는 걸 허락한 이상 금세 모든 것을 발설할 거라는 정도는 이미 계산이 끝난 거야. 나는 원체 세세한 조건을 기억할 만큼 머리가 좋지 않으니까. 아버지도 할아버지도 그걸 잘 알고 계시지."

에헴, 하며 가슴을 펴는 프란체스코 왕자와는 대조적으로 보나 왕녀는 어깨를 축 늘어뜨렸다.

"전하……. 그건 자랑하실 만한 일이 아니거든요."

엄습해 오는 두통을 견디며 보나 왕녀는 가냘픈 목소리로 그래도 성실하게 태클을 걸었다.

지끈거리는 보나 왕녀의 뇌리에 스친 것은 모국의 국왕과 제1왕자에게 이번 일을 부탁받을 때의 광경이었다.

이번 '감시역'을 받아들였을 때 보나 왕녀는 놀랄 만큼 큰 액수의 보수를 제안받았다. 그때는 그 정도로 막중한 역할을 맡은 것이라고 자신에게 쏠린 기대감의 크기에 흥분했지만, 어쩌면 그 거액의 보수는 단순히 '선불 위자료'였던 거 아니었을까?

그런 의혹을 품고 눈초리를 올리는 보나 왕녀에게 싱글거리는 미소를 거두지도 않고 프란체스코 왕자는,

"에이, 신경 쓰지 마, 신경 쓰지 마. 그보다 보나, 이것 좀 봐. 젠지로 폐하가 주셨어. 멋있지?"

그렇게 말하며 테이블 위에 놓인 증류주 병을 감싼 붉은 천을 풀었다.

안에서 모습을 드러낸 건 무색투명한 위스키병. 그 안에는 한없이 무색투명에 가까운 젠지로의 수제 '증류주'가 들어 있다. 그러나 지금은 일단 내용물이 중요하지 않았다.

예상대로라고나 할까. 보나 왕녀는 눈빛을 바꾸고 테이블 위로 몸을 내밀었다. 몸을 일으킨 반동으로 앉아 있던 의자가 덜컥덜컥 점잖지 못한 소리를 냈지만 신경 쓰기는커녕 깨닫지도 못한 것 같았다.

"손으로 들어 봐도 상관없지만 조심해. 젠지로 폐하가 말씀하시길 굉장히 깨지기 쉽다고 하니까. 듣고 있어, 보나?"

"…………"

반짝반짝 눈을 빛내는 보나 왕녀는 프란체스코 왕자에게 대답도 하지 않고 곧바로 위스키병으로 손을 내밀었다. 쓰러뜨리거나 떨어뜨리지 않도록 양손으로 꼭 잡고 있는 폼이 프란체스코 왕자의 말

을 듣기는 들은 모양이다.

위스키병을 자기 앞으로 끌어당겨 의자에 고쳐 앉은 보나 왕녀는 눈을 깜빡이는 것조차 아깝다는 듯이 시선을 병에 고정시켰다.

"아름다워…… 이 얼마나 완벽한 만듦새인지. 재질은 그 투명한 보옥이랑 같은 건가? 그리고 이 표면의 문양, 크기에서 홈의 깊이까지 전부 균일해. 물론 한 점의 비틀림도 찾아볼 수 없어. 어떻게 하면 이런 식으로 만들 수 있지?"

"저기, 보나? 그거, 젠지로 폐하가 나한테 주신 거거든? 잊지 마, 그건 네 거 아니야."

안의 증류주가 데워지는 게 아닐까 걱정스러울 만큼 양손으로 위스키병을 꽉 감싸고 있는 보나 왕녀에게 프란체스코 왕자는 걱정스럽다는 듯이 테이블 너머로 살며시 말을 건넸다.

"프란체스코 전하!"

"어, 어어, 왜?"

"이거, 저한테 주시면 안 돼요?"

그건 예상했던 말이었지만 평소의 보나 왕녀를 생각하면 예상 밖의 말이기도 했다.

평상시에는 답답할 정도로 겸허하고 욕심을 드러내지 않는 왕녀지만, 보석 세공 기술의 힌트가 될 만한 것에 대해서는 아무래도 태도가 돌변하는 것 같다.

"아니, 그렇겐 안 되겠는데, 그건. 이건 내가 젠지로 폐하께 직접 받은 것이니까. 그렇게 금세 다른 사람에게 주는 건 실례가 되는 행동이잖아."

"그, 그럼, 이 귀퉁이의 각진 부분만이라도 안 될까요?"

"안 돼, 안 돼. 거길 잘라 내면 내용물이 흘러나와. 그런 구멍을 내면 사용할 수 없게 돼 버리잖아."

"사용할 수 없게 된다면 나머지도 제가 가질게요!"

"아니, 아니, 아니. 그러니까 잘라 내면 무용지물이 된다는 얘기지, 그런 짓을 하면 곤란하다고. 알겠어? 이봐, 이해해 줘. 부탁이니까."

공수라고 해야 할지 콩트 콤비의 역할이라 해야 할지, 하여튼 드물게도 평상시와는 완전히 입장이 뒤바뀐 프란체스코 왕자와 보나 왕녀의 공방은 보나 왕녀가 제정신을 차릴 때까지 계속되었다.

———————◆———————

그날 밤.

저녁 식사와 입욕을 마치고 편안한 차림으로 갈아입은 젠지로는 에어컨이 작동하는 침실에서 아내 아우라와 마주 앉아 오늘 있었던 일에 대해 이야기하고 있었다.

"과연 그렇군……. 프란체스코 왕자도 꽤나 대처하기 곤란한 '실언'을 흘려 주셨네. 이건 확실히 기뻐해야 할 일인지 귀찮아해야 할 일인지 헷갈리는군."

오늘 낮에 있었던 일을 대략 파악한 아우라는 그렇게 말하며 의자의 등받이에 몸을 기댔다.

"하지만 경과야 어쨌거나 구슬의 효과를 확인할 수 있었던 건 충분한 성과야. 잘해 주었어."

"고마워. 하긴 아무리 생각해도 내 실력이 아니고, 내 공으로 삼을 수 있는 입장도 아니지만. 그런데 아우라는 어떻게 생각해? 파비오의 말대로 섣불리 나 혼자 그 얘기를 들어 버린 탓에 상당히 처치 곤란한 상황이 됐다고 생각하는데, 그거 일부러 그런 걸까?"

"흐음."

아우라는 가볍게 눈을 감고 잠시 생각에 잠겼다.

"확실히 귀찮다면 귀찮은 상황이야. 솔직히 내 남편이 당신이 아니었다면 나한테 있어서는 치명적일 정도는 아니더라도 상당한 약점이 되었을 거라는 건 틀림없지."

"아우라."

아내의 말에 젠지로는 저도 모르게 얼굴에 희색이 돌았다.

그건 아내가 들려주는 부정할 수 없는 신뢰의 말이었다. 내용을 음미하자면 '젠지로에게 야심이나 욕심이 없는 것을 확신하고 있다'라고 말한 것과 마찬가지다.

이쪽 세계의 일반적인 가치관에 비추어 보면 결코 칭찬이 아니었지만, 젠지로에게 있어서 그건 별로 중요하지 않았다.

그런 일에 사랑하는 아내와의 관계를 망가뜨리면서까지 추구해야 할 가치는 없다고 단언할 수 있다.

기쁘다는 듯이 뺨을 이완시키는 남편에게 미소를 지어 보이며 아우라는 몸을 앞으로 내밀고는 테이블 위에 양 팔을 올린 자세로 이야기를 계속했다.

"뭐, 현시점에서는 나도 파비오와 같은 의견이야. 워낙 정보가 부족해서 단언할 수 있는 게 하나도 없어. 지금은 저쪽의 의도를 신경 쓰기보다 정보의 정확도를 높이는 쪽을 중요시해야 할 것 같아. 그렇다면 시험 삼아 구슬 한 개를 건네서 만들어 보게 하는 것도 방법일지 모르겠어. 의심이 지나친 걸 수도 있지만 지금으로서는 프란체스코 왕자와 보나 왕녀가 짜고 한 거짓말일 가능성도 없다고는 할 수 없으니까. 무엇보다 정말로 마법도구 제작 시간을 그만큼 단축할 수 있다는 것이라면 솔직히 나로서는 대단히 환영할 만한 일이거든. '시공마법' 마법도구화의 유효성은 알지만, 그 시술에 몇 번이나 동원되는 사이에 마력도 시간도 엄청나게 깨지니까."

그렇게 단숨에 말을 마친 아우라는 테이블 위에 놓인 얼음물이 든 붉은빛 문양의 유리잔을 손에 들었다.

마법도구 제작에는 부여마법 술사와는 별도로 마법도구에 넣을 마법 술사가 필요하다.

간단한 4대 마법이라면 부여자가 둘을 겸하면 되지만, 들어가는 마법이 '시공마법'이면 현재 유일한 술사인 아우라의 협력이 불가피하다.

여왕으로서의 업무에 쫓기는 아우라가 동원되는 시간을 1년에서 10일 정도로 단축할 수 있다면 굉장한 일이다.

"그래, 확실히 아우라가 마법도구 제작에 동원되는 기간이 대폭 단축된다는 건 좋은 일이지. 하지만 그렇게 빨리 마법도구가 완성돼 버리면 그건 그것대로 문제 아닐까? 만약 정보가 새어 나가면 결국 '내 공적'까지 발각될 거라고 생각하는데."

아우라의 제안이 유효하다는 걸 인정하면서도 여전히 우려의 말을 하는 젠지로에게 아우라는 입에 댔던 붉은 유리잔을 테이블 위에 놓고 대답했다.

"그건 내밀하게 일을 진행시킬 수밖에 없어. 실제로는 제작에 며칠밖에 걸리지 않았다 해도 발표는 1년 뒤로 미뤄야지. 다행히도 관계자는 나와 당신, 프란체스코 왕자와 보나 왕녀 네 명뿐이야. 이 정도 인원이면 기밀을 지키는 것도 불가능하지는 않을 거야."

"정말 괜찮아? 약속 상대가 프란체스코 왕자인데?"

"음……. 뭐, 조금 불안하긴 하네."

"조금?"

"……상당히 불안하긴 해. 하지만 앞으로의 일을 생각하면 지금은 다소의 위험을 감수하는 쪽으로 나아가야 하지 않을까."

"으으음. 뭐, 그 부분의 판단은 기본적으로 아우라에게 맡기겠지만. 그러면 맨 처음으로 만들 마법도구는 뭐로 할지 정했어?"

일단 아우라가 기본 방침을 결정했다고 이해한 젠지로는 화제를 다음으로 옮겼다.

구슬을 건네고 샤로와 왕가의 '비술'을 시행하게끔 한다는 쪽으로 결정했다면, 제작을 의뢰할 마법도구를 무엇으로 할지가 중요하다.

아우라도 그 부분을 젠지로와 상의하고 싶었던 모양이어서 한층 몸을 앞으로 내밀어 얇은 잠옷의 가슴께로 깊은 가슴 골짜기가 들여다보이는 자세로 이야기를 시작했다.

"그게 어려워. 강력하고 활용도가 높은 마법을 마법도구화하는 게 이점이 큰 건 확실하지만, 장래에 그게 적대 세력의 손에 넘어갈 가능성을 감안하면 너무 큰 위험을 감수할 수는 없어. '혈통마법'의 독점은 왕가가 왕가로서 성립하기 위한 지주니까. 마법도구화한다는 건 일부라고는 해도 그 이점을 버린다는 의미가 돼. 안전을 생각하면 한 번 쓰고 버리는 '일회용' 마법도구 쪽이 좋겠지만, 그렇게 되면 이번엔 용도가 한정되겠지. 꽤나 까다로운 일이야."

테이블 위에서 턱을 괴고 한숨을 내쉬는 아내의 가슴골에 시선을 빼앗기면서도 젠지로는,

"으음, 역시 그런 문제인가. 그러면 비밀 마법인 '시간 역행'이나 가장 중요한 마법인 '순간 이동'은 안 되겠네. 그 밖에 편리할 것 같은 마법이라면…… '대결계'나 '효과 지속'일까?"

"흠, 그런 정도겠지. 그리고 일회용이라면 차라리 '공간 진동'으로 하는 방법도 있어. 시공마법 중에서는 드문 파괴형 마법이니까. 이 마법도구를 만들어서 국경 요새에 배치하면 어느 정도 억지력을 발휘할 거야."

아우라는 그렇게 대답하고 만족스럽게 고개를 끄덕였다.

시공마법은 그 이름대로 시간과 공간을 한정적으로 조작하는 마법이다. 때문에 일상생활을 편리하게 하는 마법이 많은 반면, 공격

형 마법은 거의 존재하지 않는다.

"과연! 그 밖에는……. 아, 나를 이쪽 세계로 불러들인 '이세계 소환' 같은 건 어때? 그것도 특별히 비밀 마법은 아니잖아?"

이 자리에서 아우라가 자신에게 원하는 건 적확한 판단이 아니라 영감을 자극하는 다양한 제안이라고 느낀 젠지로는 생각나는 대로 말해 나갔다.

"'이세계 소환'은 아니야. 별자리에 좌우돼서 30년에 한 번이나 두 번밖에 사용할 수 없는 마법은 마법도구로 만들 의미가 없으니까."

"아니, 하지만 전에 잠깐 들었던 생각인데, '시간 역행'이나 '시간 가속'이라는 마법이 있으니까 그것과 조합하면 별자리가 안 맞을 때도 사용할 수 있지 않을까?"

"무리야. 시간을 조작하는 마법은 마력을 띤 물건에는 사용할 수 없어. 그 이세계 소환과 시간 역행을 조합해서 소환할 수 있는 건 생물 이외의 것에 한정된다고. 게다가 '시간 역행'은 아주 작은 물체의 시간을 1년 역행시키는 데에도 '미래보상'으로 내 마력을 수십 일치 쏟아부을 필요가 있어. '시간 가속'이라면 '시간 역행'보다는 부담이 덜하지만 그렇게까지 해서 가까운 미래에서 가져와야 할 게 뭐가 있을까? 분명히 말하지만 수지 타산이 안 맞아."

"으음, 그런가. 유감이네."

젠지로는 조금 아쉽다는 듯이 천장을 올려다보았다.

'시간 역행'과 '미래보상'을 조합해서 젠지로가 하고 싶었던 것은 무선 인터넷 접속이다.

작은 점 정도의 공간을 '시간 역행' 혹은 '시간 가속'으로 별자리가 맞는 시간까지 이동시켜서 거기에서부터 '이세계 전이'로 지구와 연결한다.

동시에 컴퓨터나 휴대전화를 '시간 역행'으로 계약 해제 전의 상태로 돌리면 인터넷 접속이 가능하지 않을까, 하고 생각했던 것인데 아무래도 지나친 욕심이었던 것 같다.

(너무 내 욕심만 차리려고 했나.)

생각을 고쳐먹은 젠지로는 또다시 떠오른 생각을 말하기 시작했다.

"아, 그러면 차라리 '미래보상'을 마법도구화하는 건 어때? 그러니까 '미래보상'으로 미래의 마력을 먼저 가져다 쓰는 건 가능해도 그 반대로 과거에 사용하지 않았던 마법을 이용하는 '과거 보상' 같은 마법은 존재하지 않는다고 했지? 하지만 만약에 '미래보상'을 마법도구화하면 '과거 보상'과 비슷한 효과를 얻을 수 있을 거라고 생각하는데. 구체적으로는……."

"호오, 그건 꽤 그럴듯한데. 자세한 건 프란체스코 왕자에게 물어볼 필요가 있겠지만……."

여왕 부부의 밤의 대화는 휴대전화가 취침 시각을 알리는 음악을 연주할 때까지 계속되었다.

[막간2] 용궁기병단의 전투

젠지로가 왕궁에서 쌍왕국 왕자와 왕녀의 접대에 고전하고 있을 무렵, 멀리 변경의 도로에서는 푸죠르 장군이 이끄는 용궁기병단이 도로가에서 밀고 들어오는 '군룡'을 퇴치하고 있었다.

"쏴라."

주룡에 탄 채 활을 겨눈 기병들이 푸죠르 장군의 신호와 함께 화살을 쏘았다.

"캬악!?"

수십 개의 화살이 빗나가는 일 없이 날아가 군룡들의 몸에 꽂혔다. 주위에 있는 나무에 박히는 화살이나 힘없이 풀숲으로 떨어지는 화살도 몇 개인가 있었지만, 전체적으로 보면 거의가 목표에 명중했다.

"굉장해……. 이것이 용궁기병단인가……."

일련의 전투를 떨어진 곳에서 보고 있던 사비에르는 홀린 듯이 내뱉었다.

사비에르가 이끄는 가질 변경백군은 약속대로 소금의 호위에 전념하고 있었기에 전투에는 참가하지 않았다.

물론 호위인 이상 이쪽으로 다가오는 군룡이 있으면 그건 사비에르 부대의 몫이지만, 이 상황에서는 사비에르의 부대가 무기를 휘두를 기회는 전혀 없을 것 같았다.

　전쟁터에 있으면서도 반쯤은 방관자의 입장에서 사비에르는 전투를 지켜보았다.

　저곳에서 벌어지고 있는 전투는 기본적으로는 사비에르의 상식 범위 내였다.

　창을 든 병사가 군룡을 견제하고 그 옆에서 커다란 나무 방패를 든 병사가 만일의 경우를 대비해 방어를 담당.

　주된 공격은 후방에 대기한 궁병들이 쏘는 화살.

　사비에르가 이끄는 가질 변경백군이 지난번에 군룡을 상대했을 때와 기본적인 전법은 같다.

　큰 차이는 두 가지. '용궁기병단'이 이름 그대로 주룡에 기승한 채 전투를 벌이고 있다는 점, 전선을 지키는 방패병이 나설 일이 지금까지 한 번도 발생하지 않았다는 점이다.

　"이렇게 군룡의 포효가 울려 퍼지는 속에서 어떻게 저토록 훌륭하게 주룡을 제어할 수 있는 거지……."

　사비에르가 눈을 의심하는 것도 무리는 아니다.

　기본적으로 주룡은 초식용이다. 육식용인 군룡에게는 포식 대상인 것이다.

　물론 조련이 잘된 주룡은 도망가거나 하지 않지만, 그렇다 해도 고삐를 놓고 등자에 발을 얹은 채 양손으로 활시위를 당기는 모습에는 강한 충격을 받을 수밖에 없다.

고삐도 잡고 있지 않은데 기수의 의도를 읽고 정지 상태를 유지하는 주룡.

불안정한 등자 위에 앉아서 힘이 들어가지 않는 자세로도 정확하게 화살을 쏘는 기병.

심지어 궁기병들이 사용하고 있는 활의 대부분은 일반 병사는 땅 위에서도 다루기 어렵다는 '용궁'인 것이다.

이것이 한 사람, 두 사람의 얘기라면 '대단한 사람이 있다'고 감탄하고 끝날 일이지만, 백 명이 넘는 궁기병 전원이 그만큼의 기량을 지니고 있는 모습을 두 눈으로 직접 보면 차마 말조차 나오지 않는다.

"조제프."

사비에르는 시선을 전방의 전쟁터에 고정시킨 채 곁에 선 아버지의 심복 기사에게 말을 걸었다.

"옛."

"자네라면 같은 일이 가능한가?"

젊은 상사의 질문에 숙련된 기사는 딱 잘라 대답했다.

"예, 문제없습니다. 솔직히 말씀드리면 남대륙에 그 명성을 떨친 '용궁기병단'이라 하기에는 다소 부족한 기량입니다. 하긴 '용궁기병단'은 지난 대전에서 반수를 잃었으니까요. 이렇게 짧은 기간 내에 재건했다는 사정을 생각하면 충분히 칭찬할 만한 일입니다만, 그래도 과거의 '용궁기병단'을 아는 사람으로서 조금 아쉬운 부분이 없지 않습니다."

"저 이상이란 말인가!?"

아무렇지도 않게 평가 절하에 가까운 말을 하는 측근에게 사비에르는 여기가 전쟁터라는 사실을 잊고 경악해서 소리쳤다.

"예에. 전쟁 중의 용궁기병단을 기준으로 보면 저는 기껏해야 중간쯤 갑니다만, 지금의 용궁기병단에 들어가면 아마도 상위 클래스에 들 것입니다. 뭐, 젊은 기사들도 경험과 훈련이 부족할 뿐 소질은 충분히 갖고 있습니다. 푸죠르 장군이라면 머지않아 그들을 과거의 수준으로 끌어올려 주겠지요."

그런 조제프의 말은 명백히 푸죠르 기젠이라는 무인을 잘 알고 있다는 투였다.

기사 조제프도 푸죠르 장군도 지난 대전에서 이름을 떨친 군인이다. 전쟁터에서 용머리를 나란히 한 과거가 있다 해도 이상하지 않다.

다음에 기회가 있으면 푸죠르 장군에 대해 한번 물어봐야겠다고 머릿속 한 구석에 담아 두면서 사비에르는 시선과 의식을 전방의 전장으로 되돌렸다.

"그나저나 대단한 기량이라는 건 알겠는데, 푸죠르 장군은 어째서 기승한 채 공격하게 하는 걸까? 아무리 용궁기병단의 기량이 뛰어나다고 해도 기승한 채 화살을 쏘면 지상에서 쏘는 것보다 정확도가 떨어지는 게 사실인데. 푸죠르 장군 정도 되는 분이 병사의 기량에 자만해서 의미 없는 지시를 내릴 거라고는 생각되지 않는데 말이야."

젊은 지휘관의 의문에 숙련된 기사는 즉시 답했다.

"그건 사격의 고도를 확보하기 위해서겠지요. 주룡에 탄 채 활을 당기면 창병이나 방패방의 머리 위에서 수평으로 화살을 날릴 수 있으니까요."

"아아, 과연."

지극히 단순한 사실을 지적받고 사비에르는 조금 창피해서 얼굴을 붉혔다.

듣고 보니 확실히 궁기병들은 전방에 있는 창병이나 방패병을 신경 쓰지 않고 자유롭게 활시위를 당기고 있다.

만약 궁병도 땅 위에 있었다면 화살을 쏠 기회가 격감했을 것이다. 생각해 보면 '고도를 확보한다'는 것은 사격전에 있어 기초 중의 기초다.

주룡을 '이동 수단'으로밖에 보지 않았던 자신의 고리타분함을 반성하며 사비에르가 작게 머리를 흔든 그때 밀림 안쪽에서 전에 한 번 들은 적이 있는 독특한 포효 소리가 울려 퍼졌다.

"크르으이이이이이!"

"사비에르 님!"

"그래, 저쪽이다!"

기사 조제프와 사비에르는 동시에 그 모습을 시야에 포착했다.

밀림의 안쪽, 다른 군룡들보다 훨씬 뒤쪽에 자리 잡고 있을 텐데도 코앞에 있는 것 같은 착각을 불러일으키는 거구.

비상식적일 만큼 많은 수의 군룡을 이끄는 비상식적으로 거대한 군룡.

물론 이곳의 지휘관인 푸죠르 장군도 그 존재를 놓치지 않고 예비 전력으로 남겨 두었던 병사들에게 지시를 내렸다.

"제4중대, 목표, 오른쪽 전방이다. 쏴라!"

그러나 거대 군룡의 반응은 정예 군사들이 장군의 명령을 실행에 옮기는 것보다 빨랐다.

명령을 받은 궁기병들이 재빨리 군룡을 몰며 활에 화살을 재고 있을 무렵에는 거대 군룡의 모습은 이미 밀림 속으로 사라져 버렸다.

"끼이끼이!"

"갸악갸악!"

동시에 다른 군룡들도 일제히 후퇴를 시작했다.

"추격은 필요 없다. 진군에 있어서 소금 호위를 우선으로 한다. 단, 경계는 철저히 하도록."

"옛!"

장군의 명령에 기병들은 척하면 착 반응했다.

그 후, 조심성 많은 푸죠르 장군이 경계 해제를 알릴 때까지 이변은 일어나지 않았다.

"도로의 사체를 정리하고 대열 정비를 마치자마자 이동을 재개한다. 문제없나?"

"예, 푸죠르 장군. 이쪽에는 전혀 피해가 없습니다!"

사후 처리를 부관에게 맡기고 이쪽으로 온 푸죠르 장군에게 사비에르는 등줄기를 곧게 펴고 대답했다.

사실 사비에르의 군대에 피해는 없었다. 단 한 사람도 단 한 번도 무기를 휘두를 기회가 없었기에 당연한 결과다.

"그런가. 우리 쪽은 인적 피해는 없었지만 예상보다 화살을 많이 소모했다. 가능하면 가질 변경백에 소금을 전달한 뒤 물자를 보급하고 싶다. 수배해 주겠나?"

장군의 말에 사비에르는 가슴을 펴고,

"옛, 맡겨 주십시오! '소금 도로'와 가장 가까운 마을에 저희 집안의 직속 상인을 수배해 두었습니다. 그리 오래 기다리시지 않아도 필요한 물자를 준비할 수 있을 것입니다."

"……호오."

그 대답이 예상 밖이었는지 조금 감탄했다는 듯이 푸죠르 장군의 한쪽 눈썹이 움찔 튀어 올랐다.

"사비에르 경은 군룡 토벌에 나선 뒤 그대로 왕령 기지로 향한 걸로 아는데? 그렇다면 물자 수배는 그 전에 해 놓았다는 건가?"

"그렇습니다. 예측할 수 없는 사태나 토벌이 장기화될 경우에 대비하고, 소금이 도착하면 일각의 지체 없이 영내 각지로 운반하기 위해 준비를 갖춰 두었습니다."

"⋯⋯⋯⋯호오."

사비에르의 대답에 거한의 장군은 다시 한 번 감탄하는 목소리를 냈다.

토벌을 시작하기 전에 만일의 사태에 대비해 물자의 보급 루트를 확보해 놓는다.

일이 순조롭게 끝났다면 불필요한 돈을 쓴 결과가 되므로 찬반이 엇갈리는 행위지만 적어도 푸죠르 장군에게는 칭찬해 줄 만한 행동으로 비친 것 같다.

"좋은 판단이다. 도움을 받게 됐다."

"예!"

대전의 영웅 입에서 흘러나온 칭찬의 말에 젊은 차기 변경백은 표정을 무너뜨리는 것이었다.

[제3장] 젠지로의 실수

보나 왕녀는 프란체스코 왕자의 감시역이다.

혈통도 연령도 프란체스코 왕자 쪽이 압도적으로 위이기 때문에 표면적으로 대표는 프란체스코 왕자로 되어 있지만, 카파 왕국에 온 지 3일 만에 프란체스코 왕자의 사람됨이 널리 알려지면서 이후 사무적인 이야기를 그에게 직접 전달하는 사람은 없어졌다.

필연적으로 젊은 보나 왕녀가 그만큼 번잡한 일들을 양어깨에 짊어지게 됐다.

그러나 프란체스코 왕자가 조용히 틀어박혀 있을 리가 없다. 어느 오찬회에 참석해서 사람 이름을 틀리거나, 또 어느 무도회에 참석해서는 여성의 드레스 자락을 밟거나 하며 매일 순조롭게 말썽을 일으키고 있었다.

다행히 프란체스코 왕자의 나이답지 않은 천진난만한 성품 덕분에 일이 커지지는 않았지만, 최소한 사과 편지 한 통이나 경우에 따라서는 다소의 금품을 보내지 않으면 체면이 서지 않을 정도의 사태도 빈발했다.

결과적으로 보나 왕녀는 기대하고 있던 이국의 장식품 문화를 탐구할 여유도 없을 만큼 업무에 쫓기는 나날을 보내고 있었다.

그런 보나 왕녀의 처지를 염려하고 있는 사람이 있었다. 다름 아닌 카파 왕국의 여왕 아우라 1세이다.

"그러니까, 즉 뭐냐…… 보나 왕녀가 힘들어서 정신적인 한계에 다다른 것 같으니 이쪽에서 조금 위로해 주자, 라는 얘기?"

어느 날 밤, 젠지로는 이미 푸른색 잠옷 차림으로 침대 위에서 대자로 누운 상태로 아내의 제안을 되물었다.

"음. 대략 그런 셈이지. 유감스럽게도 왕족 중 한 사람인 프란체스코 왕자가 너무 문제가 많으니 만에 하나 보나 왕녀가 쓰러지면 쌍왕국 사절단의 창구가 막혀 버리게 돼."

한편 역시 잠옷 차림인 아우라는 침대 가장자리에 걸터앉은 채 남편의 말에 고개를 끄덕여 보였다.

하지만 표정은 그다지 개운하지 않은 듯했다.

약 보름 동안 젠지로만큼은 아니지만 몇 번인가 프란체스코 왕자와 보나 왕녀를 대면해 온 아우라는 프란체스코 왕자를 정면으로 상대하는 일이 얼마나 무의미한지 깨달았다.

프란체스코 왕자의 언동이 연기인지 본모습인지는 상관없다. 그는 맞붙잡고 싸워서는 안 되는 상대다.

아우라의 그 말에는 젠지로도 안타깝지만 전면적으로 동의하고 있다.

프란체스코 왕자의 상대역으로 전면에 나서 있는 것은 젠지로다. 그가 얼마나 명랑하고 천진난만한지, 그러나 또한 얼마나 골치 아픈 문제아인지 뼈저리게 이해하고 있다.

"그래, 확실히 지금은 중요한 때니까. 간신히 첫 번째 마법도구가 결정됐다고 했지?"

"응. 결국 '미래보상'으로 정해졌어. 꽤 굉장한 물건이 될 것 같아. 프란체스코 왕자 말로는 '이어 붙여 사용'도 가능하다고 해. 나눠서 사용할 수는 없지만. 이걸로 내 마력도 유효하게 이용할 수 있게 됐어."

침대 가장자리에 걸터앉은 채 침대 위에서 머리만 움직여 묻는 젠지로를 돌아보며 아우라는 그렇게 대답했다.

'미래보상'이란 그 이름 그대로 미래에 축적될 자신의 마력을 가불해서 부족한 마력량을 보충하는 마법이다.

원래는 필요 마력량이 무지막지하게 많은 '시공마법'의 상급 마법을 발동시키기 위해 만들어 낸 고육책이었지만 이것을 단독으로 마법도구화할 수 있다면 전혀 다른 용도로 쓸 수 있다.

예를 들면 오늘 아우라가 그 마법을 사용해서 앞으로 사흘분의 마력을 마법도구에 넣는다고 치자.

그러면 아우라는 다음 날부터 3일 동안 마력을 전혀 쓸 수 없게 된다. 이건 지금까지의 '미래보상'과 전혀 다르지 않다.

그러나 '마법도구'라는 형태로 마력을 축적해 둔다는 건 그 마력을 사용할 시기를 마음대로 선택할 수 있다는 얘기다.

심지어 '이어 붙여서 사용'이 가능하다고 하니 마법을 사용할 예정이 없는 날의 마력을 조금씩 저장해서 1년 후에 대마법을 발동시키는 것도 가능하다는 것이다.

마력을 불어넣을 때 적어도 하루는 마력을 사용할 수 없는 날이 생긴다는 점, 모아 놓은 마력은 저장한 본인만이 사용 가능하다는 점, 한번 발동시키면 저장했던 마력을 전부 소비하게 된다는 점 등의 제약도 많지만, 그래도 마력을 저장할 수 있다는 메리트는 상당히 크다.

이미 마법도구화에 사용할 구슬은 프란체스코 왕자와 보나 왕녀에게 각각 하나씩 건넸다.

대자로 누운 자세에서 반쯤 몸을 일으킨 젠지로는 말했다.

"그래서, 그 '마법도구' 제작에 돌입해야 하니까 당분간 프란체스코 왕자의 활동이 제한된다고?"

"그래. 내일부터 며칠 동안 프란체스코 왕자가 마법도구 제작에 들어가 있는 동안뿐이지만 보나 왕녀에게는 '감시역'이라는 중책에서 해방되는 금쪽같은 휴가라고 할 수 있지. 들은 바에 의하면 다행히 프란체스코 왕자도 마법도구 제작에 관해서 만큼은 상당한 프라이드를 지닌 모양이라 지극히 성실하고 고지식하게 임한다고 해. 그러니 젠지로, 보나 왕녀가 한숨 돌릴 수 있게 협력해 주지 않겠어?"

"으응? 하지만 나도 일단 타국의 왕족이잖아? 내가 가면 오히려 신경을 쓰게 만들어서 본말 전도 아닐까?"

정당한 의문을 던지는 젠지로에게 아우라는 작게 고개를 끄덕이고는,

"아아, 그것도 그러네. 하지만 보나 왕녀는 이 나라에 온 지 얼마 안 됐잖아. 휴가를 얻었다 해도 어쩌면 방에만 틀어박혀 지낼지도 모르는데 그러면 안 되지."

"유익한 휴가를 보내는 방법 중 하나라고 생각하는데? 솔직히 나도 요즘 일이 늘어서 조금 부러운데."

"거짓말. 그런 사고방식을 가진 사람은 일이 있는 전날에 자발적으로 예정표나 문답 일람표를 만들지도 않고, 자기 관리도 하지 않아."

"쳇……"

아내에게 장난스러운 말투로 일축당한 젠지로는 조금 불만스러운 듯이 입을 다물었다.

하지만 반론할 수는 없다. 이쪽 세계에 와서 실은 자신이 '아무것도 하지 않고 뒹굴뒹굴하는 시간'을 고통스럽게 느끼는 성미라는 걸 희미하게 깨닫기 시작한 것이다.

어쨌거나 살짝 탈선할 뻔했던 이야기를 원래의 화제로 되돌리고 아우라는 말을 이었다.

"그러니까, 당신이 보나 왕녀를 방문하는 건 첫날뿐이야. 거기서 결혼반지 같은 당신 세계에서 가져온 물건을 보나 왕녀에게 보여 주도록 해. 경우에 따라서는 단기간 빌려 주는 것도 괜찮겠지. 그러면 남은 휴일을 보석 장식 기술을 연구하며 즐겁게 보낼 수 있을 거야. 아무래도 보나 왕녀는 보석 장식품을 삶의 이유로 생각하는 것 같으니까."

"아아, 과연."

아우라의 말에 젠지로는 납득했다.

그러고 보니 회사 동료 중에도 비슷한 인종이 있었다. 한 달에 하루나 이틀밖에 없는 귀중한 휴일을 자신의 취미에 쏟아붓고 월요일에 새빨개진 눈으로 출근해서는 "충전 완료!"라고 외치는 타입이다.

그렇게까지 강렬하게 혼을 쏟을 만한 취미를 가져 본 적이 없는 젠지로에게는 이해할 수 없는 가치관이었지만, 그들이 완벽하게 휴식을 취했다는 사실은 인정할 수밖에 없다.

그렇게까지 강렬하지는 않다 하더라도 보나 왕녀도 비슷한 인종이라고 생각하면 아우라의 제안도 납득이 간다.

"그럼 결혼반지랑 일본의 동전, 그리고 비즈도 갖고 가도 될까?"

"흐음, 그 정도면 되겠지. 자잘한 판단은 당신에게 맡길게."

"알았어. 그럼 슬슬 잘까."

이야기가 끝난 시점을 노려 문득 장난기가 발동한 젠지로는 살며시 침대 위를 이동해 침대 가장자리에 앉아 있는 아내의 등을 덮쳤다.

"젠지로?"

"웃챠!"

그리고 사랑하는 아내의 등을 기세 좋게 끌어안았다. 양팔로 아우라의 가슴께를 감싸고 양다리 사이에 아우라의 허리를 가뒀다. 마치 나뭇가지에 매달린 코알라 같은 자세다.

그리고 나서 끌어안은 아내와 함께 넘어지듯이 굴러 침대 위로 넘어뜨렸다.

"하나, 둘, 영차."

"앗, 뭐야?"

곤란해하는 목소리를 내면서도 아우라의 얼굴에는 미소가 떠올라 있었다. 애초에 아우라에게 거부할 의사가 있었다면 젠지로가 있는 힘껏 덤빈다 해도 쓰러뜨릴 수 없었을 것이다.

완력 면에서도 아우라가 앞서는 데다, 큰 소리로 떠들긴 뭐하지만 출산 후의 체중 감량이 끝나지 않은 지금은 몸무게도 아우라가 더 나가는 것이다.

"으음……"

그런 사실을 아는지 모르는지 침대 위에서 사랑하는 아내를 끌어안은 젠지로는 조금이라도 밀착도를 높이려는 듯이 아우라의 목 언저리에 얼굴을 묻었다.

"왜 그러는 거야?"

등 뒤에서 안긴 채 고개만 뒤로 돌려 눈을 이쪽으로 향한 아내에게 젠지로는 얼버무리듯이 웃어 보였다.

"아니~ 요즘 바빠서 후궁에 돌아오는 시간이 늦잖아? 그래서 젠키치를 안아 볼 기회가 줄어드는 바람에 좀 쓸쓸해서."

"뭐야, 내가 카를로스 대신이야?"

남편의 말에 여왕은 조금 토라진 것처럼 일부러 입술을 삐죽였다.

그런 아우라에게 젠지로는 사랑스럽다는 듯이 웃어 보이고,

"아니, 아니. 대신이라니 그런 무례한 말을 어떻게 하겠어. 그리고 아우라와 젠키치는 전혀 다르잖아. 크기도, 무게도……".

감촉도, 라고 말을 이으려 했지만 그 말은 도중에 끊겨 버렸다.

그때까지 잘 훈련된 애완견처럼 얌전히 젠지로의 품 안에 갇혀 있던 아우라가 순식간에 자세를 뒤집자, 눈 깜짝할 새에 뒤에서 안는 자세에서 승마 자세(마운트 포지션)로 바뀐 것이다.

아직 출산 후의 감량이 끝나지 않은 새색시에게 '몸무게' 얘기를 한 것이 실수였다.

"아우라……?"

배 위에서 웃고 있는 아내를 밑에서 올려다보는 젠지로는 눈을 껌뻑였다.

아우라는 익살스럽게 웃고는,

"좋아, 알았어. 오늘 밤은 내가 카를로스 대신이야. 아빠, 안아 줘."

"아니, 그러니까 아우라는 카를로스 대신이 아니라……."

아우라는 젠지로의 말을 귓등으로도 듣지 않고 그대로 젠지로의 품 안으로 쓰러져서는 재빨리 침대와 젠지로의 등 사이에 양팔을 집어넣어 꽉 껴안았다.

뭐야, 아우라는 장난을 치는 건가. 그렇게 판단한 젠지로는 웃으면서 아우라의 짓궂은 장난에 편승했다.

"아하하, 잠깐, 난, 아직 이렇게 큰 딸은 없다고."

가능하면 양팔을 아우라의 등으로 돌리고 머리카락을 쓰다듬거나 등을 톡톡 두드려 주고 싶었지만, 애석하게도 아우라가 젠지로의 양팔을 한꺼번에 묶듯이 껴안고 있었다.

"아빠, 아빠. 사랑해요~."

"고마워, 나도야. 근데 팔 좀 풀어 주면 안 될까? 좀 조이는데……."

"아빠~."

젠지로의 말이 들리지 않는 것인지, 아우라는 힘을 뺄 기척도 보이지 않았다.

"저기, 아우라? 저기, 좀 떨어져 봐. 진짜 꽉 조이거든."

커다랗고 부드러운 젖가슴이 가슴팍을 밀어붙이고 부드러운 허벅지가 다리를 감았다. 게다가 어린아이가 부모에게 어리광을 피우듯이 목덜미에 입맞춤.

사랑하는 아내의 조금 짓궂은 장난, 귀여운 어리광인 줄…… 알았다.

그런데, 어째서일까?

"아우라, 좀 본격적으로 힘들어지고 있거든? 저기, 좀 떨어져 줘. 기브, 기브 업이야. 팔이 저리기 시작했어."

"아빠, 아빠. 안아 줘. 아빠 사랑해!"

젠지로의 뇌리에 '암호랑이에게 잡아먹히는 자신'이라는 지독하게 불길한 이미지가 선명히 떠올라 아무리 떨치려 해도 지워지지 않는 것이었다.

며칠 후.

젠지로는 카파 왕가가 보나 왕녀에게 대여하고 있는 왕궁의 '남쪽 제2건물'을 찾았다.

젠지로의 손에는 결혼반지, 일본에서 쓰던 지갑, 비즈가 담긴 주머니 등을 한꺼번에 넣은 작은 봉투가 들려 있었다.

(그나저나 이 방만한 시간관념에는 좀처럼 적응이 안 되네.)

젠지로는 "여기에서 기다려 주십시오."라는 안내를 받고 들어간 어느 방에서 접대용으로 나온 냉차를 홀짝이며 속으로 그런 생각을 중얼거리고 있었다.

기계식 시계가 없는 이쪽 세계의 '약속'은 현대인의 감각에서 보면 안타까울 정도로 루즈한 것이다.

시간에 맞춰 약속에 나가도 기다리는 건 당연한 일, 기다리게 하는 쪽도 악덕으로 여기지 않는다. 절대적인 시간이 존재하지 않는 이상, 어느 쪽의 시간 감각이 올바른지에 대한 기준이 없으니 당연하다.

아무리 그렇다 해도 모든 일에는 한계가 있다.

(오늘은 좀 심한 것 같은데.)

젠지로는 살짝 소매를 걷어 왼쪽 손목에 차고 있는 손목시계를 보았다.

10:18 AM

9시 조금 넘어서 이 대기실에 들어왔으니까 1시간 이상 기다리고 있는 셈이다.

어쨌든 젠지로는 국서라는 지위에 있는 사람이다. 아무리 시간관념이 없는 게 이쪽 세계의 표준이라고 해도 이렇게 오래 기다린 경험은 없다.

(으음…… 보나 왕녀는 사람을 기다리게 하는 걸 꺼리는 타입으로 보였는데. 내 착각이었나? 아니면 뭔가 예상치 못한 일이라도 생긴 걸까?)

이런 경우 방문객이 지루하지 않게끔 접객 담당을 붙이는 것이 일반적이지만 젠지로는 그게 오히려 번거로워서 처음에 거절해 두었다.

그 판단에 약간 후회가 들 만큼 무료함에 지쳐 갈 즈음 입구의 문을 노크하는 소리가 들렸다.

"실례합니다, 젠지로 폐하. 보나 전하가 준비를 마쳤습니다. 안내하겠습니다."

겨우 면담이 시작됨을 알리는 사신이 나타난 것이다.

"오, 오래 기다리시게 해 정말 죄송합니다. 오늘은 저를 위해 일부러 발걸음을 옮겨 주셔서 뭐라고 감사를 드려야 할지."

"…………."

방에 들어간 젠지로는 깊숙이 고개를 숙이는 소녀 앞에서 그만 말을 잃어버렸다.

"저어…… 보나 전하, 이십니까?"

"예, 에에, 그렇, 습니다……."

확인하기 위해 이름을 부르는 젠지로에게 눈앞의 소녀는 고개를 수그리고 기어드는 목소리로 수긍했다.

"하아, 이건 또, 뭐라 해야 할지……."

젠지로는 실례를 무릅쓰고 눈앞에 선 소녀를 뚫어져라 훑어보았다.

장식이 적은 옅은 자색의 원피스 드레스에 감싸인 가냘픈 몸.

정돈되어 있기는 해도 별다른 특징이 없는 수수한 얼굴.

여기까지는 틀림없다. 지금까지도 몇 번이나 얼굴을 마주해 온 보나 왕녀의 특징 그 자체다. 문제는 그보다 위다.

앞머리부터 뒷머리까지 하나로 묶어 올린 헤어스타일. 구태여 말하자면 묶은 위치가 굉장히 낮은 포니테일이라고 해야 할까. 아니, 이건 아무리 봐도 '헤어스타일'이라고 부를 만한 것이 아니다. 귀찮아서 하나로 묶어 버렸을 뿐이다.

자세히 보니 그 머리를 묶은 것도 리본과 같은 고급품이 아니라 얇은 마끈이다. 게다가 완벽하게 묶이지도 않아서 여기저기 머리카락이 튀어나와 있는 것이 보였다.

솔직히 말해 보기 흉했다. 아무리 비공식이고 다른 사람이 참석하지 않는 자리라고는 해도 타국의 왕족을 맞이하기에 적합한 모습은 아니다.

사소한 정도라면 보고도 못 본 척하는 것이 인정이겠지만, 이건 모르는 척하면 오히려 원망을 들을 것 같다.

"저어기…… 자세한 사정을 여쭤 봐도 되겠습니까?"

"……예."

보나 왕녀는 단념한 듯이 고개를 끄덕였다.

그 후 일단 마주 앉게 되어 있는 소파에 앉은 젠지로는 수치심으로 흰 피부를 목까지 붉게 물들이고 있는 보나 왕녀에게서 일련의 사정을 들을 수 있었다.

"과연."

"…………"

꽉 쥔 주먹을 허벅지 위에 올리고 부들부들 떠는 보나 왕녀에게 동정의 시선을 향하면서도 젠지로는 지금 들은 얘기를 정리하기 위해 확인 사살을 했다.

"그러니까 나를 맞이하기 위해 보나 왕녀는 아침부터 준비를 마치고 계셨다."

"예."

"그런데 나의 도착이 생각보다 늦어져서 점점 무료해졌다."

"예, 예에."

"그래서 '조금만'이라고 스스로에게 핑계를 대며 어젯밤에 마치지 못한 브로치의 조각을 시작했다."

"……예."

"그때 성가신 머리를 묶으려고 했지만 늘 사용하던 리본이 가까이에 없었기 때문에 공구를 묶었던 마끈으로 대신했다."

"경솔했습니다."

"그대로 조각에 빠져들어, 시녀가 내가 왔다는 걸 알리러 올 때까지 계속하고 말았다."

"저, 정말 죄송합니다."

"당황해서 머리를 묶었던 마끈을 풀려고 하자 머리카락이 엉켜서 아무리 해도 풀어지지 않았다. 시녀들의 도움을 받았지만 오히려 악화될 뿐. 그러고 있는 사이에 시간이 상당히 지나 나를 더 기다리게 할지 그대로 모습을 드러낼지 양자택일할 수밖에 없게 됐고 최종적으로 지금에 이르렀다, 라는 거죠?"

"……죄송해서 드릴 말씀도 없습니다."

새삼스럽게 깊숙이 고개를 조아리는 삐친 머리의 소녀 앞에서 젠지로는 깨달았다.

(아아, 알았다. 이 아이, 그거야. 공대에 종종 있는 타입. '취미 몰두형 구제불능녀'다.)

대학 시절 이런 유의 인종을 몇 번인가 본 기억이 있다.

젊은 여자는 보통 돈이나 시간 같은 한정된 자원을 미용이나 교우 관계 등에 우선적으로 배정한다. 그러나 지극히 일부, 특수한 취미에 치우친 여자는 자신의 취미를 미용이나 교우 관계보다 중요하게 생각한다.

남자 중에도 비슷한 인종이 있고 여자들에 비해 비율도 훨씬 높지만, 남자 취미인과 여자 취미인의 결정적인 차이점이 하나 있다.

그것은 남자 취미인과 달리 여자 취미인은 나름대로 외모를 가꾼다는 것이다.

남자라면 패션에 관심이 없어도 최소한의 청결에만 주의를 기울인다면 그건 그것대로 용인되지만, 패션에 둔감한 여자를 보는 세간의 시선은 곱지 않다.

'화장하지 않고 공식적인 자리에 나가도 되는 건 20살까지'라는 말이 있을 정도다.

때문에 여자 취미인은 세간의 질타를 피하기 위해 '어쩔 수 없이' 미용에도 어느 정도 돈과 신경을 쓴다.

결국 여자 취미인은 조금 아는 사이 정도의 인간관계에서는 그 본성을 간파할 수 없을 만큼 깔끔하게 일반인의 눈을 속이는 것이다.

지금 바로 눈앞에 앉아 있는 소녀처럼. 단, 지금 그녀는 그 '눈속임'이 제대로 까발려지고 있는 와중이지만.

"…………."

(이 상태를 어떡하라고?)

젠지로는 말없이 부들부들 떠는 소녀를 안 본 셈 치고 이대로 후궁으로 돌아가고 싶은 욕구에 휩싸였지만, '비공식 회담'이라는 이름의 '일'인 이상 도망이라는 선택지를 택하는 건 용납되지 않는다.

"저어, 신경 쓰지 말라고…… 까지는 말할 수 없습니다만, 사죄는 확실히 받아들였습니다. 앞으로 이와 같은 일이 없도록 조심해주시면 됩니다."

"고, 고맙습니다."

젠지로의 말에 보나 왕녀는 대관(代官)의 자비를 받은 시골 소녀처럼 깊숙이 머리를 조아리는 것이었다.

◆

(그나저나, 갑자기 몸이 안 좋다거나 해서 어물쩍 넘기면 될 것을 직접 만나서 사죄하다니. 지나치게 정직한 건지 머리가 둔한 건지. 이거, 혹시 그냥 단순히 예상을 뛰어넘는 '미친 취미인'일 뿐인 건가, 이 아이.)

젠지로는 '결혼반지'와 '비즈', '일본의 동전'을 앞에 놓고 눈을 반짝반짝 빛내는 보나 왕녀를 목전에 두고 그런 감상을 품었다.

그 후 당연히 "그런 사정으로 대단히 죄송하지만 오늘의 회담은 중지해 주십시오."라는 얘기로 흘러가리라 예상했지만 보나 왕녀는 새빨개져서 고개를 숙이면서도 슬며시 이쪽을 올려다보며 "그런 사정으로 이해해 주셨다면 이대로 말씀을 듣고 싶습니다만, 괜찮으십니까?"라고 말한 것이다.

"네? 아, 네. 괜찮습니다."

라는 젠지로의 대답은, 자백하자면 완전히 예상을 빗나간 말을 듣는 바람에 미처 이해하지 못한 채 반쯤은 반사적으로 입에서 튀어나온 것이었다.

목부터 아래쪽은 단정하게 얇은 노슬리브 원피스를 차려입고 머리카락만 덥수룩하게 삐쳐 있는, 마치 위화감이라는 말을 구현한 듯한 모습으로 보나 왕녀는 테이블 위에 펼쳐진 반지나 비즈를 바라보고 있다.

"굉장해. 이 투명한 알갱이도 잘 보면 크기와 형태가 거의 균일해. 심지어 가운데 구멍, 어떻게 이렇게 작게……"

젠지로는 일반 여성이 보석을 볼 때의 반짝거리는 눈과는 명백히 다른, 장인의 눈으로 테이블 위의 비즈를 바라보는 보나 왕녀를 마주 앉은 채 잠자코 응시했다.

보나 왕녀가 테이블 위로 시선을 향하고 있었기 때문에 필연적으로 젠지로에게는 보나 왕녀의 정수리가 보였다.

(흐~음. 머리 모양은 엉망진창이지만 평소처럼 머리카락 전체에 은가루를 뿌리고 있네. 반짝반짝 빛나고 있어. 하긴, 당연한가. 도중에 유혹에 꺾였을 뿐, 제대로 손님맞이 준비를 갖추고 있었다니까. 응, 어라?)

보나 왕녀의 머리카락에 뿌려진 은가루 중에 가루라고 하기에는 조금 큰 은 덩어리가 보였다. 가늘고 길고 빙글빙글 꼬여 있는 그 은 덩어리는 말하자면 조각도로 뭔가를 새길 때 나오는 나무 부스러기 같은 모양이다.

(응? 조각칼로 깎다가 생긴 부스러기? 분명 보나 왕녀는 조금 전까지 금속 조각을 하고 있었다고 했지? 혹시……)

은가루와 함께 머리카락에 달라붙은, 조각도로 파낸 나무 부스러기 모양의 은 덩어리.

그걸 알아챈 젠지로는 연쇄적으로 생각을 뻗어 나갔다.

그러고 보니 평소의 보나 왕녀는 늘 머리카락에 은가루를 뿌리고 있다. 게다가 헤어스타일은 중간 정도까지는 스트레이트고 그 아래는 느슨한 웨이브를 그리는 독특한 모양.

그 스트레이트와 웨이브의 경계가 딱 맞춘 듯이 '묶은 머리의 매듭' 부근으로 보이는 건 기분 탓만은 아닌 것 같다.

(설마 평소의 '은가루를 뿌린 반스트레이트 반웨이브 헤어스타일'은 '금속 조각을 할 때 나온 부스러기와 묶은 자국이 사라지지 않은 뻗친 머리'였던 거야?)

그렇게까지 노골적으로 유감스러운 사실은 아니겠지만, 만약의 경우 은 부스러기가 붙어 있거나 머리카락이 뻗치는 걸 정돈하지 않아도 되게끔 일부러 그런 헤어스타일을 하고 있을 가능성은 충분히 있다.

떠올려 보면, 보나 왕녀의 머리 모양은 항상 똑같은——은가루를 뿌린 반스트레이트 반웨이브——였다.

늘 같은 머리 모양이라는 건 이상하달 것까지는 없지만, 그 정도 나이 대의 귀부인이라면 참석하는 파티의 취지나 그날 입은 드레스에 맞춰서 머리 모양을 바꾸는 게 일반적이다.

그렇게 생각하면 젠지로의 추측에도 신빙성이 생긴다.

"굉장해, 이 주화도 크기에서 모양까지 완벽하게 같아. 젠지로 폐하, 자세한 이야기를 여쭤 봐도 될까요?"

그냥 눈으로 감상하는 것만으로는 성에 차지 않았는지 어느새 고개를 든 보나 왕녀가 똑바로 이쪽을 쳐다보며 그렇게 애원했다.

"네, 제가 알고 있는 범위라면. 단, 이전에도 말씀드린 대로 보석이나 장신구에 관해서 저는 완전히 문외한이라 기대에 부응할 수 있으리라고는 도저히 생각할 수 없습니다만."

"아니에요. 감사합니다. 아무리 사소한 것이라도 거기에서 발상이 확대되는 경우도 있으니까요."

(응, 헤어스타일에 대해 추궁해 봤자 행복할 사람은 아무도 없겠지.)

그렇게 생각한 젠지로는 머리 모양에 관한 정보에는 일부러 눈을 감고 적당히 대화를 받아 주는 것이었다.

보나 왕녀의 헤어스타일로 눈길을 돌리지만 않으면 이후의 대화는 순조로웠다.

"과연, 금강석을 연마하는 데에도 금강석을 사용한다는 말씀입니까. 굉장히 단순하지만 그런 발상은 이제껏 없었습니다. 금강석 부스러기를 어떻게 가루로 만들지, 그 분말을 어떻게 부착시켜서 사포 상태로 만들 것인지. 문제점은 아직 많지만 잘하면 마법에 의존하지 않고 금강석을 가공하는 게 가능할지도 모르겠네요."

들썩들썩, 콩닥콩닥, 그런 의성어가 들려오는 것 같은 보나 왕녀의 미소에 이끌린 젠지로도 미소로 화답했다.

"도움이 되셨다니 다행입니다. 그런데 보나 전하는 마법으로 금강석을 가공할 수 없습니까? 능숙한 흙마법 술사라면 금강석을 마법으로 연마하는 것도 가능하다고 들었습니다만."

젠지로의 무지한 질문에 보나 왕녀는 쓴웃음을 보였다.

"그건 무리입니다. 저도 흙마법의 정밀한 사용에는 자신이 있습니다만, 금강석에 마법을 부리기에 제 마력은 역부족입니다. 반대로 금강석에 마법을 부릴 수 있을 만큼의 마력을 가진 사람은 정밀한 마력 조작을 어려워하는 경향이 있어서 결과적으로 금강석을 마법으로 다듬을 수 있는 건 그 모순되는 조건을 만족하는 일부 천재 마법사뿐입니다. 실제로 해 본 적은 없겠지만 어쩌면 프란체스코 전하라면 가능할지도 모릅니다."

"헤에, 그건 굉장하군요."

생각보다 높은 프란체스코에 왕자에 대한 평가에 젠지로는 연기가 아니라 진심으로 놀라움을 표했다.

젠지로가 아는 한 카파 왕국에서 보나 왕녀의 마력량을 뛰어넘는 사람은 아직 아기인 카를로스 젠키치를 빼면 여왕 아우라와 궁정 수석 마법사인 에스피리디온 둘뿐이다.

그러나 아우라는 정밀 조작에 서투른 전형적인 대마력 술사다 보니 일단 기술적으로 불가능할 것이고, 에스피리디온은 평범한 왕족을 능가하는 마력을 자랑하긴 해도 아우라에 비하면 상당히 떨어지기 때문에 마력량이 부족할 가능성이 있다.

그렇게 생각하면 프란체스코 왕자가 마법사로서 특출한 존재라는 것을 알 수 있다.

보나 왕녀는 복잡한 심경을 감추지 못하고,

"보신 대로 여러 가지 면에서 문제가 많은 분이지만, 마법 술사로서는 틀림없는 일류입니다. 정밀 조작 면에서는 제가 한 단계 위라는 자신이 있습니다만 마력량으로는 승부를 겨룰 수도 없을 만

큰 상대가 되지 않습니다. 오히려 프란체스코 전하 정도의 막대한 마력을 가진 분이 저보다 약간 떨어지는 수준의 정밀 조작이 가능하다는 것은 경탄할 일입니다."

그렇게 자국의 왕적손을 추켜세웠다.

본인에게 자각은 없지만, 정도의 차이는 있을지언정 그 칭찬은 보나 왕녀에게도 해당된다. '혈통마법' 술사인 보나 왕녀는 왕족이라는 기준에서 보면 낮은 레벨의 마력량이라도 세상의 일반 마법사들에 비하면 충분히 큰 마력을 보유하고 있다.

그러면서도 동시에 정밀 조작이 특기라고 단언할 정도니 그 능력은 충분히 탁월한 것이다.

자기 평가가 지나치게 낮은 건지 아니면 자만심을 경계하기 위해서 일부러 그러는 건지 알 수 없지만, 어디까지나 스스로를 낮게 평가한 보나 왕녀는 화제를 바꾸려는 듯이 테이블 위에서 비즈를 집어 들었다.

"그나저나 비즈라는 것도 재미있네요. 작은 알갱이를 실로 꿰어서 장신구로 만든다니. 그런 발상은 우리나라의 민예 세공품에도 있습니다만 그건 구멍을 뚫은 색깔 돌을 사용한 것이라 형태도 색깔도 제각각이지요. 대체로 이렇게 작지 않아서 큼직한 팔찌나 목걸이 정도로밖에 사용할 수 없어요. 그에 비해 이것은 크기도 형태도 전부 같은 것이 잔뜩 있으니 무척이나 아름다운 모양을 만들어 낼 수 있겠지요."

"네, 숙련자라면 반지, 브로치, 팔찌 등, 여러 가지를 만들 수 있답니다. 밑그림도 몇 개인가 있으니 괜찮으시다면 보나 전하도 도전해 보는 게 어떻습니까?"

비즈 공예 중에서 요즘 가장 유행하는 건 휴대전화 스트랩이지만, 설명하기가 어려우니 일부러 생략했다.

"그래도 되나요!? 고맙습니다!"

대화는 온화하게, 무의식중에 서로간의 거리를 좁히면서 계속되었다.

◆

일전에 아우라가 우려했던 대로 젠지로와 보나 왕녀는 확실히 성격이 잘 맞았다.

현대 일본의 일반 가정 출신이면서 우연찮은 계기로 국서라는 지위에 오른 젠지로와 하급 귀족 태생이면서 격세 유전으로 '부여 마법'의 소질을 물려받았다는 이유로 왕족으로 받아들여진 보나 왕녀.

게다가 두 사람 모두 본질적으로 성실하고 자신의 입장을 이해할 만큼 지혜로우며 지위에 상응하는 언동을 취할 만큼의 이성을 갖추고 있다.

말하자면 두 사람 모두 약간의 차이는 있어도 '태생보다 높은 신분에 올라 고생하고 있다'는 점에서 동질감을 느끼고 있는 것이다.

"네? 그러면 보나 전하는 10살까지 생가에서 자랐다는 것인가요?"

"네. 제가 왕족으로서 받아들여진 건 10살 때예요. 그때까지는 하급 귀족의 차녀로 평범하게 살고 있었습니다. 저는 하급 귀족의 딸치고는 파격적인 마력을 지녀서 부모님의 기대가 꽤 컸던 것도 사실이지만요."

"과연. 그러면 왕족으로 인정받았을 때는 상당히 놀랐겠군요?"

"그건 그렇죠. 현실로 받아들이는 데 며칠이나 걸렸습니다. 저도 제 가족들도요."

들어 보니 쌍왕국에서는 고위 귀족 가문에서 왕족에 필적하는 마력을 가진 자가 태어난 경우 어느 쪽의 '혈통마법'을 사용할 수 있는지 철이 들 무렵에 조사를 한다고 한다. 그런데 보나 왕녀의 경우는 집안의 격이 워낙 낮았다.

때문에 10살이 되도록 발견되지 않았던 것이라고 한다.

참고로 보나 왕녀의 사례가 있은 다음부터 '혹시 우리 아이도'라는 엷은 기대감을 품은 중급 이하의 귀족이 속출했지만, 안타깝게도 개천에서 두 번째의 용은 나오지 않았다고 한다.

"그러면 보나 전하는 '부여마법'을 6년 만에 익히셨다는 것인가요? 설마 보석 가공 기술도?"

감탄의 목소리를 올리는 젠지로에게 보나 왕녀는 겸손과 자부가 섞인 수줍은 웃음으로 대답했다.

"네, 그래도 고생했어요. 하지만 말투나 태도 같은 것을 익히는 것이 훨씬 어려웠답니다. 하급 귀족 딸과 말단이긴 해도 왕족과는 갖추는 예법이 전혀 다르니까요."

"이해합니다."

젠지로는 저도 모르게 실감이 잔뜩 밴 동의를 표했다.

"그에 비하면 '부여마법'이나 보석 가공 기술 습득은 확실히 힘들긴 했지만 굉장히 재미있어서 만족하며 배웠습니다. 물론 아직도 가야 할 길이 멀지만요."

10살부터 배우기 시작해 현재 16살. 어엿한 한 사람 몫의 기술을 6년만에 습득했다는 것은 충분히 칭찬받을 만한 일이다.

샤로와 왕가의 방계 왕족 중에는 더 젊은 나이에 어엿한 부여 마법사 및 보석 장신구 장인, 무구 장인이 된 자도 있지만 그들은 철들 무렵부터 그런 방면의 수행을 쌓은 것이다. 보나 왕녀와는 시작이 다르다.

거기까지 생각이 미치자 젠지로는 한 가지 이상한 점을 느꼈다.

"그렇다는 건, 프란체스코 전하는?"

"네에, 그분은 12살 때 이미 부여마법사로 인정받았습니다. 게다가 보석이나 무구 제작에도 능하시니까 틀림없이 이쪽 분야에서는 초일류의 재능을 가진 분이시죠."

보나 왕녀는 약간의 질투가 섞인 쓴웃음을 보였지만 지금 젠지로는 그걸 알아챌 여유가 없었다.

(역시! 그렇다면 프란체스코 왕자는 직계 왕족인데도 처음부터 방계 왕족의 교육을 받았다는 얘기가 돼.)

방계 왕족과는 달리 직계 왕족은 '혈통마법'인 부여마법은 익히지만 보석 가공 기술이나 무구 제작 기술을 강제적으로 배우지는 않는다.

마법의 습득도 하루아침에 이루어지는 것이 아니지만 보석 가공이나 무구, 방어구 제작 기술 습득에 필요한 시간은 그에 비할 바가 아니다.

철이나 은을 앞에 두고 사투하는 나날을 몇 년이나 보내고 나서야 비로소 익힐 수 있는 기술인 것이다.

국가의 중추가 될 직계 왕족에게 그런 교육까지 시킬 시간이 있을 리 없다. 그런 것에 할애할 시간이 있으면 달리 배울 것이 많다.

그러나 실제로 프란체스코 왕자는 어릴 때부터 부여마법뿐 아니라 보석 가공과 무구, 방어구 제작도 익혔다고 한다. 그렇다면 프란체스코 왕자가 비상식적일 정도의 천재가 아닌 한, 철이 들 무렵부터 그런 쪽의 수행을 받아 왔다, 라는 결론이 나온다.

(즉, 프란체스코 왕자는 적어도 철들 무렵에는 장래의 왕위 계승자에서 제외되었다는 거잖아? 그렇다는 건 프란체스코 왕자가 왕위 계승권을 받지 못한 이유가 '바보라서'는 아니라는 게 확실하다는 얘기지.)

이제 막 철이 들기 시작한 어린아이를 '머리가 나쁘다'는 이유로 내치는 사람이 있다면 오히려 그쪽이 머리가 나쁜 것이다.

프란체스코 왕자의 출생에 뭔가 비밀이 있는 게 틀림없는 것 같다.

(이 건에 관해서는 나중에 아우라에게 보고해 두자.)

"정말로 탁월한 재능을 가진 분이로군요, 프란체스코 전하는."

그렇게 머릿속 한 구석에 기록해 두고 젠지로는 적당한 말로 보나 왕녀의 말에 맞장구를 쳤다.

마음이 콩밭에 가 있는 상태에서 적당히 둘러대는 응대였지만 다행히도 보나 왕녀에게 눈치채이지는 않은 듯했다.

"네에, 정말로 마법도구 제작자로서 프란체스코 전하는 저의 목표랍니다. 그나저나 역시 가장 눈길이 가는 건 반지네요. 정말로 보면 볼수록 훌륭한 세공……. 완전히 균일한 형태로 만들어진 세 알의 금강석은 물론이고 금 받침대의 정밀함이라니. 대체 어떻게 이토록 정교한 모양을 하고 있는 걸까요."

재차 결혼반지에 집중하는 보나 왕녀에게 젠지로는 옳다구나 하고 편승했다.

"심지어 그 연속적인 그물 무늬의 수가 사실은 전부 같답니다."

주얼리 숍의 점원에게서 들은 지식을 그대로 옮긴 것뿐이었지만 그 말에 보나 왕녀는 놀라움을 드러냈다.

"정말인가요? 하나, 둘, 셋……."

보나 왕녀는 오른손 엄지와 중지로 반지를 잡아 얼굴 가까이에 대고 열심히 받침대의 그물 무늬를 세기 시작했다.

하지만 반지의 그물 무늬는 도저히 맨눈으로 셀 수 있는 것이 아니다.

그래도 열심히 수를 세고 있는 보나 왕녀를 보고 젠지로는 불필요한 친절을 베풀 지경이 되었다.

그때 젠지로의 시야에 테이블 위에 놓인 '동전'이 들어온 것이 보나 왕녀에게 있어서는 행운, 젠지로에게 있어서는 불행이었다.

(아아, 맞다.)

평상시의 경계심과 긴장이 상당히 풀어진 젠지로는 그 자리에서 떠오른 생각을 전혀 음미하지 않고 행동으로 옮겼다.

"잠깐 실례."

그렇게 한마디 양해를 구하고 젠지로는 왼손으로 테이블 위에서 5엔짜리 동전을 집어 들고는 오른손 새끼손가락 끝에 주전자의 물을 한 방울 묻혀서 살며시 5엔 동전의 구멍에 그 물방울을 떨어뜨렸다.

"음, 아니야. 오목 렌즈가 됐네. 한 번 더……. 좋아, 이번엔 잘됐다."

몇 번인가 실패한 후, 원하던 대로 물방울은 5엔 동전의 가운데 구멍을 둥글게 메우며 작은 '볼록 렌즈' 형태가 됐다.

"음, 좋아, 잘 만들어졌어. 보나 전하, 이걸 사용해 보십시오. 조금은 보기 쉬울 겁니다. 살며시 손에 들고, 그 주화의 가운데 구멍으로 보고 싶은 부분을 들여다보는 느낌으로."

"아, 네."

그때까지 필사적으로 반지의 그물 무늬를 세고 있던 보나 왕녀는 젠지로의 권유에 순순히 따라 5엔 동전을 받아 들고 이번엔 그 구멍 너머로 반지를 보았다.

반응은 극적이었다.

"앗? 어라!? 뭐죠, 이건!?"

처음 보는 볼록 렌즈 너머의 세계에 보나 왕녀는 놀라서 외쳤다.

예상대로의 반응에 젠지로는 기뻤는지 약간 들떠서 대답했다.

"물 렌즈. 빛의 굴절 현상을 이용해 물체를 크게 보이게 하는 겁니다. 맑은 수면을 위에서 들여다보면 강바닥이 휘어져 보이거나 하지 않습니까? 그걸 응용한 겁니다."

"네에? 물을 통해 보는 것만으로 이렇게 크게 보이는 건가요?"

"아뇨, 그냥 물이 아니라. 형태가 중요합니다. 이렇게, 가운데가 부풀어 있고 끝으로 갈수록 서서히 얇아지는 원반 모양이라고나 할까."

젠지로의 조잡한 설명을 물어뜯을 것처럼 열심히 들은 보나 왕녀는 흥분으로 살짝 숨결을 흐트리며 그 자리에서 갑자기 주문을 외웠다.

"그러니까…… 이런 느낌인가요? '그릇의 물은 내 손가락 끝에 모여 당분간 내가 바라는 형태가 되어라. 그 대가로 나는 물의 영령에게 마력 156을 바친다.'"

"뭐엇!?"

이번엔 젠지로가 놀라서 소리칠 차례였다.

집게손가락을 세운 보나 왕녀가 술술 주문을 외우자 주전자에 담긴 물 일부가 마치 슬라임처럼 꾸물꾸물 움직이더니 눈 깜짝할 새에 그 손가락 끝에서 돋보기 정도 크기의 렌즈로 변했다.

"아, 정말이다. 굉장해. 이건 굉장해요, 젠지로 폐하!"

자신의 물마법으로 만든 간이 물 렌즈의 효과를 확인한 보나 왕녀는 예법도 잊고 천진난만하게 소리쳤다.

"⋯⋯⋯⋯⋯."

반면 젠지로는 그 목소리에 응답할 여유조차 없었다.

(큰일 났다. 말도 안 되는 짓을 해 버렸어⋯⋯!)

뒤늦게 자신의 실수를 깨달은 젠지로는 등에 흠뻑 식은땀을 흘렸지만 완전히 소 잃은 외양간이었다.

그런 젠지로의 모습을 눈치채지도 못할 만큼 흥분 상태인 보나 왕녀는 물 렌즈로 테이블의 나뭇결을 확대해 보고 있었지만 도중에 마법의 효과가 사라졌다.

"앗."

주술력을 잃은 물 렌즈는 갑작스레 그 형태를 잃고 철퍽하며 테이블 위로 떨어졌다.

"죄송합니다. 무례를 저질렀습니다. 역시 일반적인 마법은 효과 시간이 짧아서 안 되겠네요. 게다가 '물의 자유 변형' 마법은 마력 소모량이 너무 크니까 전용 마법을 만들어서 그걸 마법도구화할 수 있다면⋯⋯. 젠지로 님! 정말 감사합니다!"

당연한 얘기지만 젠지로가 두려워하던 방법을 보나 왕녀는 지극히 자연스럽게 떠올렸다.

물을 렌즈 상태로 만드는 마법을 만들어 내고 그 마법을 마법도구화한다. 그건 렌즈라는 중요한 기술을 쌍왕국이 독점한다는 것을 의미한다.

(큰일이닷. 이건 정말 엄청난 실수야. 솔직하게 아우라에게 자백하고 대책

을 세우지 않으면 안되겠어.)

"아뇨, 도움이 되셨다면 다행입니다."

이제까지 없었던 실수에 동요한 젠지로는 그렇게 무난한 말로 대응하는 것만도 벅찼다.

━━━━━━◆━━━━━━

그날 밤 후궁에 돌아온 젠지로는 숙연한 표정으로 보나 왕녀와의 면담에서 있었던 일을 감추지 않고 아우라에게 보고했다.

침실에서 에어컨 바람을 쐬면서 느긋하게 이야기할 내용이 아니라고 생각한 젠지로의 요청에 따라 장소는 오랜만에 거실의 소파였다.

"흐음. 보나 왕녀의 의외의 본모습이나 프란체스코 왕자의 출생의 비밀에 관한 정보 등 당신은 상당한 성과를 올렸다고 생각하는데 뭘 그리 걱정하는 거야? 그 물 렌즈라는 것을 쌍왕국이 실용화한다고 해도 그렇게 큰 문제는 아니지 않아?"

젠지로의 참회에 가까운 보고를 다 들은 아우라는 소파 위에서 다리를 고쳐 포개며 납득이 가지 않는다는 듯이 고개를 갸웃했다.

그건 어느 정도 젠지로가 예상했던 반응이었다.

확실히 볼록 렌즈 하나만으로는 돋보기로 사용하는 것 외에 다른 용도가 없으므로 큰 위협으로 보이지 않을 것이다. 기껏해야 보나 왕녀 같은 세공 기술자에게 편리하다는 정도일까.

실제로 보나 왕녀도 수선을 떨며 감격했을 뿐 아무것도 수상쩍게 여기지 않았다. 즉, 인심 좋게 알려줘도 그다지 위해가 없을 정도의 정보라고 생각한 것일 터이다.

그러나 렌즈라는 것이 지니고 있는 가능성은 그런 귀여운 수준의 것이 아니다. 젠지로는 그걸 알고 있다.

알고 있으면서도 부주의하게 그 정보를 가장 흘리지 말아야 할 대상에게 흘려버렸기에 이렇게 반성하고 있는 것이다.

젠지로는 5엔 동전을 꺼내 들고 다시 한 번 설명을 시작했다.

"응, 잘 봐. 먼저 이것이 보나 왕녀에게 보인 볼록 렌즈. 가운데가 부풀어 있고 가장자리로 갈수록 얇어지는 형태지."

"흐음, 과연. 확실히 저쪽편이 확대되어 보이네. 이건 편리한걸."

젠지로가 내민 5엔 동전 렌즈를 정면에서 들여다본 아우라가 새삼스럽게 감탄하며 고개를 끄덕였지만 역시 그다지 위기감을 품지는 않았다.

이어서 젠지로는 한 번 5엔 동전을 흔들어 구멍의 물을 떨쳐 내고 조금 전보다 작은 양의 물방울을 그곳에 떨어뜨렸다.

"그리고 이쪽이 오목 렌즈. 방금 것과는 반대로 가운데가 가장 얇고 가장자리로 갈수록 두꺼운 렌즈. 아까와는 반대로 작게 보이지?"

"정말이네. 이건 무슨 도움이 되는 거야?"

의문을 던지는 아우라에게 곁눈질로 '잠깐 기다려'라고 신호를 보낸 후, 젠지로는 소파에서 일어나 거실 구석으로 갔다.

그곳에는 젠지로가 지구에서 가져온 물건 중 평소에는 사용하지 않는 것을 모아 넣어 둔 상자가 있다.

"어디 보자, 분명히 이쯤에……. 아, 있다. 이거다."

그 상자를 연 젠지로는 잠시 뭔가를 뒤적이는가 했더니 파랑, 흰색, 빨강의 화려한 3색 무늬의 긴 천으로 감싼 무언가를 꺼냈다.

"왠지 그리운 느낌이네. 대학 시절의 응원 도구. 레플리카 유니폼이나 휴대전화 스트랩 따위는 취직했을 때 처분해 버렸지만, 타월 머플러랑 오페라글라스만은 남겨 뒀지."

정확히 말하면 응원 도구는 타월 머플러뿐이고 오페라글라스는 시합 관전에 사용하는 일반적인 보급형 상품이었지만, 그걸 이 시점에서 언급할 필요는 없을 것이다.

젠지로는 알파벳으로 'YOKOHAMA'라고 적힌 타월 머플러를 상자 안에 다시 넣어 둔 다음, 접이식 오페라글라스만 들고 아내가 기다리는 소파로 돌아왔다.

"젠지로?"

"자, 이걸 봐. 오목 렌즈와 볼록 렌즈를 조합하면 이런 게 만들어져. 사실 볼록 렌즈와 오목 렌즈만으로는 이렇게 정확하게 보이지 않고 상하좌우가 뒤집히지만, 이것만으로도 아마 이 일의 중대함을 느낄 수는 있을 거야."

젠지로는 그렇게 말하고 접이식 오페라글라스를 펴서 간단히 초점을 맞추고 아우라에게 건넸다.

지금은 밤이라 바깥을 볼 수는 없지만, 이 거실은 넓고 오페라글라스의 배율은 세 배 정도다. 방 안에서도 그 효과를 충분히 실감할 수 있을 것이다.

"앗!? 뭐야, 이건!?"

젠지로가 시키는 대로 오페라글라스를 들여다본 아우라는 예상대로 놀라서 외쳤다.

"그건 배율이 세 배지만 렌즈에 따라서는 배율도 더 높일 수 있을 거야. 현시점에서 보나 왕녀는 볼록 렌즈밖에 알지 못하고, 아마도 볼록 렌즈와 오목 렌즈를 조합한다는 발상에 쉬사리 도달하지는 못할 거라 생각하지만 기술적으로는·지금 당장 만든다 해도 이상하지 않아."

실제로 지구 역사에서도 렌즈의 탄생과 렌즈를 조합해 사용하는 '망원경'이나 '현미경'의 탄생 사이에는 큰 시간 차가 있다.

그리 생각하면 그다지 초조해할 필요는 없을지도 모르지만 희망적인 낙관은 위험하다.

아우라는 몇 번이나 오페라글라스를 들여다보고는 말없이 생각에 잠겼다.

멀리 떨어진 곳을 확대해서 볼 수 있는 장치. 그리고 그 장치의 핵심 부품인 '렌즈'가 마법도구로밖에 실용화될 수 없다면 확대 장치는 쌍왕국이 독점하게 된다.

이윽고 결론이 난 것인지 아우라는 이때까지 젠지로에게 거의 보인 적 없는 엄한 표정을 보이며 말하는 것이었다.

"확실히, 이건 '실수'로군."

"응…… 미안."

숙연하게 사죄하는 남편에게 여왕은 빨간 머리카락이 물결치도록 작게 머리를 흔들고는 한숨을 쉬었다.

"이미 저질러진 일은 어쩔 수가 없다, 라고 말하기에는 조금 일이 커질 것 같아. 현실 문제로서 이쪽이 취할 수 있는 대처 방법은 차선책으로서 교섭을 통해 그 물 렌즈의 마법도구를 우선적으로 양도받는 것이고, 최선은 당신의 핏줄을 통해 '부여마법'을 지닌 후손을 낳아 같은 생산 체제를 카파 왕국에도 확립하는 것이겠지."

예상은 했지만 바라지 않던 방향으로 흘러가는 이야기에 젠지로는 저항하듯이 자신의 안을 내놓았다.

"그리고 유리 제조에 좀 더 힘을 쏟는다, 라는 방법도 있다고 생각해. 그 오페라글라스는 강화 플라스틱이라는 다른 물질로 만들었지만 내 쪽 세계에서는 보통 유리로 렌즈를 만드니까. 그러니까 유리 제조 기술을 확립하고 동시에 그 유리를 렌즈 상태로 연마하는 장인을 양성하면 렌즈의 가치를 '마법도구'에서 단순한 '고급 도구'로 낮출 수 있다고 생각해."

아무래도 일을 저지른 후 밤이 될 때까지 줄곧 대처방법을 고민한 듯 젠지로는 망설임 없는 말투로 그렇게 대책을 제시해 보였다.

"과연. 그것도 일고의 가치는 있네. 하지만 그것보다 더 시급한 건 당신에 대한 대책이야. 이번 건으로 확신했어. 젠지로, 당신은 보나 왕녀에 대해 비정상적으로 경계가 약해. 자각은 있어?"

아내의 날카로운 지적에 젠지로는 말문이 막혔다.

특정 여성에 대한 경계심이 옅다고 아내에게 지적당한 것이다. 의심받을 만한 일은 없지만 엄청나게 죄책감을 자극하는 지적이다. 그 지적이 사실이라는 자각이 있기 때문에 더욱 그렇다.

젠지로는 더듬거리면서도 안간힘을 다해 시선을 피하지 않고 대답했다.

"으응, 그건, 그, 확실히, 자각은 있, 달까? 뭐랄까, 이상하게 대화하기 편한 느낌이야. 묘하게 파장이 맞는달까, 죽이 잘 맞는달까."

"흐음……."

남편의 변명에 여왕은 턱에 손을 대고 생각했다. 젠지로에게 자각이 있다는 건 불행 중 다행이다. 그렇다면 이쪽에서 너무 강하게 주의를 주면 질투로 인한 속박으로 오해할 공산도 있다.

거기까지 생각이 미친 아우라는 자신이 젠지로에게 미움을 받는 걸 두려워한다는 사실을 자각하고 속으로 쓴웃음을 흘렸다.

하지만 그런 생각을 표정에 드러낼 여왕은 아니다.

"당신에게 그런 자각이 있다면 얘기가 쉽네. 미안하지만 젠지로, 앞으로 당신은 이번처럼 보나 왕녀와 단둘이서 만나는 건 금지야. 당신에게 그럴 생각이 없고 저쪽에 악의가 없어도 의도치 않게 이번과 같은 일이 생길 수 있어. 알았지?"

그렇게 엄격한 표정을 풀지 않고 말했다.

젠지로 입장에서 보면 구태여 확답을 받을 필요도 없는 얘기다.

확실히 죽이 잘 맞는 보나 왕녀와의 대화는 즐거운 시간이지만,

국익에 반하면서까지 고집해야 할 일은 아니다.

"응, 알았어. 앞으로 보나 왕녀와의 관계는 '프란체스코 왕자의 감시역'으로서의 경우로 한정할게."

"그래, 안됐지만 그래 줘. 미안하네. 이번 일도 따지고 보면 내가 당신을 보나 왕녀에게 보낸 건데 이렇게 앞뒤 말을 바꾸는 꼴이 돼서."

"괜찮아, 신경 쓰지 마. 결과는 이렇게 됐지만 그 시점에서 아우라의 의견에 불합리한 점은 없었고 가장 큰 문제는 내가 커다란 빈틈을 보였다는 거니까 내가 사과하는 게 맞아."

"응, 그런가."

부드럽게 대답해 주는 남편을 보며 붉은 머리의 여왕은 남모르게 안도의 한숨을 쉬는 것이었다.

＊

심야. 같은 침대에서 잠자리에 든 남편이 완전히 잠든 것을 확인한 여왕 아우라는 살며시 침대를 빠져나와 옆의 거실에 모습을 드러냈다.

컴컴한 거실에서 손을 더듬어 LED 스탠드 라이트를 찾아낸 아우라는 스위치를 켰다.

"윽."

어둠에 익숙해진 눈에 LED 스탠드 라이트의 백색광은 강렬했다. 아우라가 눈을 깜빡이며 빛에 눈을 익숙하게 만들고 있는데 거실 출입문에서 작은 노크 소리가 세 번 울렸다.

"왔나. 들어와라."

"네, 실례하겠습니다."

출입을 허락하는 아우라의 대답에 이어서 들어온 것은 카파 왕국에서는 보기 드문 금발이 인상적인 시녀였다.

표면상의 직함은 젊은 후궁 시녀 중 하나일 뿐이지만, 그 실체는 후궁과 왕궁의 시녀들 사이에 폭넓은 정보망을 갖고 있는 중요 인물. 여왕 아우라에게는 비서관 파비오, 궁정 수석 마법사 에스피리디온과 어깨를 나란히 하는 숨겨진 심복 중 하나다.

아우라는 엷은 잠옷 차림 그대로 검은 가죽 소파에 앉아 편한 말투로 말했다.

"보고를 듣지."

"네. 보나 전하의 처소에 파견한 시녀들의 보고에 따르면 보나 왕녀에게 젠지로 님을 유혹하려는 것 같은 태도는 특별히 없었다고 합니다."

"그런가. 그렇다면 보나 왕녀 개인에게는 정말로 다른 목적이 없다는 건가?"

보고를 받은 아우라는 턱에 손을 대고 생각에 잠겼다.

샤로와 왕가가 젠지로의 핏줄을 노릴 거라는 점은 이쪽으로서는 각오한 일이다.

본격적인 시도는 젠지로가 '순간 이동' 마법을 익혀서 쌍왕국의 왕궁을 방문했을 때 이루어진다 하더라도 이쪽에 있는 동안 보나 왕녀가 나름대로 행동에 들어가는 건 아닐까, 하고 주의 깊게 살피고 있지만 현재로서 이렇다 할 보고는 들어오지 않고 있다.

특히 이번엔 저쪽의 임시 주거를 타깃인 젠지로가 혼자서 방문한다는 절호의 기회였던 것이다. 무언가 액션을 취해 오는 게 아닐까, 하고 아우라는 일말의 불안을 안고 있었지만 결과는 지금 들은 대로다.

"하지만 그런 것치고는 서방님은 보나 왕녀에게 지나치게 마음 씀씀이가 헤픈데. 이건 단순한 우연인 것일까? 게다가 서방님의 여자 취향을 머나먼 남대륙 중앙부의 쌍왕국이 알고 있을 리도 없고……."

사실 측실을 밀어 넣고 싶어 하는 카파 왕국의 귀족들조차 아직도 젠지로의 여자 취향을 파악하지 못하고 있다. 구태여 말하자면 여왕 아우라와 지극히 사이가 원만하다는 것이 유일하게 밝혀진 사실인데, 여왕 아우라와 보나 왕녀 사이에는 이렇다 할 공통점도 없다.

지금 고민한다 해도 결론이 날 것 같지는 않다. 다만 '여자의 감' 같은 비논리적인 것을 거론할 뜻은 없지만 아무리 그래도 젠지로와 보나 왕녀와의 거리감이 신경 쓰인다.

왕궁의 꽃으로 이름 높은 옥타비아 부인에게도 젊음과 자신감이 넘치는 파티마 기젠에게도 그토록 일상적으로 접하고 있는 후궁의 시녀들에게도 젠지로는 지금까지 마음을 허락한 적이 없었다.

자백하자면 이런 경계심의 근저에 흐르는 건 여자로서의 질척거리는 감정이라는 것도 아우라는 확실하게 자각하고 있다.

그러나 다행히도 여왕이라는 입장은 이국의 왕녀와 자신의 반려와의 관계에 제약을 가할 만한 정당성이 있다.

장래에 젠지로가 측실을 들이는 것을 막을 수는 없다 할지라도 그 첫 번째가 이국의 왕녀가 되는 것만큼은 피해야 한다.

"알았다. 앞으로도 시녀들에게는 큰 이변이 있으면 알리도록 전해 둬라. 단, 저쪽이 눈치채고 경계하는 것이 가장 곤란하니까 정기적 연락 외에는 삼가도록. 기본적으로는 보나 왕녀의 말을 잘 듣는 충실한 시녀로서 행동하라고 전해라."

자신이 하는 말과 행동의 근원이 여자로서의 감정이라는 걸 자각하면서도 행동에 정당성을 부여하며 스스로를 다독이는 여왕.

여왕의 보기 드문 여자다운 반응을 알아챈 것인지 눈앞에 선 금발의 시녀는 한순간 입가에 희미한 미소를 떠올렸다.

"······네. 알겠습니다."

그러나 아우라에게 들키기 전에 시녀는 표정을 바로잡고 긴 금발을 스르륵 흘려보내듯이 인사하고는 조용히 물러가는 것이었다.

[막간3] **조용한 도로**

푸죠르 장군이 이끄는 용궁기병단과 사비에르가 이끄는 가질 변경백령 영주군의 혼성 부대는 조용한 도로를 순조롭게 진군하고 있었다.

이미 한 번 '소금 도로'를 빠져나와 가질 변경백령에 소금을 전달하고 돌아가는 길이다. 예정대로 그곳에서 화살이나 식량 등의 보급을 마쳤기 때문에 화물 용차가 무거워져 행군 속도는 나지 않았지만 그만큼 병사들의 마음에는 여유가 있었다.

"조용하군요……."

푸죠르 장군의 마음에 들었는지 옆에서 용머리를 나란히 하는 허가를 받은 사비에르는 옆에서 머리 하나는 더 큰 주룡을 모는 대장군에게 그렇게 말을 걸었다.

젊은 차기 변경백의 말에 거한의 장군은 작게 고개를 끄덕이며 대답했다.

"그래, 조용하군. 이건 좀 안 좋은 방향으로 가고 있는지도 모른다."

"경계당하고 있다, 라는 말씀입니까?"

사비에르의 말에 푸죠르 장군은 긍정했다.

"그렇다. 그것이 '인간 전체'에 대한 경계심이라면 이걸로 임무 완수라 해도 좋겠지. 하지만 '무장한 인간 집단'에 대한 경계나 '우리'에 한정된 경계심이라면 토벌하기가 더 까다로워졌다는 얘기가 된다."

"군룡의 생태를 잘 아는 사람 말로는 나이를 먹은 군룡은 나이에 비례해서 지능도 발달한다고 합니다."

사비에르의 말에 푸죠르 장군은 무표정인 채 작게 혀를 찼다.

"그래, 그랬지. 그렇다면 인간 전체를 경계하게 됐다, 라는 낙관적인 가능성은 버리는 편이 좋을 것 같군, 사비에르 경."

"옛."

푸죠르 장군의 목소리 톤이 변한 것을 민감하게 눈치챈 사비에르는 주룡의 등 위에서 등줄기를 곧게 폈다.

"이제부터 부대를 잘게 쪼개서 거리를 두고 행동한다. 귀공은 그대로 휘하 부대를 이끌고 행동하게. 단, 피리 소리가 들릴 거리를 유지하도록."

"옛, 알겠습니다. 즉 저는 미끼입니까?"

사비에르의 질문에 푸죠르는 긍정했다.

"그렇다. 하지만 경만 그렇다기보다는 전군이 미끼다. 어느 정도 전력이 균일한 소수의 집단을 여러 개 만든다. 경이 이끄는 영주군은 수적으로는 사람이 가장 많은 집단이 된다. 공격을 받을 가능성은 가장 적을 거라고 생각하지만 말할 필요도 없이 방심은 금물이다."

"옛. 맡겨 주십시오."

사비에르는 용 위에서 경례했다.

참고로 푸죠르 장군 자신이 이끄는 직속 부대가 잘게 쪼개진 부대 중에서 가장 '머릿수'가 적은 부대가 된다. 그러나 무장과 훈련도 그리고 이끄는 푸죠르 장군 자신의 무력과 통솔력을 생각하면 전투력 면에서는 오히려 사비에르가 이끄는 영주군보다 나을 것이다.

만약 푸죠르 장군의 부대가 공격을 받는다면 문제가 없다. 하지만 만일 사비에르의 부대가 공격을 받게 된다면 군룡이 인간의 위력을 머릿수가 아니라 장비나 훈련 정도가 가미된 '전투력' 그 자체를 통해 가늠하고 있다는 얘기가 된다.

"전군 정지. 지금부터 부대를 나누는 편성에 대해 설명할 테니 각 부대장은 집합하라."

성가신 일이 생기지 않으면 좋으련만. 그런 속내를 표면으로 드러내지 않고 푸죠르 장군은 담담히 지시를 날리는 것이었다.

---◆---

몇 시간 후.

다행히도 푸죠르 장군의 '최악의 예상'은 빗나갔다.

군룡들이 최소 인원이면서도 최대의 전투력을 지닌 푸죠르 장군의 직속 부대를 공격해 온 것이다.

"갸오오오!"

"전군, 방어 원진. 이미 연락 피리는 불었다. 무리하게 공격에 나설 필요는 없다. 원군이 올 때까지 방어에 주력하라."

"옛!"

"알겠습니다!"

과연 푸죠르 장군 직속의 최정예 부대. 군룡의 공격에도 단 한 명도 흐트러짐을 보이지 않고 도로 중앙에서 지시를 내리는 푸죠르 장군을 에워싸듯이 방패병과 창병이 원진을 짜고 궁병들은 그 안에서 활을 겨누었다.

하지만 이런 적은 수로는 지난번처럼 방패병, 창병이 할 일이 없을 정도로 궁병의 활약을 기대하기는 어렵다. 사람이 적어 방어벽이 작기 때문에 적과의 거리가 가까워 주룡을 제어하지 못할 위험이 있다 보니 궁기병들도 용에서 내렸다.

전략대로 커다란 목제 방패를 든 병사가 군룡의 공격을 막고, 그 틈새로 창병이 창을 내질러 군룡이 머리를 쳐든 순간을 노려 후방에서 궁병이 사격한다, 라는 공격 패턴이 반복되었다.

정예 부대인 만큼 공수의 움직임은 훌륭했다. 뒤에서 지켜봐도 거의 위험성을 못 느꼈기에 지휘관인 푸죠르 장군은 처음 지시를 내리고 나서는 거의 할 일이 없었다.

하지만 부대원 전원이 한 번도 실수하지 않고 전투를 끝낼 가능성은 그리 높지 않다.

"으갸아아!"

"앗?"

창병 하나가 창을 찌른 순간 운 나쁘게 군룡이 머리를 휘두른 탓에 창이 멀리 튕겨나갔다. 게다가 제대로 쥐고 있지 않았는지 내던져진 창은 병사의 손을 떠나 빙글빙글 회전하며 원진 가운데로 날아갔다.

아무리 정예 부대라 해도 전투 중에는 각각 자신의 임무를 다하는 것만으로도 벅차다. 이대로 두면 참사를 피할 수 없다, 라고 생각한 순간 그 일이 일어났다.

"흡!"

그때까지 잠자코 주룡에 앉아 있던 푸죠르 장군이 기합을 내지르는가 했더니 그 자리에서 하늘 높이 뛰어 올라 머리 위로 날아가던 창을 맨손으로 잡은 것이다.

그리고 푸죠르 장군의 행동은 그것으로 끝나지 않았다.

"으읍!"

놀랍게도 푸죠르 장군은 그대로 공중에서 창을 반대로 바꿔 들더니 재빨리 원진 밖에서 기세를 올리고 있는 군룡을 향해 던진 것이다.

"크에엑!?"

상공에서 투척된 창은 목적지를 비껴가지 않고 정확하게 군룡의 정수리를 꿰뚫고는 그대로 지면에 꽂혔다.

"기, 기, 기익!"

하지만 군룡의 뇌는 작기 때문에 머리통이 관통당해도 즉사하지

않는 경우가 적지 않다. 행운인지 불행인지 이 군룡도 그랬다. 그러나 대체 어느 정도의 힘으로 내리꽂혔는지 군룡이 목숨을 걸고 발버둥 치는데도 그 창은 꿈쩍도 하지 않았다.

"…………."

알고는 있었지만 새삼스럽게 목격한 장군의 실력에 이곳이 전쟁터라는 것도 잊고 부하들은 순간 넋이 나갔다.

"조심해라."

"예, 예엣!"

그러나 그런 분위기도 푸죠르 장군의 짧은 한마디에 싹 사라졌다.

결국 그 후에도 푸죠르 장군의 직속 부대는 피리 소리를 들은 다른 부대가 합류할 때까지 한 사람의 전투 불능자도 내지 않고 견뎌낸 것이었다.

노림수대로 군룡을 이끌어 내 충분할 만큼의 수를 무찌르고 전군은 무사히 재집결했다. 언뜻 보기는 순조로웠지만 푸죠르 장군의 표정은 밝지 않았다.

"푸죠르 장군. 도로 정비는 80% 정도 끝났습니다. 예정대로 행군을 재개할 수 있을 것 같습니다."

"그런가. 수고했다, 사비에르 경."

어느 틈엔가 부관 비슷한 지위를 확립한 사비에르의 보고에 푸죠르 장군은 짧게 공로를 치하했다.

"푸죠르 장군? 무슨 걱정이라도 있으십니까?"

푸죠르 장군의 기색이 편치 않다는 걸 눈치 빠르게 살핀 사비에르는 그렇게 물었다.

푸죠르 장군은 두꺼운 눈썹을 찡그리며 확인하듯이 되물었다.

"사비에르 경."

"예."

"귀공은 부대를 이끌어 한 번 이 군룡 무리를 상대했었다 했지?"

질문의 의도는 알 수 없지만 특별히 감출 것도 없었기에 사비에르는 내심 고개를 갸웃하면서도 장군의 질문에 순순히 대답했다.

"예. 기습을 받았습니다만 피해를 최소화하며 어렵게 격퇴했습니다."

"그때 귀군은 몇 마리 정도 군룡을 처치했나?"

"글쎄요. 분명 5마리 정도 쓰러뜨렸다고 기억하고 있습니다."

사비에르의 대답에 푸죠르 장군은 '역시'라는 듯이 몇 번이나 고개를 끄덕였다.

"그때 귀군을 습격한 군룡 무리는 대략 50마리 정도임이 틀림없나?"

"예. 대부분 나무 뒤에 숨어 있었고 도로 좌우에서 습격해 왔기 때문에 확실하게 단언할 수는 없습니다만 부하들의 증언을 종합해 본 결과 대략 그 정도가 아닐까 합니다."

"음, 그러면 소금을 변경백령에 가져가는 길에 공격해 온 군룡

무리는 어느 정도였는지 기억하고 있나? 같은 거대 군룡이 이끄는 무리였는데."

"예, 역시 50마리 안팎이었던 것으로."

대답하면서 이 시점에서 사비에르도 푸죠르 장군이 미간을 찡그리고 있는 이유를 어렴풋이 알 수 있었다.

긴장이 달리는 사비에르의 표정을 위에서 내려다보며 푸죠르 장군은 말을 이었다.

"그때 우리 군은 14마리의 군룡을 쓰러뜨렸다. 그리고 지금이 세 번째 습격이다. 습격을 해 온 군룡의 수는…… 대략 50마리 안팎이다."

그중 푸죠르 장군의 직속 부대가 4마리 정도를 쓰러뜨렸지만 지금 그 수는 중요하지 않았다.

"…………."

문제는 공격해 온 수가 역시 '50마리 안팎'이었다는 사실이다.

지금까지 받은 군룡의 습격은 세 번.

첫 번째는 '50마리 전후'의 무리가 와서 그중 5마리를 무찔렀다.

두 번째는 역시 '50마리 안팎'의 무리가 와서 그중 14마리를 무찔렀다.

거기까지는 좋다. 애초에 정확한 수를 알지 못했기 때문이다. 처음에 55마리가 있었고 그중 5마리를 무찔러서 두 번째 습격 때에 딱 50마리가 왔다고 생각하면 계산이 맞는다.

그러나 세 번째의 습격도 똑같이 '50마리 안팎'이라는 건 아무리 생각해도 계산이 맞지 않는다.

처음에 55마리가 있었다고 치더라도 두 번째 습격에서 50마리, 세 번째 습격 때는 35마리가 되어야 한다.

이걸 '50마리 안팎'으로 잘못 보는 일은 거의 있을 수 없다.

"아마도 저 거대 군룡이 이끄는 무리의 총수는 '기껏해야 50마리 안팎' 정도가 아닐 거다. 50마리 안팎이라는 건 아마도 사냥에 가장 적당한 머릿수인 것뿐이겠지. 그 증거로 무찌른 군룡 중에 어린 놈은 1마리도 없었다. 어쩌면 암컷마저도 없었을지 몰라."

푸죠르 장군이 말하는 의미를 이해한 사비에르는 꿀꺽 침을 삼켰다.

"그러면 장군은 어느 정도라고 생각하십니까?"

사비에르의 질문에 푸죠르 장군은 어깨를 으쓱하며,

"글쎄. 백 마리 이하는 아닐 것 같고. 2백 마리나 3백 마리. 혹시 5백 마리인가. 최악은 머릿수가 그만큼이나 되면서도 습격할 때는 어디까지나 50마리만 이끌고 온다는 사실이다. 게다가 이번에 격퇴당하면서 놈들이 경계를 더욱 강화하게 됐을지도 몰라."

"나타나지 않는다, 라는 것이 되면 수색전을 할 수밖에 없습니다만……."

"그래. 용궁기병단은 훈련이 잘돼 있지만 수가 적어. 50마리 정도라면 산을 일일이 뒤지며 토벌하게 되더라도 용궁기병단만으로 문제없을 거라고 판단했다만, 내 예측이 얄팍했다. 하는 수 없지. 왕국 수도에 원군을 요청한다."

사비에르가 차마 입 밖에 내지 못한 결론을 푸죠르 장군은 시원스레 내뱉었다.

"괘, 괜찮습니까?"

원군을 요청한다는 것은 '내 능력에 벅차다'고 선언하는 것과 마찬가지다.

대장군이며 지난 대전의 영웅인 푸죠르 장군에게 있어서는 굴욕적인 선택이 아닐까 하는 생각이 들어 사비에르는 입 밖에 내지 못한 것이다. 하지만 장본인인 푸죠르 장군은 적어도 겉으로 보기에는 아무렇지도 않은 듯했다.

"상관없다. 내 프라이드나 명성보다 중요한 것은 신속한 임무의 수행과 임무에 따른 피해를 최소한으로 줄이는 것이다."

그렇게 단언하는 푸죠르 장군에게 사비에르는 새삼스럽게 존경의 시선을 향했지만, 사실 푸죠르 장군에게는 확고한 타산과 목적이 있었다.

이번 원정에 대한 '공적'을 평가하는 자는 여왕 아우라다.

아우라는 지난 전쟁의 후유증에서 미처 회복되지 못한 국군이 인명 피해를 입는 것을 무엇보다 두려워하고 있다. 때문에 아무리 드높은 전과를 올린다 해도 귀중한 정예 부대인 용궁기병단이 인명 피해를 많이 입는다면 공적으로 인정받을 수 없다.

반면, 필요에 따라 원군을 요청하면 그만큼 국고에 부담이 되지만 인명 피해를 최소한으로 억제해서 사태를 해결한다면 공적을 무시할 수는 없을 것이다. 인명 피해의 최소화. 그것이 여왕 아우라의 명령이므로.

여왕 아우라와 푸죠르 장군은 국군의 실권을 놓고 다투는 정적이지만 동시에 한 나라의 군대를 지탱하는 군주와 부하라는 관계이기도 하다.

국익을 우선하는 공적을 세우면 여왕 아우라는 속으로는 어떤지 몰라도 그에 상응하는 상찬을 되돌려 줄 것이다. 그런 의미에서는 '신뢰'할 수 있는 군주다.

(최선은 군룡 이상 발생의 원인을 규명하고 근절하는 것. 차선은 앞으로 같은 사건이 일어나도 대처할 수 있도록 일반 병사들로 이루어진 부대라도 대규모 군룡 무리를 이길 수 있는 전술을 구축하는 것. 내가 직속 부대를 이끌고 군룡을 섬멸하는 건 꼭 필요할 때만. 참으로 공 세우기도 쉽지 않군.)

"이대로 소금 도로를 나아가 왕령 경계의 요새로 돌아간다. 그리고 왕궁에 소비룡을 날려 원군이 도착할 때까지 대기한다."

그런 속내는 눈곱만큼도 드러내지 않고 푸죠르 장군은 당당히 그렇게 명령하는 것이었다.

[제4장] **밝혀진 왕자의 비밀, 폭로된 왕자의 비밀**

시간은 흘러 카파 왕국에서 가장 혹독한 혹서기가 간신히 물러날 즈음.

카파 왕국의 후궁은 이제껏 없었던 긴장에 휩싸여 있었다.

"…………."

"…………."

오전의 예정을 뒤로 미루고 이 자리에 머물러 있는 여왕 아우라도, 오늘의 예정을 취소하고 하루 종일 이곳에 머무를 각오를 하고 있는 젠지로도 마른침을 삼키며 기다리고 있었다.

주위에는 지난 1년 동안 젠지로와 허물없이 지내온 후궁 시녀들이 대기하고 있었지만, 지금은 그녀들도 쉽사리 주인에게 말을 건네기는커녕 본래의 직무인 차 심부름도 못 하고 벽 쪽에 굳은 채 서 있었다.

바늘로 찌르는 듯한 침묵은 출입문에서 노크 소리가 들릴 때까지 계속됐다.

"읏!"

"들어와라!"

마치 문이라도 때려 부술 것처럼 여유를 찾아볼 수 없는 아우라의 목소리를 듣자 그 사람은 여왕과 그녀의 반려가 기다리는 거실로 들어왔다.

"실례합니다."

그렇게 아우라의 목소리에도 겁먹지 않고 침착하고 중후한 목소리로 대답하며 들어온 자는 흰 머리가 섞인 긴 머리와 같은 색의 수염이 특징적인 희고 긴 옷으로 몸을 감싼 초로의 남자.

왕궁 어의, 미셸이다.

넓은 거실로 들어온 미셸은 손을 뒤로 돌려 문을 닫았지만 닫힌 문에 등을 기대는 것처럼 제자리에 서서 방 한가운데의 소파에 앉은 여왕 부부에게 가까이 다가가려 하지 않았다.

그건 처음부터 정한 일이었는지 아우라도 젠지로도 미셸의 그런 태도를 질책하지 않았다.

미셸은 잡아먹을 듯한 시선을 이쪽으로 향하는 여왕과 국서를 번갈아 바라보고는,

"결론부터 말씀드리면 카를로스 전하는 '홍반열'에 걸리신 것 같습니다."

그렇게 무정한 현실을 들이미는 것이었다.

카파 왕국의 제1왕자, 카를로스 젠키치 카파에게 생긴 이변을 처음 알아챈 것은 당연하게도 항상 그 곁을 지키고 있는 유모 카산드라였다.

아기인 카를로스 왕자가 새벽에 우는 건 늘 있는 일이지만 이번

에는 평소와 달랐다.

카산드라는 카를로스의 울음소리만 들어도 그 요구가 젖인지 응가인지 오줌인지, 아니면 이유 없는 칭얼거림인지 알아들을 정도로 훌륭한 유모의 표본이라 할 수 있는 여성이다.

평소보다 날카로우면서도 어딘가 힘이 없는 울음소리에 카산드라는 곧바로 가수면을 취하고 있는 시녀들을 깨워 아우라와 어의 미셸에게 한 명씩 보냈던 것이다.

'홍반열.' 그 병명을 들어도 이해할 수 없는 젠지로는 긴장한 표정을 무너뜨리지 않고 미셸에게 물었다.

"미셸, 그 '홍반열'이란 것은?"

"예. 이름 그대로 얼굴과 몸에 붉은 반점이 생기는 열병입니다. 붉은 반점은 보기에만 그럴 뿐 반점이 난 자리가 아프거나 가렵지는 않습니다만, 높은 열이 계속되고 목도 붓습니다. 발병 기간은 약 사흘. 일반적으로 체력이 있는 성인이라면 안정하고 영양을 잘 섭취하면 생명에 지장이 없는 병입니다만, 체력이 약한 젖먹이나 노인의 경우에는 이 병이 원인이 되어 목숨을 잃는 일도 드물지 않습니다."

어의 미셸의 말을 이해한 젠지로는 거실의 소파 위에서 차가워진 손끝을 서로 비볐다.

"그러니까, 젠키치의 경우는 생명이 위태롭다, 는 건가?"

"카를로스 전하는 다행히도 지금까지 영양 상태가 좋았던 데다

성장도 순조롭습니다. 젖먹이치고는 체력이 있는 편이니 그렇게 비관할 필요는 없다고 생각됩니다. 글쎄요, 90% 정도는 괜찮을 겁니다."

90%는 괜찮다. 젠지로는 그 말에 저도 모르게 안도의 한숨을 내쉬었지만 옆에 앉은 아우라는 긴장한 표정을 누그러뜨리지 않고 충고했다.

"젠지로. 미셸의 말은 말 그대로의 의미야. 바꿔 말하면 카를로스와 같은 조건의 환자가 열 명 있으면 그중 하나는 목숨을 잃는다, 라는 뜻이라고."

"아……."

아내의 지적에 젠지로는 할 말을 잃었다.

생존율 90%. 뒤집으면 사망률이 10%. 열 중 하나가 목숨을 잃는다는 상황. 그렇게 들으니 전혀 낙관할 수 없다는 것을 명확히 알 수 있다.

아이가 이런 상태인데 아무렇지도 않게 보고 있을 수 있는 부모는 거의 없을 것이다.

당연히 그런 부모가 아닌 젠지로는 잘 돌아가지 않는 머리를 있는 힘껏 굴려서 상황을 타개할 방법을 모색했다.

"아, 그러면 '치유의 비석'을 사용하면!"

어떠한 상처나 병이라도 순식간에 치료하는 마법도구. 그 존재를 떠올린 젠지로가 열기를 띠며 그렇게 말했지만 '여왕'의 반응은 탐탁지 않았다.

"어려워. 현재 우리나라가 보유하고 있는 '치유의 비석'은 세 개. 네 개째는 언제 손에 들어올지 알 수 없는 상태야. 이런 상황에서 귀중한 '치유의 비석'을 생존율 90%인 아기를 위해 사용한다고 하면 귀족들의 반발이 거셀 거야."

무정한 아내의 말에 젠지로는 지극히 드물게도 격앙했다.

"하지만! 젠키치는 이 나라의 제1왕자잖아! 현재 단 하나뿐인 정통 후계자의 목숨보다도 '치유의 비석'이 더 중요하다는 거야!?"

남편을 알게 된 이후 처음으로 거센 공격을 받은 여왕 아우라는 순간 아픈 표정을 지었지만 금세 '여왕'의 얼굴로 돌아와 설득하듯이 말했다.

"확실히, 카를로스는 우리나라에서 가장 중요한 사람 중 하나야. 하지만 없어진다고 해서 당장 국정에 영향이 미치는 지위에 있는 사람인 것도 아니지."

"뭐?"

아내의 냉정한 말에 숨을 삼킨 젠지로가 뭔가를 말하려 했지만, 그에 앞서 어의 미셸이 침착한 목소리로 끼어들었다.

"젠지로 님. 냉정하게 들리실지는 모르겠지만 이 나라에서는 왕후 귀족이라도 10살까지는 평균적으로 네 번이나 다섯 번은 이 정도의 질병을 앓는 것이 일반적입니다."

"네 번이나 다섯 번……."

그 명확하고 무정한 숫자에는 부글부글 끓어오르던 젠지로의 머리를 식히기에 충분한 설득력이 있었다.

현재 카파 왕국이 보유한 '치유의 비석'은 세 개. 그에 비해 카를로스 왕자가 자라는 동안 비슷한 정도의 병을 앓을 횟수는 평균적으로 네 번이나 다섯 번.

단순히 그것만으로도 개수가 모자란다.

뿐만 아니라 향후 젠지로와 아우라 사이에는 아이가 더 생길 예정이다. 이 정도의 병으로 마지막 카드를 꺼내들기에는 개수가 턱없이 부족하다는 비정한 현실이 젠지로의 머리에도 서서히 이해가 됐다.

"미안…… 좀 머리에 피가 몰려서."

추욱, 하고 소파 위에서 어깨를 떨어뜨리는 남편에게 아우라는 작게 "괜찮아."라고만 대답했다.

사실 젠지로의 존재만 없었다면 아우라는 이런 상황에서라도 카를로스에게 '치유의 비석'을 사용했을지도 모른다.

아우라는 카파 왕가의 피를 가장 진하게 물려받은 사람이지만 그 전에 여자다. 한 사람의 여성이 평생 낳을 수 있는 아이의 수는 한정되어 있다.

게다가 이 세계는 출산에 따르는 위험에 대한 관리가 완벽하다고 할 수 없다. 첫 번째 출산에서 자신도 모르는 사이에 불임의 몸이 됐을 가능성이 없다고 단언할 수는 없다.

그러나 여기에 왕족 혈통을 잇는 젠지로라는 '성인 남성'의 존재가 더해지면 그 아이의 희소성은 단번에 하락한다.

심지어 젠지로에게는 카를로스라는 아이를 만든 실적이 있는 것이다.

극단적인 얘기로 카를로스 왕자에게 별반 애정이 없는 일반 귀족들이라면, 만약 여기서 왕자가 죽는다 해도 "유감입니다. 힘내서 다음 아이를 만들어 주십시오, 젠지로 님."이라는 감상을 뱉을 것이다.

반대로 만약 젠지로 본인이 같은 수준의 병에 걸렸을 경우에는 귀족들은 오히려 '치유의 비석'을 사용해야 한다고 말해 올 것이다. 만약 목숨을 건진다 해도 오랫동안 고열에 시달린 뒤 생식 능력을 잃는 경우가 있다는 것은 이쪽 세계에서도 웬만한 교양이 있으면 알고 있는 사실이다.

무정한 얘기이긴 해도 카파 왕국의 국익만을 생각하면 현시점에서 카를로스 왕자의 목숨은 젠지로의 고환보다 덜 소중하다, 라는 얘기다.

그런 사실을 차마 본인에게는 말할 수 없기에 아우라는 침묵을 지켰다.

한편 젠지로도 조금은 머리가 식었지만 그렇다고 해서 묘안이 떠오르는 것도 아니었다.

"그렇다면 지르벨 법왕가의 치유술사를 초청하면……."

"현재 '순간 이동'을 쓸 수 있는 건 나 하나야. 그 경우엔 내가 마법으로 혼자 쌍왕국으로 건너가야만 해."

"그게, '홍반열' 전문의 같은 건 없어?"

"미셸에게 실례야. 미셸은 이 나라 의사 중에서 최고야. 어떤 분야에서든 그를 능가하는 의사는 거의 없어."

"물론 이 병에 특별히 잘 듣는 약 같은 건."

"그건 이미 쓰고 있어."

"그렇겠지……."

"…………"

떠오르는 대로 끄집어낸 제안들은 모두 그 자리에서 아우라에게 기각당했다.

실내는 어두운 고요 속으로 빠져들었다.

손쓸 도리가 없다. 아니, 아예 방도가 전혀 없다면 오히려 포기하겠지만, 정확하게 말하면 '치유의 비석'이라는 절대적인 카드가 있는데도 정치적인 입장이 그 카드를 꺼내드는 일을 허용하지 않는 것이다.

이것이 왕족이라는 것인가. 젠지로는 처음으로 자신이 서 있는 지위의 무게를 실감했다.

무리해서라도 요구를 관철시키면 이 자리에서 치유의 비석을 사용하는 것도 불가능하지는 않을 것이다. 하지만 그렇게 하면 국내 귀족들의 반감을 살 것이고, 다른 나라 왕족들에게도 경멸당할 것이다.

젠지로 하나가 멸시당하는 거라면 오히려 바라는 바지만, 이 경우는 왕이라는 입장에 있으면서도 남편을 저지하지 못한 아우라에게도 불똥이 튈 가능성이 높다.

그러나 내 아이의 목숨이 위태로운 순간인데 정치적인 입장을 고려하는 바람에 최선책을 취하는 것을 망설이다니 부모로서 애정이 부족한 것이 아닌가, 라는 죄책감이 아무리 해도 머리에서 떠나지 않았다.

"적어도 먼저 '숲의 축복'에 걸렸다면 조금 안심할 수 있었을 텐데요. 아우라 폐하, 누군가 '숲의 축복'에 걸렸을 만한 사람 없을까요?"

개선의 여지가 보이지 않는 현 상황에서 눈을 돌리려는 것처럼, 조금 벗어난 화제를 제공한 미셸에게 아우라도 편승했다.

"무리야. 현재 후궁에 들여도 괜찮은 사람 중에 '숲의 축복' 환자는 없어."

'숲의 축복'이란 별칭은 단순히 폼이 아니라 일생에 한 번밖에 걸리지 않고 웬만해서는 죽지 않는, 한 번 걸리면 모든 병에 어느 정도의 효과를 보이는 항체를 체내에 남긴다는 그야말로 '만능 예방백신'이라고 부를 수밖에 없는 특징을 갖고 있다.

물론 몸이 약한 젖먹이라면 '숲의 축복'으로 목숨을 잃는 경우도 종종 있지만, 이후의 인생을 생각하면 이른 시점에서 '숲의 축복'에 걸려 두는 편이 결과적으로 가장 생존율이 높다.

때문에 아우라도 신용할 수 있는 귀족 자녀 중에 '숲의 축복'에 걸린 자가 있으면 후궁으로 초대해 카를로스에게 옮겨 주려고 했지만 불운하게도 그런 기회를 갖지 못한 채 카를로스는 먼저 '홍반열'에 걸리고 만 것이다.

"…………"

"............."

또다시 무거운 침묵이 공간을 지배했다.

더 이상 내 아이를 위해 해 줄 수 있는 일이 없다. 왕이라는 직책상 전염병을 앓고 있는 환자를 문병할 수도 없다.

그것을 이해하고 있는 아우라는 한 번 크게 숨을 토하고 소파에서 기세 좋게 일어났다.

"좋아, 미셸. 카를로스 일은 자네와 카산드라에게 맡기겠다. 늦었지만 나는 지금부터 회의에 참석해야 해. 자네 실력은 신용하고 있어. 최선을 다해 주게."

"예, 전력을 다하겠습니다."

아우라는 시종일관 침착한 표정을 유지하며 인사하는 초로의 의사에게서 시선을 떼고 소파에 앉은 채 이쪽을 올려다보는 남편에게 향했다.

"젠지로, 당신은 어떡할래?"

질문을 받은 젠지로는 소파에 딱 달라붙은 채 잠시 생각에 잠기더니,

"······아니, 오늘은 무리야. 여기 있어도 아무것도 할 수 있는 게 없다는 건 알지만, 왕궁에 나가도 일을 할 수 있는 정신 상태가 아니야. 말도 안 되는 실수를 저지를지도 몰라."

"그래. 당신 일은 무리해야 할 만큼 쌓여 있지 않으니까 괜찮겠지. 그래도 당신이 직접 카를로스를 문병해서는 안 돼."

"응, 알고 있어."

다짐을 두는 아우라에게 젠지로는 순순히 고개를 끄덕여 보였다.

건강한 성인 남성이자 '숲의 축복'도 받은 젠지로는 만약 '홍반열'에 걸린다 해도 위험이 거의 없을 것이다. 하지만 그래도 하루에서 사흘은 자리를 보전해야 하고, 무엇보다 젠지로는 아우라와 침상을 함께 쓰고 있는 것이다.

카를로스가 젠지로에게, 젠지로가 아우라에게, 그런 경로를 타고 '홍반열'이 전염되면 큰일이다.

비록 2, 3일 정도일지라도 국왕이 앓아누우면 왕궁의 기능은 마비된다. 왕은 병마로부터 자신을 보호할 의무가 있다.

"그러면, 말해도 소용없을지 몰라도 너무 걱정하지 말도록 해."

그렇게 말을 남긴 아우라는 '걱정하지 않는다'는 것의 시범이라도 보이듯이 마음을 다잡은 뒤 힘찬 발걸음으로 후궁을 뒤로하는 것이었다.

◆

"으으⋯⋯. 크으으⋯⋯."

후궁의 거실에 혼자 남겨진 젠지로는 아무것도 할 수 없는 자신에 대한 자책을 쏟아붓는 일념으로 마법의 연습에 몰두하고 있었다.

최근에 조금씩 가능하게 된 '마력출력조절' 훈련. 다종다양한 마법을 소화하기 위해서는 필수 불가결한 기술이다.

자신이 지금 '순간 이동' 마법을 쓸 수만 있다면 쌍왕국에 치료술사를 부르러 갔을지도 모른다.

그런 생각이 젠지로를 마법 연습으로 내몰았다.

하지만 애초에 젠지로가 '순간 이동' 마법을 쓸 수 있다 해도 생존율이 90%인 병을 고치기 위해 큰돈이 드는 치유술사를 소환하는 일은 인정되지 않았을 것이다.

'마력출력조절'은 특별히 몸의 힘을 쓰는 것이 아니라서 본래 그다지 피로한 일이 아니지만, 아직 요령을 터득하지 못한 젠지로의 경우는 온몸에 불필요한 힘이 들어가기 일쑤다.

때문에 조금 전부터 온몸에서 땀이 배어 나오고 있다.

게다가 아무리 해도 병마로 고통받고 있을 아들의 모습이 떠올라 집중력이 지속되지 않았다. 그래서 연습의 성과가 전혀 나타나지 않았다.

"아아, 젠장!"

전에 없이 거친 말을 내뱉은 젠지로는 땀을 날려 버리듯 머리를 흔들고는 소파에서 일어나 벽 쪽에 있는 냉장고로 향했다.

"후우……. 이래서야, 오늘은 연습해 봤자 소용없겠어."

은주전자에 든 끓인 물을 잔에 따른 뒤 단숨에 비운 젠지로는 저도 모르게 그런 약한 소리를 토했다.

그러나 실제로 마법 훈련이라는 것은 대체로 집중력을 요하는 경우가 많아서 집중력을 전혀 발휘할 수 없는 지금 상황에서의 연습이 의미 없다는 것도 사실이다.

"아우라는 걱정하지 말라고 했지만 그게 가능하면 힘들지도 않지……."

아마 속으로는 똑같이 걱정되면서도 표면상으로는 의연하게 마음을 다잡고 일터로 나간 아내가 젠지로는 마음속 깊이 존경스러웠다.

"어쩌면 나는 일본에서 결혼해서 아이를 낳았어도 이랬을까?"

소파로 돌아온 젠지로는 문득 그런 밑도 끝도 없는 생각을 혼잣말로 중얼거렸다.

만약 그렇다고 한다면 샐러리맨으로서 꽤나 치명적인 약점을 지니고 있었던 셈이다.

그래도 현대 일본에서였다면 의료 기관에 대한 신뢰도가 이쪽 세계보다는 훨씬 높으니까 안심하고 의사에게 맡겼을지도 모르지만.

"아— 미치겠네. 게임이라도 할까."

아무리 애써도 생각이 온통 아들에게로 이어졌다. 젠지로가 조금이라도 마음을 달래기 위해 오랜만에 TV 장 안에 보관해 둔 게임기를 꺼내 전선을 연결하고 있던 그때였다.

"실례합니다. 젠지로 님."

갑자기 출입문에 노크 소리가 들리고 익숙한 시녀의 목소리가 울려 퍼졌다.

"아, 들어와도 좋아."

반사적으로 입실 허가를 내리면서 젠지로는 내심 의아하게 여졌다.

무슨 일일까? 아직 점심 식사 시간이라기에는 이르다. 같은 공간에 사람이 있는 걸 달가워하지 않는 젠지로의 성격을 잘 아는 후궁 시녀들은 명확한 용무가 없는 한 찾아오지 않는다.

(혹시 젠키치의 용태에 이변이라도?)

저도 모르게 나쁜 방향으로 생각이 내달리고 마는 건 어쩔 수 없는 노릇일 것이다.

들어온 사람은 연지색 시녀복을 빈틈없이 차려입은 중년의 시녀——아만다 시녀장이었다.

젠지로는 바짝 긴장했다. 시녀장이 직접 왔다는 이야기는 진짜 보통 일이 아닌 것이다.

주인이 그렇게 긴장한 것을 아는지 모르는지 중년의 시녀장은 딱딱하게 느껴질 만큼 완벽히 예를 갖추고는 담담한 말투로 말하기 시작했다.

"젠지로 님. 조금 전 왕궁에서 파비오 님의 시종이 왔습니다. 내용인즉슨 쌍왕국의 프란체스코 전하가 '카를로스 전하를 문병하고 싶다'는 것이라 합니다."

"……어?"

예상 밖의 이야기라서 말뜻을 단박에 이해할 수 없었던 젠지로는 멍청한 목소리를 냈다.

잠시 후 내용을 확실히 이해한 젠지로는 말도 안 된다는 듯이 얼굴 앞에서 손을 흔들었다.

"아니, 그런. 아무리 뭐라 해도 있을 수 없잖아. 투병 중인 젠키치를 타국의 왕족과 만나게 하다니, 양쪽 모두에게 좋을 게 하나도 없어. 보나 왕녀라면 또 몰라도 프란체스코 왕자는 더욱이 '남자 금지 구역'인 이곳에 들어올 수도 없잖아? 뭐야, 아니면 병중인 젠키치를 후궁 밖으로 데리고 나오라는 거야?"

감정이 고조되며 생각나는 대로 마구 떠들다가 젠지로는 깨달았다.

파비오 비서관이 이런 있을 수 없는 이야기를 젠지로한테까지 전달할 리가 없다, 라는 사실을.

아니나 다를까, 아만다 시녀장은 그때까지의 젠지로의 언동을 모두 흘려보내고 전언을 계속했다.

"프란체스코 전하가 주장하기를 '이 나라에 올 때 만약을 위해 다량의 '치유의 비석'을 지르벨 법왕가에게 받아 왔다. 문병을 허락해 준다면 그중 하나를 카를로스 전하를 위해 사용할 용의가 있다'라는 것입니다."

"뭣!!"

젠지로의 반응은 극적이었다.

"당장 만나겠어! 왕궁으로 갈 테니 갈아입을 옷을 준비해!"

"네. 그럼 옆방으로 옮겨 주십시오. 그곳에 전부 준비해 두었습니다."

큰 소리를 지르는 주인에게 시녀장은 어디까지나 침착한 목소리로 그렇게 대답하는 것이었다.

대단히 서둘러 복장을 갖춘 젠지로가 뛰어가고 싶은 충동을 필사적으로 억누르며 잰걸음으로 왕궁의 복도를 나아가 그 방에 들어가자, 그곳에는 이미 프란체스코 왕자가 여왕 아우라와 마주 앉아 이야기를 나누고 있었다.

　"아아, 어서 와, 젠지로."

　"아이고, 젠지로 폐하. 실례를 무릅쓰고 먼저 말씀을 드리고 있었습니다."

　젠지로의 입실로 인해 대화를 일단 멈춘 아우라와 프란체스코 왕자가 그렇게 말해 왔다.

　젠지로는 이 자리에 아우라가 있다는 것에 순간 놀랐지만 생각해 보면 당연한 일이다.

　이국의 왕자를 후궁에 들이는 문제도 이국의 왕자에게서 '치유의 비석'을 양도받는 문제도 젠지로의 독단으로 어떻게 할 수 있는 이야기가 아니다.

　파비오 비서관이 젠지로에게 연락을 넣은 것과 동시에 아우라에게도 연락을 취한 건 지극히 당연한 처사다.

　금세 생각이 거기까지 다다른 젠지로는 "실례, 늦었습니다."라고 가볍게 사과하면서 아우라 옆에 앉았다.

　여왕과 국서와 이국 왕자의 대화. 통상적으로 아무리 긴급한 비공식 회합이라 해도 조금쯤은 계절 인사 정도를 나누는 법이지만,

지금의 젠지로에게는 그런 걸 신경 쓸 여유도 없었고 프란체스코 왕자도 사사로운 예법에 집착하는 성미가 아니었다.

"젠지로 폐하도 잘 와 주셨습니다. 급하게 불러내서 죄송합니다."

변함없이 천진한 미소와 생각이 부족한 듯한 말 씀씀이의 프란체스코 왕자에게 젠지로는 먼저 가장 신경 쓰이는 것부터 물었다.

"아뇨, 무슨 말씀을. 이쪽으로서도 유의미한 이야기니까요. 그런데 보나 전하의 모습이 보이지 않습니다만, 그녀는?"

젠지로의 물음에 프란체스코 왕자는 조금 겸연쩍은 듯한 표정으로 대답했다.

"보나에게는 비밀입니다. 그 애에게 얘기하면 번거로워져서."

"아아, 확실히."

"그건 그렇겠지."

프란체스코 왕자의 변명에 젠지로와 아우라는 수긍할 수밖에 없었다.

고지식한 보나 왕녀가 '치유의 비석'의 양도를 용인하지 않을 가능성은 지극히 다분하다.

프란체스코 왕자와 보나 왕녀는 카파 왕국이라는 이국땅에 머물고 있는 것이다. 비상시의 생명선이라 할 수 있는 '치유의 비석'을 양도한다는 말을 간단히 꺼내는 프란체스코 왕자가 비상식적인 쪽이지 보나 왕녀가 그걸 알고 말리려 드는 것은 지극히 상식적인 상황인 것이다.

하지만 젠지로와 아우라 입장에서는 비상식적인 프란체스코 왕자의 태도야말로 원하는 바이기에 상식적인 태도를 취할 보나 왕녀가 이 자리에 없다는 것이 다행일 수밖에 없다.

젠지로와 아우라는 재빨리 눈짓으로 서로의 의사를 확인하고는,

"그런 이유라면 일부러 보나 왕녀까지 부를 필요는 없겠지."

"네, 그녀도 바쁠 테니까요."

라며 깨끗이 이 자리에 보나 왕녀를 부르지 않는 것을 용인했다.

"그래서 프란체스코 전하. '치유의 비석'을 양도해 주신다고 들었소만."

냉정한 표정을 유지하고 있지만 아우라도 내심 여유가 없는지 단도직입적으로 그렇게 말을 꺼냈다.

그 말에 프란체스코 왕자는 흔쾌히 수긍하며,

"네. 여기 한 개를 가져왔습니다. 보십시오."

라고 대답하고는 주머니에서 손바닥 크기의 흰 돌을 꺼내 테이블 위에 놓았다.

형태는 '귀퉁이를 깎아낸 직육면체'라고 해야 할까. 대리석과 같은 무늬가 약간 들어가고 아름답게 잘라낸 흰 돌이었지만 그 돌 자체는 큰 가치가 없을 것이다.

그러나 마력 시인 능력을 가진 자가 보면 손바닥 안에 쏙 들어갈 정도로 작은 돌에서 웬만한 마법사에 필적할 만큼의 마력이 피어오르고 있음을 알 수 있다.

"이걸, 양도해 주신다고?"

대가 얘기도 없이 갑자기 현물을 꺼내 보여 준 프란체스코 왕자에게 아우라는 조금 신중하게 물었다.

지금까지도 프란체스코 왕자는 구슬에 관한 기밀 등 바보가 아닌가 할 정도로 욕심 없는 태도를 보여 왔지만 그렇다고 해서 이번에도 대가를 요구하지 않는다는 보장은 없었다.

그러나 프란체스코 왕자의 대답은 아우라의 예상을 상당히 벗어난 것이었다.

"아니요. 그건 양도하는 게 아닙니다. 그걸 가지고 '제가 직접 카를로스 전하께 사용하겠다'는 것입니다. 그러니 직접 문병할 수 있도록 허락해 주셨으면 합니다."

대가는 필요 없다. 단 자신이 직접 사용할 테니 카를로스를 만나게 해 달라.

경계심이 턱없이 부족한 사람이 아닌 이상 부모로서도 왕으로서도 이 대답에 위화감을 느끼지 않을 수 없을 것이다.

"어째서? 애초에 '치유의 비석'은 프란체스코 전하에게도 귀중한 물건일 터. 그것을 어째서 카를로스를 위해 사용하겠다고 하는 건지 그 이유를 알고 싶소."

"글쎄요, 뭐라고 말씀드려야 할까. 저는 카를로스 전하에게 '친근감'을 느끼고 있답니다. 게다가 저는 쌍왕국 사람이니까요. 다른 분들보다 훨씬 '치유의 비석'을 손에 넣기 쉬운 지위에 있습니다. 그러니까 한 번 정도라면 문제는 없습니다."

프란체스코의 말을 표표한 얼굴로 옆에서 듣고 있던 젠지로의 귀에 '친근감'이라는 말이 강하게 남았다.

　(어라, 이 사람 전에도 비슷한 말을 했던 것 같은데…… 그래. 파티에서 나랑 처음 대면했을 때였지. 그때 프란체스코는 나에게도 같은 말을 했어. '친근감'을 느낀다고.)

　젠지로와 카를로스, 두 부자에게 친근감을 느낀다. 이건 과연 평상시의 그의 경솔한 언사와 마찬가지로 흘려들어도 그만인 말일까?

　일단 나중에 아우라에게 확인해 보자, 라고 젠지로가 속으로 생각하고 있는 사이에 프란체스코 왕자와 여왕 아우라는 대화를 계속했다.

　"그렇다면 완전히 선의에서 비롯된 제안이라고?"

　"네. 카를로스 전하가 병마의 고통에서 해방될 수만 있다면 저로서는 그 이상 아무것도 바랄 것이 없습니다."

　"그렇다면 구태여 프란체스코 전하가 직접 '치유의 비석'을 사용할 필요는 없지 않은가? 카를로스를 만나고 싶은 것이라면 나중에 그 아이가 회복되고 나서 왕궁에 데려오도록 하지."

　"아아, 그건 안 됩니다. 이런 말씀을 드리면 실례인 줄 알지만, '치유의 비석'은 귀한 물건이니까요. 아무리 제1왕자라 해도 이번에 진짜로 사용해 주신다는 보장이 없지 않습니까."

　다소 직설적인 말투이긴 해도 프란체스코 왕자의 주장도 일리가 있다.

　정에 얽매이지 않고 이해득실만 따지면 여기서 '치유의 비석'을 받아서 사용했다고 거짓말을 해 두고 실제로는 '90%'라는 확률 높은 도박을 하는 것도 결코 나쁜 수라고는 할 수 없다.

하지만 그렇게 해서 10분의 1의 불행에 걸려들면 제1왕자의 목숨과 대국 쌍왕국의 신용을 동시에 잃게 되므로 그렇게 하지는 않겠지만.

그러나 그런 일을 우려하는 프란체스코 왕자의 말은 타국의 왕족으로서 당연한 주장이다.

(자, 어쨌거나 이렇게 해서 한 가지는 분명해졌군. 프란체스코 왕자는 절대로 바보가 아니야. 평상시의 그건 연기다.)

옆에서 두 사람을 지켜보며 냉정함을 유지하고 있던 젠지로는 그런 결론에 이르렀다.

이 논리 정연한 대화는 도저히 바보가 할 수 있는 게 아니다.

역시 평소의 바보짓은 연기였던 것이다. 그러면 왕자가 본국에서도 대다수의 사람을 속여넘겨 온 연기의 껍질을 벗으면서까지 카를로스 왕자와의 만남에 집착하는 이유는 무엇일까?

"어떠십니까. 정말로 그냥 문병하는 것만으로 충분합니다. 물론 '치유의 비석' 외에는 아무것도 가져가지 않을 것이고, 문병하는 사람은 저 혼자뿐입니다. 신체검사가 필요하다면 받겠습니다."

쉽게 응낙하지 않는 아우라에게 프란체스코 왕자는 한없이 양보하면서도 '직접 카를로스를 보겠다'는 조건만큼은 양보하지 않았다.

이렇게 된 이상 아우라도 프란체스코 왕자의 언동에 상당히 커다란 목적이 감춰져 있음을 눈치챌 수밖에 없다.

"으음……."

"부탁드립니다. 페하와 카파 왕국에게 해가 될 일은 맹세코 하지 않을 테니까요."

얼굴 앞에 오른손을 똑바로 세우고 애원하는 프란체스코 왕자의 모습은 꽤나 유머러스했지만, 말하고 있는 내용은 그렇게 간단히 웃어넘길 만큼 가볍지 않았다.

하지만 그런 조건으로 프란체스코 왕자가 후궁에 발을 들인다면 실제로 아무것도 할 수 없다는 건 분명하다.

작은 날붙이도 지니지 못할 것이고 아무도 대동하지 않은 혼자 몸이다. 프란체스코 왕자가 무언가 나쁜 짓을 하려 한다면 간단히 제압할 수 있다.

애초에 프란체스코 왕자는 평소 몸짓을 보아 무예 훈련은 거의 받지 않았음을 알 수 있다.

키는 그럭저럭 크고 체격도 좋지만, 그럴 마음만 먹으면 아우라 혼자서도 충분히 제압할 수 있을 것이다.

무엇보다 아우라도 한 아이의 어머니로서 내 아이를 위해 '치유의 비석'을 쓸 수 있는 기회가 있다면 놓치고 싶지 않다는 게 본심이다.

"……알겠다. '치유의 비석'을 사용하기 위한 문병은 의사나 지르벨 법왕가의 치료술사에 준한다고 판단한다. 특별히 후궁의 출입을 허가하지. 설불리 다른 사람의 눈을 피해 후궁에 들어가면 일이 밝혀졌을 때 대처하기 곤란하므로 아예 '치유의 비석'을 사용하기 위한 문병이라는 대의명분을 겉으로 드러내고 정정당당히 들어가 주시게. 프란체스코 왕자, 이걸로 됐는가?"

"네, 문제없습니다. 감사합니다."

마침내 꺾여 준 아우라에게 프란체스코 왕자는 만면의 미소로 예를 표하는 것이었다.

---◆---

1시간 후.

젠지로, 아우라, 프란체스코 왕자. 세 사람은 후궁의 복도를 걷고 있었다.

후궁에 들어오기 전에 몸 수색을 받은 프란체스코 왕자가 몸에 걸친 옷과 '치유의 비석' 외에 다른 모든 소지품을 빼앗긴 반면, 아우라와 젠지로는 평소에 걸치지 않는 철검을 허리에 차고 있었다.

젠지로가 검을 찬 것에는 위협 이상의 의미가 없었지만 아우라는 어지간한 기사들만큼이나 검술에 능하다.

체격은 좋아도 무술을 할 줄 모르는 프란체스코 왕자 하나 정도는 문제도 아니다.

하지만 이런 식으로라도 후궁에 들어가기를 희망한 프란체스코 왕자의 목적이 불분명하다는 점이 불안했다.

처음엔 아우라의 근위병이 호위하는 가운데 후궁에 들일까도 생각했지만 모든 리스크와 메리트, 디메리트를 고려한 결과 그러지 않기로 했다.

프란체스코 왕자의 후궁 출입을 허가한 시점에서 어느 정도 그를 신용했다고도 볼 수 있다. 아우라나 젠지로 자신이 검을 지니는 것 정도라면 몰라도 원래 출입이 금지되어 있는 무장한 병사까지 붙인다면 프란체스코 왕자의 말을 전혀 신용하지 않는다, 라는 의사 표현으로 비칠 것이다.

"헤에, 후궁이라고 해도 역시 쌍왕국의 후궁과는 상당히 다르군요. 하긴 쌍왕국의 후궁에 대해서도 6살 때까지의 희미한 기억뿐이라서 자신 있게 말할 수는 없지만요. 아하하하."

도시 구경 나온 시골 사람처럼 두리번두리번 흥미롭다는 듯이 주위를 둘러보며 걷는 프란체스코 왕자에게서 긴장감이라곤 요만큼도 느껴지지 않았다.

어쩌면 역시 이 왕자는 정말로 바보가 아닐까? 그런 생각이 젠지로의 뇌리를 다시 한 번 스칠 만큼 바보 도련님 그 자체였다.

이윽고 세 사람은 카를로스 왕자의 침실에 다다랐다.

"나다."

이미 전갈이 닿아 있을 터였다. 아우라의 목소리에 특별히 놀라는 기척도 없이 안쪽에서 문이 열렸다.

"아우라 폐하, 젠지로 님, 프란체스코 전하. 미셸 님과 카산드라 님은 안쪽에서 기다리고 계십니다."

문을 열어 준 금발의 시녀는 그렇게 말하며 공손히 머리를 조아렸다. 조금 전까지는 다른 시녀가 카를로스 왕자를 간호하고 있었지만, 아우라가 전갈을 보낼 때 그녀와 교대하도록 명령해 둔 것이다.

이 금발의 시녀는 파비오 비서관, 궁정 수석 마법사인 에스피리디온에 이은 아우라의 측근 중의 측근. 결코 겉으로 드러내지는 않지만 직접적인 전투 능력을 보유한 단 두 명의 후궁 시녀 중 하나이기도 하다.

"수고한다. 카를로스의 용태는 어떠냐?"

"조금 전에 막 잠이 드신 참입니다. 목이 아프신 듯 깨어 있는 동안엔 줄곧 우셨습니다."

"그런가……"

세게 입술을 깨문 아우라는 방의 안쪽으로 걸어 들어갔다.

그 뒤를 프란체스코가 따르고 또 그 뒤를 젠지로가 따랐다.

만에 하나 프란체스코 왕자가 불온한 행동을 일으킬 경우에는 주저하지 마, 라는 아우라의 다짐을 받은 터였다.

방 안쪽에는 작은 침대 위에서 잠든 사랑하는 아들, 카를로스 젠키치 왕자와 그 좌우에 선 유모 카산드라와 어의 미셸이 기다리고 있었다.

"…………"

말없이 포동포동한 몸을 포개듯이 깊숙이 고개 숙여 인사하는 카산드라와는 대조적으로 미셸은 엄중한 시선을 아우라와 젠지로에게 향하며 말했다.

"아우라 폐하, 젠지로 님. 사정은 들었습니다. 허나 감히 말씀드립니다만 경솔합니다. '홍반열'은 한 번 걸리면 두 번 다시 걸리지 않는 그런 병이 아닙니다. 두 분에게는 제가 허가할 때까지 이 방으로의 접근을 금지했습니다만."

초로의 의사가 형형하게 노려보는 눈빛에 젠지로는 저도 모르게 고개가 수그러들었다. 그건 아우라도 마찬가지인 모양이다.

"미안. 하지만 상황이 달라졌어. 용서해라."

그렇게 핑계에 가까운 말투로 변명했다.

더 이상 이 자리에서 설교를 한다 해도 소용없음을 깨달은 것이리라. 미셸은 일부러 그러는 것처럼 크게 한숨을 내쉬고는 질타를 거뒀다.

"그래서 뒤에 계신 분이 프란체스코 전하입니까? 카를로스 전하를 위해 '치유의 비석'을 가져와 주셨다고요."

일개 의사와 대국의 왕자. 보통이라면 미셸이 말을 건네는 건 무례하기 짝이 없는 행동이지만 지금 미셸은 카를로스 왕자의 주치의다.

환자인 카를로스와 관련된 일에 관해서는 상당한 권력을 갖고 있다.

그러한 부분의 상식은 쌍왕국도 마찬가지인 것인지 아니면 그저 단순히 너그러운 탓인지,

"아아, 그래. 이게 치유의 비석이다."

라고 프란체스코 왕자는 미셸의 말투를 신경 쓰는 기색도 없이 그렇게 순순히 대답하며 오른손에 쥔 흰 돌을 조금 들어 보였다.

강한 마력을 내뿜고 있는 흰 돌을 본 미셸은 겨우 표정이 조금

누그러졌다.

"그렇습니까. 카를로스 전하의 병세는 현재 안정되어 있습니다만 당장 나을 수 있다면 그보다 더 좋은 건 없겠지요. '홍반열'은 '숲의 축복'과는 달리 스스로 이겨 냈다고 해서 좋은 점이 생기는 것도 아니니까요."

미셸은 지금까지 한 점의 동요도 비치지 않고 간병을 해 왔지만 역시 열 중 하나는 죽는다 해도 이상하지 않은 병에 걸린 제1왕자의 생명을 책임지고 있다는 것에 상당한 압박을 느꼈을 것이다.

노의사의 얼굴에 명백한 안도의 빛이 번졌다.

그런 미셸 앞에서 프란체스코 왕자는 미소를 지은 채 카를로스가 잠든 작은 침대 곁으로 한 발짝 다가서서,

"응, 맡겨 두게. 카를로스 전하의 병은 내가 반드시 낫게 할 테니까."

그렇게 말하고 비어 있는 왼손으로 자기 가슴을 툭 두드렸다.

"그럼 프란체스코 전하. 재촉해서 미안하지만 시작해 주시게."

자연스럽게, 언제라도 침대와 프란체스코 왕자 사이에 뛰어들 수 있는 위치를 확보한 아우라가 그렇게 말했다.

프란체스코 왕자는 한 번 더 고개를 끄덕이고는 그냥 흘려들을 수 없는 말을 아무렇지도 않게 내뱉었다.

"네. 하지만 시작하기 진에 한 가지 사죄하지 않으면 안 될 일이 있습니다."

"……사죄라고?"

확연히 무릎을 굽히며 몸을 튕길 자세를 갖추는 아우라.

뒤에서 반사적으로 검 자루로 손을 뻗는 젠지로.

지극히 당연한 동작으로 살짝 몸을 구부려 언제라도 치마 속 허벅지 안쪽에 매달아 둔 단검을 꺼낼 수 있게 자세를 취하는 금발의 시녀.

그리고 숨을 삼키며 상황의 변화를 지켜보는 미셸을 둘러보며 프란체스코 왕자는 웃는 얼굴로 말을 이었다.

"네, 사실 저는 지금까지 거짓말을 해 왔습니다. 저는 쌍왕국 사람이기 때문에 '치유의 비석'을 잔뜩 갖고 있다고 했지만, 그건 거짓말입니다. 본래 쌍왕국에는 지르벨 법왕가의 치유술사가 있고 우리 샤로와 왕가 사람은 수도를 벗어나는 일이 거의 없습니다. 샤로와 왕가 사람이 상처를 입거나 병에 걸린다 해도 곧바로 치유술사를 부를 수 있기 때문에 왕가를 위한 '치유의 비석'이란 건 따로 없습니다."

"그럼 그 오른손의 흰 돌은 무엇이냐? '치유의 비석'이 아니란 말인가?"

살기마저 느껴지는 험악한 표정과 목소리로 날카롭게 묻는 아우라에게 프란체스코 왕자는 미소를 무너뜨리지 않으며 명랑하게 대답했다.

"아뇨, 이건 확실한 '치유의 비석'입니다. 하지만 이건 단 하나밖에 없는 비장의 카드랍니다. 이걸 사용하면 보나가 화를 낼 겁니다."

"그럼 어떡할 셈이냐?"

자세를 더욱 낮추며 허리의 검에 손을 대면서도 아우라는 눈짓으로 뒤에 대기하고 있는 젠지로에게 '서두르지 말라'고 자제의 신호를 보냈다.

프란체스코 왕자의 행동은 확실히 이상했지만, 카를로스를 해칠 목적으로 여기까지 온 것이라면 더욱 이상하다.

아무리 왕위 계승권을 주지 않았다고 해도 현역 최고의 부여마법 술사라는 가치만으로도 프란체스코 왕자는 버리는 말로 쓰기에는 아까운 인재다.

그렇다는 건 프란체스코 왕자의 목적은 카를로스를 해치는 것이 아닐 가능성이 높다.

그런 긴장감 속에서 프란체스코 왕자는 '치유의 비석'을 쥔 오른손이 아닌 비어 있는 왼손을 카를로스가 자고 있는 작은 침대로 향하고는,

"이렇게 하겠습니다. '이 사람의 몸을 잠식한 병마를 물리쳐라. 그 대가로 나는 생명의 영령에게 마력 286을 바친다.'"

그렇게 주문을 외웠다.

프란체스코 왕자의 왼쪽 손바닥에서 솟아난 엷은 마력광이 카를로스를 향해 내려갔다.

효과는 극적으로 나타났다. '홍반열'은 그 이름대로 얼굴과 몸 구석구석에 붉은 반점이 돋아나는 것이 특징이다.

실제로 카를로스도 조금 전까지는 사랑스러운 얼굴에 가슴 아플

만큼 많은 수의 붉은 반점이 솟아나 있었다.

그러나 지금은 반점이 깨끗하게 없어졌다. 귀를 기울이면 힘들어하던 숨소리가 평온하게 바뀐 것을 들을 수 있을지도 모른다.

프란체스코 왕자의 '마법'이 효과를 보인 건 일목요연했다.

"'치유마법'……?"

잠시 후 눈앞에서 벌어진 현상이 무엇인지 가까스로 이해한 젠지로는 작게 중얼거렸다.

"그럴 리가!?"

한편 아우라는 젠지로도 처음 볼 정도로 경악을 금치 못하는 표정으로 멍하니 서 있었다.

아우라가 놀라는 것도 무리는 아니다.

프란체스코 왕자는 샤로와 왕가 사람이다. 그런 그가 지르벨 법왕가의 혈통마법인 '치유마법'을 사용한 것이다. 이쪽 세계의 상식으로는 절대 있을 수 없다고 해도 좋을 비상식적인 사건인 것이다.

"그러니까, 자세한 설명을 하고 싶은데 장소를 옮기면 어떻겠습니까? 아, 다만 입막음을 할 필요가 있으니 이 방에 있는 사람은 모두 구속해 주시기 바랍니다."

이 와중에 당사자인 프란체스코 왕자는 혼자만 유유한 태도를 잃지 않고 그렇게 말하는 것이었다.

───────◆───────

"어의 미셸, 유모 카산드라, 시녀 마르그레테. 우리 외에 그곳에 있던 건 이 세 명뿐이다. 현재 세 명 모두 그 방에서 나오지 않도록 엄명을 내려 두었다. 전하가 시술한 마법의 효력을 의심하는 건 아니지만, 회복 중의 유아를 혼자 둘 수는 없으니 그대로 미셸 의사에게 간호를 맡겨 두었다. 또한 카를로스가 발병한 시점에서 다른 사람은 그 방에 접근하지 않도록 명령해 두었으니 세 명이 다른 자와 접촉할 일도 없다. 이걸로 입막음에 관해서는 당분간 문제가 없을 것이다."

"고맙습니다, 아우라 폐하. 배려에 감사드립니다."

그 후 아우라와 젠지로, 프란체스코 왕자는 자리를 잡고 대화를 나눌 수 있는 장소로 자리를 옮겼다.

이곳은 평소에 젠지로가 가정 교사인 옥타비아 부인을 맞이해 강의를 받을 때 주로 사용하는 후궁의 한 방이다.

젠지로가 지구에서 가져온 물건은 일절 놓여 있지 않고, 접객에 필요한 가재도구가 갖춰져 있어 이야기를 나눌 장소로서 가장 적합했다.

아우라와 프란체스코 왕자가 테이블을 가운데 둔 채 마주 앉고 젠지로는 아우라 옆에 앉았다. 자리 배치의 정석인 셈이다.

시간을 두고 장소를 옮긴 까닭에 아우라는 어느 정도 평정심을 되찾은 듯했다.

"그러면 이야기를 들어 보도록 하지. 듣고 싶은 것은 많지만 먼저 단도직입적으로 묻겠다. 프란체스코 전하, 당신은 누구지?"

답을 추궁하는 아우라의 물음이 너무나 단도직입적이다 보니, 아니나 다를까 프란체스코 왕자는 머리를 긁적이며 쓴웃음을 지었다.

"누구냐고 물으셔도, 저는 샤로와 왕가 제1왕자 주세페의 장남 프란체스코지요. 그 외에 다른 누구도 아닙니다."

"흠, 이런 식의 질문은 통하지 않는다는 건가. 그럼 하나하나 따져보도록 하지. 당신은 샤로와 왕가 사람이 아닌가? 아니, 그건 틀림없겠지. 실제로 내 눈으로 당신이 '부여마법'을 사용해 '미래보상'의 마법도구를 만드는 장면을 매일 보고 있으니. 하지만 그렇다면 어째서 '치유마법'을 쓸 수 있지? 그건 일종의 사기술인가?"

아우라의 추궁은 일국의 왕자이며 방금 전에 자기 아이의 병을 고쳐 준 은인에 대한 말치고는 지나치게 가시가 날카로웠다.

그러나 그 정도로 있을 수 없는 일을 목격했으니 심하게 추궁하지 말라고 할 수도 없다.

그건 본인도 자각하고 있는지 프란체스코 왕자는 전혀 기분 나쁘게 여기는 기색도 없이 순순히 대답했다.

"사기 같은 것이 아닙니다. 그건 엄연한 '치유마법'입니다. 실은 저는 '부여마법'과 '치유마법' 양쪽을 다 구사할 수 있답니다."

마치 "대단하지 않나요?"라고 하듯 유유자적하게 말하는 것이었다. 아무리 겸손하게 표현해도 '대단하다'는 말로 다 표현할 수 있는 종류의 일이 아니다.

거기에서 그때까지 잠자코 두 사람의 대화를 듣고 있던 젠지로는 줄곧 신경 쓰였던 것에 대해 물었다.

"프란체스코 전하. 전하는 파티에서 나와 처음 만났을 때 내게 '친근감을 느낀다'고 말씀하셨지요? 그리고 오늘 내 아들 젠키치에게도 같은 말을 했습니다. 솔직히 묻겠습니다. 혹시 전하가 말하는 '친근감'이라는 것은 '두 왕족의 혈통을 이어받은 인간'에 대한 동족 의식이라는 의미가 아닙니까?"

젠지로의 질문에 프란체스코 왕자는 조금 놀랐다는 듯이 눈을 빛내고는 빙긋 웃으며 대답했다.

"대단하십니다. 그걸 기억하고 계셨다니. 네, 말씀대로입니다. 젠지로 폐하와 카를로스 전하가 '카파 왕가'와 '샤로와 왕가'의 핏줄을 이어받은 것처럼 저는 '샤로와 왕가'와 '지르벨 법왕가'의 핏줄을 이어받았습니다."

"⋯⋯⋯⋯."

"⋯⋯⋯⋯."

프란체스코 왕자가 아무렇지도 않게 인정한 중요 기밀에 대해 젠지로와 아우라는 잠시 할 말을 잃었다.

하지만 이걸로 적어도 수수께끼 하나는 풀렸다.

마법을 연구하는 현자들의 정설에 의하면 두 왕가의 핏줄을 이어받고 일반 왕족의 두 배에 가까운 마력을 지닌 사람은 두 개의 혈통마법을 구사할 수 있는 가능성이 있다고 한다.

프란체스코 왕자의 마력량은 젠지로의 거의 두 배. 그런 프란체스코 왕자가 '샤로와 왕가'뿐 아니라 '지르벨 법왕가'의 혈통도 잇고 있다면 그가 두 개의 혈통마법을 사용할 수 있는 것도 설명이 된다.

"그러면 전하의 양친은……."

사태가 부모의 명예에 관련되어 있는 만큼 젠지로는 매우 조심스러워하며 질문했지만 프란체스코 왕자의 대답은 예상 밖의 것이었다.

"아뇨, 그건 아닙니다. 제 양친은 틀림없이 주세페 제1왕자와 그의 정실인 토스카입니다."

"네? 하지만 그렇다면……."

혼란스러워하는 젠지로에게 프란체스코 왕자는 쓴웃음을 지으며 설명했다.

"젠지로 폐하. 쌍왕국은 수백 년 동안 두 개의 왕가가 병립해 왔습니다. 그 긴 역사 속에서 한 번도 양쪽 왕가가 혈연을 맺지 않았을 거라고 생각하십니까?"

프란체스코 왕자의 물음에 대답을 한 사람은 질문을 받은 젠지로가 아니라 옆에서 듣고 있던 아우라 쪽이었다.

"과연. 어떤 의미에서 프란체스코 전하는 보나 전하와 같은 입장이로군."

"네, 그렇습니다."

지극히 평범한 하급 귀족 출신이면서 격세 유전으로 샤로와 왕가의 혈통을 발현한 보나. 한편 샤로와 왕가의 직계로 태어났지만 격세 유전으로 지르벨 법왕가의 혈통에 눈뜨고 만 프란체스코 왕자. 확실히 같다면 같다.

"그러면 전하가 제1왕자의 지위에 있으면서도 정당한 왕위 계승권을 받지 못한 진짜 이유도 그것이로군?"

눈을 가늘게 뜨며 묻는 아우라에게 프란체스코 왕자도 미소를 무너뜨리지는 않았지만 약간의 긴장감을 표정에 드러내며 수긍했다.

"네. 샤로와·지르벨 양쪽 왕가 사이에 이루어진 밀약입니다. 서로의 가문에 상대편의 혈통마법을 발현한 자가 태어난 경우 그 사람을 평생 독신으로 살게 해 혈통을 단절시킨다, 라는."

그건 두 왕가가 혈통마법에 얽힌 서로의 이권을 지키기 위해 맺은 밀약일 것이다. 그런 밀약을 지키지 않으면 한 나라에 두 왕이 나란히 존재하는 비정상적인 형태를 오래 유지할 수 없다, 라는 저간의 사정은 이해할 수 있다.

그러나 어떤 말로 포장한다 한들, 프란체스코 왕자 입장에서는 지극히 부조리한 얘기가 아닐 수 없다.

어쩌면 그 울분을 감추기 위해 천진난만한 미소라는 가면을 쓰고 있는 건지도 모른다. 그런 생각을 하면서 아우라는 재차 물었다.

"그러면 평소의 행동은 연기라는 것이군? 왕위 계승권을 받지 못한 진짜 이유를 겉으로 드러낼 수 없기에 주위를 납득시키기 위한 연기인 셈이다."

일부러 무능하고 게으른 사람인 척함으로써 자기 한 몸을 희생하여 국가의 안위를 도모한다. 어쩌면 그런 부분에서도 프란체스코 왕자는 젠지로에게 '친근감'을 느낀 것일지 모른다.

아우라는 그렇게 생각했지만 의외로 프란체스코 왕자는 고개를 가로젓고 아우라의 말을 부정했다.

"아뇨, 어느 쪽인가 하면 그게 저의 본모습입니다. 원래 저는 머리도 좋지 않고 생각보다 말이 먼저 나오는 편이거든요. 아무것도 의식하지 않고 하고 싶은 말을 하고, 하고 싶은 대로 행동하는 게 진짜 접니다. 오히려 지금 이 순간이 인내하며 배운 대로 행동하는 가식적인 모습이랄까요."

"그런가."

프란체스코 왕자의 주장에 아우라는 무심코 쓴웃음을 지었다.

그 '인내하며 배운 대로 행동한다'는 것이 가능한 시점에서 바보가 아니라는 것이다, 라고 말해 주어도 아마 그에게는 통하지 않을 것이다. 어릴 적부터 지녀 온 자기 평가는 제삼자의 말에 의해 쉽사리 뒤집히는 것이 아니다.

어쨌든 이걸로 평상시의 '바보짓'이 지극히 자연스럽게 느껴지는 이유도 어느 정도 이해가 된다.

그렇다면 남은 건 가장 커다란 의문이다.

솔직히 아우라는 이 시점에서 이미 프란체스코 왕자의 대답을 예상할 수 있었다. 그러나 묻지 않을 수는 없다.

의자에 앉은 채 등을 곧게 펴고 한 번 크게 심호흡을 한 아우라는 느릿한 어조로 곱씹듯이 말했다.

"그러면 마지막 질문이다. 프란체스코 전하, 어째서 전하는 신변의 비밀을 우리에게 털어놓은 거지? 그것도 거짓말을 하고 후궁에 들어와 우리 아이를 치료한다는 괴이한 수단까지 써 가며 실제로 자신이 '치유마법'을 구사할 수 있다는 사실을 증명해 보인 이유는 뭔가? 아마도 그건 쌍왕국에서도 아는 자가 몇 안 되는 기밀 중의 기밀일 텐데?"

프란체스코 왕자도 아우라를 좇아 자세를 바르게 고쳤다.

그리고 지금까지의 천진난만한 미소와는 사뭇 다른 어딘가 투명한 느낌의 미소를 짓고는,

"네. 확실히 비밀을 아는 건 국왕 폐하와 법왕 예하, 그리고 저의 부모와 저에게 치유마법을 전승해 준 스승 정도입니다. 아, 물론 보나는 전혀 모르니까 앞으로도 비밀로 해 주십시오. 그리고 비밀을 밝힌 이유입니다만. 아우라 폐하, 젠지로 폐하 두 분께 알려 드리고 싶었기 때문입니다. 저와 비슷한 정도의 마력을 가진, 두 왕가의 핏줄을 이은 인간은 양쪽 왕가의 혈통마법을 구사할 수 있다는 사실을요."

"…………."

예상했던 대답에 아우라는 순간 눈을 감고 침묵에 잠겼다.

"그건 즉……."

옆에 앉은 젠지로도 뒤이어 같은 결론에 다다른 것이리라. 경악의 감정을 미처 억누르지 못하고 눈을 크게 떴다.

자신 쪽을 향한 남편에게 여왕 아우라는 각오를 정했다는 듯이 고개를 끄덕여 보이고는 조용한 목소리로 말했다.

"아아, 그래. 우리 아이 카를로스는 '시공마법'과 '부여마법', 두

가지 혈통마법을 사용할 수 있을 것이다, 라는 얘기로군? 프란체스코 전하."

　카를로스의 마력량은 프란체스코 왕자에 필적한다. 프란체스코 왕자의 설명이 맞다면 필연적으로 그런 결론을 내릴 수밖에 없다.

　"네."

　프란체스코 왕자가 짧게 긍정한 말이 젠지로의 귀에 지독하게 강한 울림을 남겼다.

[제5장] 드러난 목적

그 후 프란체스코 왕자는 곧바로 후궁을 뒤로했다.

한편 아직 경악이 식지 않은 아우라와 젠지로는 그대로 곧장 아들이 기다리는 방으로 향했다.

단, 유감스럽게도 그 목적은 이제 막 병이 나은 아이를 안아 주기 위해서가 아니라 그 방에 연금되어 있는 의사와 유모, 시녀에게 다시 한 번 입막음을 해 두기 위해서다.

"알겠나. 오늘 이 방에서 자네들이 보고 들은 것은 무슨 일이 있어도 바깥에서 입에 담아서는 안 된다. 만에 하나 말이 흘러 나간 경우에는 자네들뿐 아니라 일족을 멸해 벌할 것이다. 알아들었 겠지?"

"알겠습니다."

여왕 아우라의 일말의 주저도 없는 경고에 의사도 유모도 시녀도 한목소리로 대답하며 머리를 숙였다.

"음, 명심하거라."

아우라는 만족스럽게 고개를 끄덕였다.

아마 문제는 없을 것이다.

미셸 의사는 어의라는 직책상 비밀을 엄수하는 것에 익숙하고 유모인 카산드라는 아우라도 신뢰할 정도로 왕가에 대한 충성심이 강한 여자다.

금발의 시녀──마르그레테는 다짐을 받을 필요조차 없다.

그녀는 아우라의 심복이다.

기밀 유출 문제에 있어서 그녀를 신용할 수 없다면, 아우라의 부하 중에 신용할 수 있는 자는 하나도 없다고 단언할 수 있다.

때문에 웬만한 일이 있지 않는 한 사건이 일어나지는 않을 거라고 아우라는 판단한 것이다.

"후우……."

"오늘은 정말이지 나도 피곤하네."

카를로스의 방에서 거실로 돌아온 젠지로와 아우라는 누가 먼저랄 것도 없이 소파에 몸을 던지고는 당분간 아무 말도 하지 않고 축 늘어져 있었다.

"…………."

"…………."

오늘 단 하루 동안 너무나 많은 일이 있었다.

카를로스의 발병.

프란체스코 왕자의 문병.

그리고 거기서 밝혀진 프란체스코 왕자의 비밀과 폭로된 카를로스의 비밀.

모든 것이 젠지로와 아우라의 마음을 격렬하게 뒤흔드는 대사건이었다.

창문으로 비쳐 들어오는 태양빛이 찬란히 실내를 밝히고 있는 가운데, 젠지로도 아우라도 여전히 고개를 들 기력조차 솟지 않았다.

아침나절에 오늘 하루의 일정을 취소한 젠지로는 그렇다 치고 아우라는 오늘 중에 처리해야 할 업무가 남아 있을 터이지만 이미 오늘은 임시 휴업하기로 결심했다.

이런 때 무리해서 일을 계속하면 쌓이고 쌓여서 언젠가는 쓰러지고 말 것이다. 아우라는 그걸 감각적으로 이해했다.

단, 왕궁의 업무를 쉰다고 해서 오늘 이 시간 이후로 내내 휴식을 취할 수 있다는 얘기는 아니다.

"……끄으으."

그렇게 뒹굴거리기도 잠시, 가까스로 젖 먹던 힘을 다해 기력을 끌어 올린 아우라는 소파에서 몸을 일으켜 고쳐 앉았다.

"젠지로, 어때, 아직 힘들어?"

"으으…… 으응? 뭐야, 벌써 시작하게?"

젠지로는 여전히 소파 위에 늘어진 채 목만 들어 올려 마주한 소파에 앉은 아내를 바라보았다.

"응. 당신이 괜찮다면 얘기를 시작할까 하는데. 어때?"

"으음…… 알았어."

아직 기운이 없어 눈을 반쯤 감은 젠지로도 그렇게 대답하고 소파 위로 몸을 일으켰다.

"자, 뭐부터 얘기해야 할까."

아직 몸 상태가 별로인지 소파 위에서 나른하게 다리를 바꿔 포개는 아우라에게 마주 앉은 젠지로도 목을 이리저리 돌려 근육을 풀며 하품이 섞인 목소리로 대답했다.

"으─응? 그럼 의문점이 몇 가지 있는데 물어봐도 돼?"

"흐음. 내가 대답할 수 있을지 없을지 모르겠지만, 좋아."

허락을 받은 젠지로는 생각을 정리하듯이 또박또박 이야기하기 시작했다.

"그럼 먼저 근본적인 질문, 이랄까 확인. 젠키치의 병을 고친 프란체스코 왕자의 그거. 그건 정말로 '치유마법'이었다는 거지? 사실은 몰래 오른손에 쥐고 있던 '치유의 비석'을 사용했을 가능성은 없는 거지?"

"그래, 그건 아니야. 당신도 봤지만 그 순간 틀림없이 마력은 프란체스코 왕자의 몸에서 피어올라 카를로스에게 들어갔어. 그건 틀림없는 프란체스코 왕자의 마법이야. 게다가 이렇게 '치유의 비석'은 안 쓴 채야."

아우라는 그렇게 말하고 강한 마력을 품은 흰 돌을 테이블 위에 놓았다.

젠지로는 눈을 껌뻑이며 그것을 바라보았다.

"어라? 결국 그거 두고 간 거야?"

"응. 애초에 프란체스코 왕자를 후궁에 들인 대의명분이 '치유의 비석'을 카를로스에게 사용한다는 것이었으니까. '치유의 비석'을 사용하지 않은 채 가지고 돌아가면 앞뒤가 안 맞는 얘기지."

"하지만 프란체스코 왕자, 그러지 않았던가? 그걸 사용하면 보나 왕녀가 화낼 거라고."

"프란체스코 왕자가 말하길 자기는 혼나는 데 익숙하다, 보나 왕녀는 화내는 데 익숙하다, 라던데."

"우와아……. 말만 들으면 프란체스코 왕자를 동정해야 할 것 같지만 그 광경을 떠올리니 보나 왕녀를 동정하고 싶어지는걸."

젠지로는 마음속으로 보나 왕녀에게 합장했다.

"그나저나 프란체스코 왕자는 역시 그냥 바보가 아니었다는 얘기지. 그렇다면 저쪽 왕에게 직접 프란체스코 왕자의 감시역을 부탁받은 보나 왕녀는 어쩌면……."

"아마 틀림없이 진실을 감추기 위한 눈속임 역할, 이겠지. 프란체스코 왕자의 바보짓에 진심으로 휘둘리는 사람이 한 명만 있어도 신빙성이 현격히 높아지니까."

"딱하기도 하지……."

젠지로는 코끝이 찡하고 뜨거워졌다.

보나 왕녀에게 정말로 동정을 느끼고 만 젠지로는 그 심경을 떨쳐 버리려는 것처럼 화제를 다음으로 옮겼다.

"그런데 젠키치가 '시공마법'뿐 아니라 '부여마법'도 쓸 수 있다는 설명에 일단 납득은 했지만, 애초에 어째서 프란체스코 왕자는 그런 허튼 짓을 해서까지 우리에게 그걸 가르쳐 주려 했을까? 왠지 일방적으로 우리 쪽에만 이득이 있는 것 같은 느낌이 드는데."

젠지로의 의문에 아우라는 조금 떨떠름한 표정으로 고개를 가로
저었다.

"아니야. 사실 짧은 기간만을 놓고 보면 그걸 알았다고 해서 우
리 쪽에 이익이 될 일은 없다고 봐야 해. 생각해 봐. '부여마법'의
올바른 주문, 거기에 쏟는 마력량, 그 순간 뇌리에 떠올리는 효과
인식 등은 배우지 않으면 익힐 수 없다고 생각하는데?"

"아, 그런가. '부여마법'을 쓸 수 있다는 걸 알아도 실제로 마법의
상세한 사용법을 배우지 않으면 구사할 수 없지, 참."

납득하는 젠지로에게 아우라는 분하다는 듯이 고개를 끄덕였다.

"그래. 샤로와 왕가의 협력 없이 '부여마법'을 확립하려면 실용화
까지는 2세대에서 3세대 정도 시간을 들일 각오가 필요할 거야."

"우와, 그건 좀……."

과연, 그래서야 확실히 '단기적으로는 이익이 없다'고 아우라가
단언하는 것도 당연하다.

"그렇다는 건 뭐야? 프란체스코 왕자가 머지않아 '젠지로는 '부
여마법'을 쓸 수 있다. 사용법을 가르쳐 줄 테니 나와 거래하자'라고
말해 올 거라는 얘긴가?"

머리를 굴려 프란체스코 왕자의 의도를 추측해 본 젠지로에게
아우라는 긍정하면서도 약간 수정했다.

"그럴 가능성은 높아. 단, 이번 일은 프란체스코 왕자의 독단적
인 행동이었다고는 생각하기 힘들어. 털어놓은 정보가 지나치게 엄

청나니까. 그 배후에 샤로와 왕가의 제1왕자나 국왕이 있다고 가정하면 어쩌면 좀 더 큰 시야에서의 변화를 노리고 있는 건지도 몰라."

"더 큰 시야에서의 변화?"

고개를 갸웃하는 젠지로에게 아우라는 약간 고지식한 표정을 짓고 설명을 계속했다.

"그래. 카를로스가 '부여마법' 술사가 돼도 샤로와 왕가에 직접적인 이익은 없어. 하지만 카를로스가 '부여마법' 술사라는 정보가 공공연해지면 입장이 달라지는 사람이 있지 않겠어?"

"프란체스코 왕자 말이야?"

"그래. 정치적인 입장을 따지지 않고 한 사람의 인재로서만 보면 프란체스코 왕자는 엄청나게 유능한 인물이야. 두 개의 마법을 쓸 수 있다는 점도 특이하지만, 무엇보다 그 방대한 마력량을 다음 세대에 물려주고 싶다는 생각이 드는 건 지극히 당연한 일이지."

"그렇구나. 예외는 있지만 기본적으로 마력량은 유전이니까."

키 큰 부모에게서 키 큰 아이가 태어나는 수준의 확률이지만 마력량은 유전이다. '혈통마법'을 구사하는 왕족에게 있어서 큰 마력량은 매력적이다.

그런데도 압도적인 마력량을 자랑하는 프란체스코 왕자가 밀약 때문에 아이를 만들지 못한다는 건 확실히 생각하기에 따라서는 아까운 얘기다.

"즉, 젠키치라는 전례를 공공연한 것으로 만들고, 거기에서 거슬러 올라가 '또 하나의 혈통마법에 눈뜬 자의 대를 끊는다'는 약속을 무효로 만들려는 꿍꿍이라고?"

"뭐, 어디까지나 내 상상이야. 실제로 그렇게 되면 쌍왕국에는 혁명에 가까운 소동이 일어날 테니 그렇게까지 극단적인 일을 벌일 가능성은 적다고 생각하지만."

"과연. 그러니까 일이 그렇게 커지지는 않을 거다, 라는 건가?"

"아니. 유감스럽게도 그럴 가능성은 낮아. 이제 카를로스가 자라서 '부여마법' 술사가 되면 금세 나라 안팎에 소문이 퍼질 가능성이 높아. 그렇게 되면 다음엔 '왜 카를로스 왕자는 '시공마법'뿐 아니라 '부여마법'의 소질까지 갖고 태어났을까?'라는 의문을 품는 사람들이 나타나겠지. 그 지점까지 알려지면 젠지로, 당신이 샤로와 왕가의 핏줄을 이어받은 사람이라는 게 탄로 나는 것도 시간문제야. 그다음엔 푸죠르 장군을 필두로 하는 급진파가 지금 이상으로 강하게 측실을 맞으라고 당신을 압박하겠지."

"으아아아……."

절망적인 비명을 지르는 남편에게 예상되는 미래에 대해 그때까지 담담히 이야기하던 여왕이 아픔을 견디는 듯한 표정을 보였다.

"미안해. 결국 나는 당신과의 약속을 깨기만 하네. 당신은 나와의 약속을 깬 적이 한 번도 없는데……."

'털썩'하는 의성어가 들려올 만큼 어깨를 축 늘어뜨린 아내에게 젠지로의 입에서 반사적으로 위로의 말이 튀어나왔다.

"아니야, 그렇게까지 신경 쓰지 않아도 돼. 뭐랄까, 내 선조의 행적이 특이한 것뿐이지 결코 아우라의 잘못이 아니라는 걸 알고 있으니까."

실제로 아우라에게는 잘못이 없다. 굳이 따지자면 처음에 미처 이런 일을 예측하지 못했다는 것이 유일한 과실이랄까.

단지 상황이 젠지로가 바라지 않는 방향으로 흘러가고 있고, 그 흐름을 차단하면 나라에 미칠 악영향이 지나치게 커서 왕인 아우라는 남편인 젠지로에게 부당한 요구를 밀어붙일 수밖에 없는 것이다.

"하지만 당신을 소환했을 때 제시한 조건이 '아이를 만드는 것 외에 아무것도 하지 않아도 좋다'는 것이었잖아. 정말 '시간 역행' 마법으로 시간을 거슬러 올라갈 수만 있다면 그때의 내 머리통을 한 대 때려 주고 싶어. 솔직히 말해서 지금 당신이 정말 아무것도 해 주지 않는다면 왕궁은 큰 혼란에 빠질 거야."

안이하게 생각했던 당시의 자기 자신을 비웃는 것처럼 아우라는 그렇게 내뱉었다.

"으음— 하지만 나는 처음부터 정말로 아무것도 하지 않아도 된다고는 생각하지 않았는걸. 실제로 결혼식 이후 몇 달 동안은 아무것도 하지 않으면서 지내보기도 했고. 근데 그 아무것도 하지 않아도 되는 시간이 생각보다 즐겁지 않더라고. 결과적으로는 잘된 일 같아."

젠지로가 아우라를 위로할 목적으로 그렇게 대답한 것이 사실이지만, 거짓말은 아니었다.

한 나라를 대표하는 지위에서 공무를 집행하는 건 상당히 어깨가 무겁지만, 요즘은 싫든 좋든 익숙해져서 정신적으로 그렇게 힘들지는 않게 되었다.

현재의 생활에 큰 불만은 없는 것이다.

그러나 그렇기 때문에야말로 지금의 생활을 격변케 하는 '측실 문제'만큼은 단호하게 거부하고 싶다.

최악의 경우 무슨 짓을 해도 피할 수 없는 상황이 되면 각오를 정해야 하겠지만, 최소한 절체절명의 순간까지 '측실 거부'의 입장을 무너뜨리지 않겠다고 젠지로는 새롭게 마음을 다졌다.

"그런데, 당신 뭔가 갖고 싶은 것이나 하고 싶은 일은 없어?"

벌써 몇 번째인지 귀에 못이 박히도록 들은 아내의 말에 젠지로는 잠시 생각한 후 오늘은 평소와는 조금 다른 대답을 했다.

"으—음, 글쎄……. 지금은 무엇보다 젠키치를 안아 주고 싶어."

아마도 아우라가 기대한 대답과는 전혀 다른 것이겠지만 의심의 여지도 없이 그것만이 지금 젠지로가 무엇보다 원하는 것이었다.

그도 그럴 것이 요 며칠 업무가 바빠서 아이의 방을 찾을 여유가 없던 참에 오늘 '홍반열' 소동이 일어난 것이다.

이미 완치되었을 사랑하는 아들을 품에 안고 체온을 느끼며 한시라도 빨리 안심하고 싶다.

"젠지로……."

아우라는 그저 쓴웃음을 지을 수밖에 없었다.

늘 성가시게 하는데도 불만 한 번 뱉지 않는 남편의 노고에 어떤

식으로든 보답하고 싶은 마음에 물어본 것인데 아우라는 무의식중에 젠지로의 엉뚱한 대답에 강하게 공감하고 말았다.

"그래, 병은 이제 다 나았을 거야. 미셸 의사도 잔소리는 하지 않겠지. 조금 이따가 둘이서 카를로스를 만나러 갈까."

"응. 그렇게 하자. 좋았어. 이제 겨우 기운이 나는걸."

그 말대로 눈빛이 쌩쌩해진 젠지로는 소파에서 몸을 일으켜 어깨를 빙빙 돌렸다.

"단, 당신은 카를로스 앞에서 말을 해서는 안 돼."

"아니, 나도 요즘 상당히 애쓰고 있거든. 최근엔 발음도 상당히 좋아졌고. 슬슬 '아빠란다' 외에도 말하게 해줬으면 좋겠는데."

"그건 안 돼. 노력은 인정하지만 결과는 신통치 않아."

"무슨 그런 섭섭한 말씀을."

"흐으응, 우리 아이의 장래가 걸린 일이니까."

그 이후의 담소는 이전까지의 어두운 분위기를 불식시킬 정도로 밝고 즐거운 것이었다.

◆───────

"프란체스코 전하! 경솔하셨어요! 억지를 부려서 타국의 후궁에 쳐들어가다니, 자칫 잘못하면 엄청난 추문이라고요!"

그 무렵 왕궁 남쪽 건물로 돌아온 프란체스코 왕자는 각오했던 것 이상으로 격앙된 '감시역' 소녀로부터 길고 긴 설교를 듣고 있었다.

가장 무더운 계절인 혹서기가 끝난 것도 있어서 '서릿바람 쟁반'으로 불리는 마법도구로 시원하게 식히고 있는 이 방은 꽤나 쾌적한 온도를 유지하고 있었지만 얼굴이 새빨개져서 큰 소리를 내는 보나 왕녀의 이마에는 송골송골 땀이 맺혀 있었다.

소파에 앉아 느긋하게 등받이에 몸을 기대고 있는 프란체스코 왕자와는 대조적으로 보나 왕녀는 조금 전부터 반쯤 일어선 자세로 양손을 테이블 위에 대고 물어뜯을 듯한 표정으로 몸을 내밀고 있는 것이다.

"미안, 미안. 하지만 불쌍하잖아. 카를로스 왕자는 아직 2살도 안됐다고. 그런 작은 아기가 죽을지도 모르는 풍토병에 걸리다니."

쌍왕국에서는 샤로와 왕가, 지르벨 법왕가 구분 없이 왕족이 중한 병을 앓는 경우 지르벨 법왕가의 치유술사가 달려와서 '치유마법'을 행한다. 때문에 쌍왕국의 왕족은 왕가 사람이 상처나 병으로 목숨을 잃는 일에 익숙하지 않다.

그런 의미에서는 나름대로 설득력 있는 프란체스코 왕자의 '변명'이었지만 고지식한 보나 왕녀를 납득시킬 정도는 아니었다.

"저도 물론 카를로스 전하는 가엾다고 생각해요. 하지만 '홍반열'은 그렇게 간단히 죽는 병이 아니라고 들었어요. 그런 일에 단 하나밖에 가져오지 않은 '치유의 비석'을 사용해 버리다니요! 앞으로 프란체스코 전하가 병에 걸리면 어떡하냐고요! 이 나라는 쌍왕국이랑 달라요. 치유술사는 없단 말이에요!"

보나 왕녀는 그렇게 '정론'을 읊었지만, 정작 걱정의 대상인 프란체스코 왕자 본인이 사실은 치유술사라는 뒷사정을 아는 사람에게는 보나 왕녀가 어릿광대처럼 보일 것이다.

　그러나 급격하게 증세가 악화하는 병이나 피할 수 없는 중상을 입어 집중력을 발휘할 수 없거나, 최악의 경우 목을 다쳐서 정확한 발성이 불가능하거나 해서 스스로에게 '치유마법'을 쓸 수 없는 상황에 빠질 가능성도 있다. 따라서 하나밖에 없는 '치유의 비석'을 넘겨 버린 건 확실히 경솔하다면 경솔한 일이다.

　"괜찮아. 조금 아까 '쌍연지(双燃紙)'로 아버지에게 보고했거든. 곧 다른 '치유의 비석'을 보내 주신대."

　"싸, '쌍연지'까지 써 버리셨다는 거예요!?"

　프란체스코 왕자의 말에 보나 왕녀는 졸도하기 직전이었다.

　'쌍연지'는 마법도구 중 하나다.

　원래는 멀리 떨어진 장소에 불을 낸다는 공격 목적으로 만들어진 마법이지만, '마법도구화한 두 장의 용피지 중 한쪽에 불을 붙이면 다른 쪽에도 똑같이 불이 붙는' 성질을 이용해 그을음으로 글씨를 쓸 수 있다는 걸 발견한 이후로는 거의 정보 전달 수단으로 이용되고 있다.

　일반적으로 '소비룡'이 가장 빠른 정보 전달 수단으로 여겨지고 있는 이쪽 세계에서 '쌍연지'의 정보 전달 속도와 높은 기밀성이 얼마나 특출한 것인지는 말할 필요도 없을 것이다.

　비둘기나 파발마밖에 없는 시대에 특정 국가 한정이기는 해도

'메일'을 사용하는 것과 마찬가지다. 그만큼 이용 가치가 대단하다. 쌍왕국이 남대륙 중앙부의 패권을 장악하게 만든 실질적인 공로자가 '쌍연지'를 발명한 사람이라는 말이 나올 정도다.

참고로 잉크 대신 물을 사용하는 '쌍수지(双水紙)'나 흙마법으로 같은 현상을 일으키려고 한 '쌍사상(双砂箱)' 같은 것도 발명되었지만, 그것들은 실용화에 이르지 못했다.

원래는 국경 주변의 요새 책임자나 각국에 파견한 외교관들이 정말로 긴급한 순간을 위해 한 장씩 지니고 있는 귀중한 물건이다.

그런 것을 간단하게 써 버린 프란체스코 왕자의 무감각한 행동에는 이미 질릴 대로 질려서 말도 나오지 않았다.

이것이 태생의 차이라는 것일까?

자신이 궁상맞은 성격이라는 걸 자각하고 있는 보나 왕녀는 순간 그런 생각이 뇌리를 스쳤다.

"응. '치유의 비석'을 사용하게 되면 곧바로 알리라고 아버지랑 할아버지가 단단히 이르셨거든. 아, 연락하는 김에 그 밖에도 부족한 것들을 이것저것 챙겨 보내 달라고 부탁했어. 보나의 조각용 받침대랑 고정대 같은 것들도 같이 가져와 달라고 말해 뒀고. 저번에 이 나라에는 쓸 만한 고정대가 없다고 불평했잖아?"

"정말인가요? 고맙습니다. 곤란했거든요. 이런 말을 꺼내기는 뭣하지만 이 나라의 세공 기술이 낮아서 그런지 도구가 시원치 않아요."

"그래, 나도 느꼈어. 왠지 미묘하게 흔들거리지?"

"프란체스코 전하도 알고 계셨나요? 정말 그래요. 뭐랄까, 든든하게 잡아 주지 못해서 조각을 새길 때마다 조금씩 빗나가더라고요. 그래도 이 나라의 장인들은 만족하고 쓰는 모양이라 말을 꺼내기가 좀 그래서……. 앗, 지금 그런 얘기가 아니잖아요!"

무의식중에 보석 가공 얘기로 이야기꽃을 피우려던 찰나에 보나 왕녀는 자신이 샛길로 빠졌음을 깨닫고 유혹을 뿌리치듯이 화제를 되돌렸다.

"백보 양보해서 카를로스 전하가 측은해서 그러신 거라면 아우라 폐하나 젠지로 폐하께 '치유의 비석'을 건네기만 하면 되는 얘기 아닌가요? 어째서 본인이 후궁에 발을 들이는 무모한 짓을 하신 겁니까?"

"그치만 카파 왕국도 '치유의 비석'을 보유하고 있는걸? 그런데도 이번 일에 쓰지 않고 있다는 건 아우라 폐하께 건넨다고 해서 지금 당장 써 준다는 보장이 없잖아."

프란체스코 왕자의 말은 정론이라면 정론이었지만 그 말을 들은 보나 왕녀는 나쁜 예감에 휩싸였다.

"저기……. 프란체스코 전하? 그, 그럴 리야 없다고 생각하지만, 만에 하나라고나 할까 혹시나 해서 확인하고 싶습니다만 지금 하신 말과 같은 것을 아우라 폐하께 말씀드리거나 하지는…… 않았겠지요?"

"…………."

보나 왕녀는 양손으로 테이블을 짚고 선 채로 털썩 고개를 떨어뜨리고 말았다.

"괜찮아. 아우라 폐하는 솔직한 걸 좋아해서 사소한 일에 구시렁대는 분이 아니니까."

프란체스코 왕자가 살랑살랑 손을 흔들며 느긋한 소리를 했지만 보나 왕녀의 귀에는 전혀 닿지 않았다.

"어, 어떻게든 아우라 폐하를 찾아뵙고 직접 사죄를……. 아, 하지만 아우라 폐하는 바쁘실 테니까 먼저 젠지로 폐하께 말씀드려서 중개를……."

그래도 고개를 숙인 채 중얼거리는 내용을 들으니 원망이 아니라 건설적으로 앞을 내다보고 사태의 해결을 모색하고 있다. 역시 보나 왕녀의 성실함과 강한 책임감은 보통이 아니다.

그렇게 비교적 짧은 시간에 결심을 굳힌 것인지 보나 왕녀가 고개를 번쩍 들고 말했다.

"프란체스코 전하, 저는 급한 일이 생겨 그만 실례하겠습니다. 전하는 제발 부탁이니 얌전히 계셔 주세요. 아시겠어요? 앞으로 왕궁에 가실 때는 괜한 배려 마시고 반드시 저에게 얘기해 주세요. 알겠죠? 그럼 실례하겠습니다."

기염을 토하듯이 그렇게 쏟아붓고 보나 왕녀는 잰걸음으로 방을 나갔다.

작은 소리를 내며 문을 닫고 보나 왕녀가 방을 나갔다.

그때까지 소파에 느슨하게 걸터앉아 있던 프란체스코 왕자는 그

소리를 신호 삼아 자세를 더욱 무너뜨리고 긴 소파에 누웠다.

"후우……."

아무래도 지금까지 단정치 못하게 앉아 있던 것이 나름대로 격식을 차린 자세였던 모양이다.

뻔뻔스럽게도 피곤해하는 소리를 하며 프란체스코 왕자는 평소와 다름없는 미소를 얼굴에 띄운 채 뒤통수에 손을 대고 천장을 올려다보았다.

"보나는 정말 귀여워. 진짜, 뭐랄까. 보고 있기만 해도 치유가 된다니까."

실제로 프란체스코 왕자는 보나 왕녀보다 상대하기 편한 소녀를 만나본 적이 없다.

"내가 이런 처지만 아니었다면 지금쯤 저런 소녀를 아내로 맞아 살고 있었겠지?"

프란체스코 왕자는 머리를 괴었던 양손을 꺼내 천장을 향해 뻗고는 그 손가락에서 피어오르는 마력광을 지그시 바라보았다.

왕족 중에서도 파격적이라는 말을 듣는 그 마력량은 보나 왕녀나 젠지로에 비하면 2배 이상이다.

때문에 그는 두 왕가의 혈통마법을 능숙하게 다룰 수 있다. 두 개의 혈통마법을 구사할 수 있다고 해서 딱히 몸에서 뿜어져 나오는 마력광이 두 종류인 건 아니지만, 프란체스코 왕자는 그냥 기분으로 '부여마법'을 쓸 때는 오른손, '치유마법'을 쓸 때는 왼손을 사용하는 버릇이 있었다.

오른손과 왼손, 각각의 손에서 솟아오르는 마력을 구불구불 불규칙하게 움직이며 프란체스코 왕자는 혼잣말을 계속했다.

"결혼할 수 없는 건 좀 쓸쓸하지만 이러니저러니 해도 지금의 속 편한 생활이 꽤 마음에 든단 말이야. 적어도 왕위 계승권을 갖고 정치판을 헤매는 건 딱 질색이니까."

그런 솔직한 생각을 입에 담는 프란체스코 왕자의 얼굴에 다른 사람에게는 결코 보여주지 않는 쓴웃음이 번졌다.

"아버지나 할아버지도 나 같은 사고방식이라면 좋을 텐데……."

프란체스코 왕자는 소파 위에 대자로 누운 채 잠시 말없이 천장을 올려다보았다.

"'융합파'라."

이윽고 불쑥 입에서 튀어나온 건 그런 생소한 단어였다.

'융합파.' 간단히 설명하자면 한 나라에 두 왕이 존재하는 샤로와·지르벨 쌍왕국의 현 제도를 '불안정한 것'으로 간주하고 두 왕가의 융합을 목적으로 활동하는 정치 세력이다.

그러나 '융합파' 안에는 샤로와 왕가를 왕가로 삼고 지르벨 법왕가를 그 아래 두고자 하는 세력과, 그 반대의 세력, 나아가 양쪽 왕가에서 교대로 왕을 세우자고 제안하는 세력들이 난립하고 있다.

그런 '융합파' 중에서도 특히 소수 세력인 '완전융합파'라고 불리는 사람들이 있다.

이건 이름 그대로 샤로와 왕가와 지르벨 법왕가가 적극적으로 혼인관계를 맺어 장래에는 문자 그대로 두 왕가를 '융합'시켜야 한다고 주장하고 있는 일파다.

그런 '완전융합파'의 주장 중 하나가 '부여마법'과 '치유마법'을 동시에 구사하는 사람이야말로 양 왕가 융합의 상징으로서 옥좌에 앉아야 한다는 의견이다.

사실 '과거'에는 그런 인물이 단 한 사람도 존재하지 않았기 때문에 단순한 몽상 혹은 궁극적인 이상주의일 뿐이었다. 그러나 '현재'는 여기에 남몰래 그 이상을 체현한 인물이 존재한다.

"이상을 품는 건 상관없지만, 지나치게 엮으려 들지는 않았으면 좋겠는데 말이야."

그 이상이란 것은 지금까지 두 왕가가 암암리에 권력 투쟁을 벌이면서도 표면적으로는 사이좋게 손을 맞잡고 쌓아 올린 역사를 송두리째 무너뜨리겠다는 생각이다.

단적으로 말하자면 평화 시기에 난을 일으키려고 하는 것으로밖에 보이지 않는다.

무척이나 성가신 얘기다.

그래서 프란체스코 왕자는 어려운 고민은 그만두기로 했다.

"뭐, 될 대로 되겠지."

그렇게 말하고 기세 좋게 소파에서 몸을 일으킨 프란체스코 왕자의 얼굴에는 평소와 같은 천진난만한 미소가 돌아와 있었다.

그로부터 며칠 후.

왕궁의 어느 방에 두 나라의 왕족 네 명이 한꺼번에 모였다.

카파 왕국에서는 여왕 아우라와 국서 젠지로. 샤로와·지르벨 법왕가에서는 프란체스코 왕자와 보나 왕녀.

현재 카파 왕국에 거주하는 왕족 타이틀을 가진 사람 전원이 이자리에 집결해 있는 셈이다.

명목은 요전번에 프란체스코 왕자가 억지를 부려 후궁에 발을들인 것에 대한 사죄와 치유에 대한 감사의 예, 라는 것이었지만 진짜 목적은 다른 데 있었다.

명목상의 목적은 보나 왕녀가 "일전에는 죄송했습니다."라고 말하고 아우라가 "아니, 이쪽이야말로 아들을 위해 귀중한 '치유의비석'을 써 주어서 뭐라 감사해야 할지. 이 은혜는 언젠가 반드시."라고 대답한 시점에서 이미 끝나 버렸다.

원래 고지식한 성격인 보나 왕녀는 사전에 서면 교환을 통해 지난번 일을 어느 정도 무마해 둔 상태였고, 프란체스코 왕자의 사정을 알고 있는 아우라 또한 그 일을 거론할 생각은 추호도 없었다.

때문에 네 명의 왕족의 회담은 금방 다음 목적으로 옮겨 갔다.

"얘기 끝났습니까? 끝난 거지요? 그러면 다음으로 제 용건은 이것입니다. 이것이 완성한 '미래보상' 마법도구입니다. 아우라 폐하의협력에 감사드립니다."

그렇게 말하며 프란체스코 왕자는 품 안에서 작은 금세공품을꺼내 테이블 위에 올려놓았다.

"호오, 이건 훌륭하군."

"굉장해. 이건 정말 멋지네요."

아우라도 젠지로도 테이블 위로 몸을 내밀고 그 작은 마법도구를 뚫어져라 쳐다보았다. 제작 과정에 전혀 관여하지 않았던 젠지로는 물론 마력을 넣을 때 몇 번 협력한 아우라도 완성품을 보는건 처음이다.

크기는 손가락 두 개 위에 올라갈 정도밖에 되지 않았다. 좀 더 구체적으로 말하자면 젠지로가 제공한 연한 물색의 유리구슬을 정팔면체로 짠 금속 골격 안에 쏙 집어넣었을 뿐이다.

골격은 순금인 것일까? 반짝반짝 눈부신 빛을 내뿜고 있다.

단순하지만 전체의 조형미가 훌륭했다. 적어도 젠지로의 눈에는 골격의 두께가 모두 균일해 보였고, 안쪽의 구슬이 들여다보이는 구멍도 여덟 개 모두 같은 크기의 정삼각형으로 보였다.

단순하지만 그렇기 때문에 더욱 잔재주로는 만들 수 없는 훌륭한 솜씨인 것이다.

여왕 아우라와 젠지로의 칭찬에 프란체스코 왕자는 기쁜 듯이 코를 벌름거리면서도 기술자로서 설명의 책임을 다하고자 했다.

"실제로 마법도구 역할을 하는 것은 골격 안에 들어간 젠지로 폐하께서 내주신 투명한 보옥이고, 겉의 금속 골격은 보옥을 보호하는 장치일 뿐입니다. 완전한 구형의 마법도구는 약간 깊은 흠집만 생겨도 마법도구로서의 기능을 잃기 때문에 흠집이 나지 않게끔 신경을 썼습니다. 하지만 완벽하게 보호하지는 못하니까 취급에는 충분히 주의해 주십시오."

"그래, 알겠다."

프란체스코 왕자의 설명을 진지한 표정으로 들은 아우라는 작게 한 번 고개를 끄덕이고는 그 마법도구에 손을 뻗었다.

"흐음. 작구나."

"네, 하지만 기능은 바라신 만큼 거의 갖췄습니다. 마법도구는 크게 '일회용'과 '자동 회복형', '수동 회복형'으로 나뉩니다만 이건 구분하자면 '수동 회복형'에 해당합니다. 사용법은 그 골격 안의 보옥에 직접 손가락을 대고 마법어로 '나는 ○○일의 양을 바친다.'라고 외쳐 주십시오. 그렇게 하면 보옥은 '미래보상'의 효과를 내부에 축적하게 됩니다. 또한 요청하신 '이어 붙이기'도 가능합니다. 가령 오늘 하루 치 마력을 넣고 일주일 후에 또 하루 치의 마력을 넣으면 도합 이틀 치의 마력을 저장하게 되는 것입니다. 반대로 마법도구에 저장한 '미래보상' 마력을 사용하고 싶을 때는 저장할 때와 마찬가지로 보옥 부분에 직접 손가락을 대고 마법어로 '나는 행사한다.'라고 말하십시오. 그러면 마법도구를 사용할 수 있는 조건이 갖춰집니다. 단 요청하셨던 '마력을 잘게 나눠서 추출'하는 건 불가능했습니다. 따라서 '나는 행사한다.'라고 말하는 순간 그때까지 축적한 마력이 하루 치라면 하루 치, 1년 치라면 1년 치를 한꺼번에 방출하게 됩니다. 그 점에 주의해서 사용해 주십시오."

마법도구에 대해 설명할 때만큼은 성실해지는 것인지, 바짝 긴장한 표정의 프란체스코 왕자는 평소의 종잡을 수 없는 말투와는 전혀 다르게 또박또박 조리 있는 설명을 마쳤다.

"굉장하군요. 이 정도로 수준 높은 마법도구를 이렇게 멋진 모양으로 만드시다니. 프란체스코 전하가 '부여술사'로서도 '보석장인'으로서도 초일류라는 것을 이 두 눈으로 확인했습니다."

정중한 말투로 지나칠 만큼 칭찬을 퍼붓는 젠지로에게 프란체스코 왕자는,

"아니요, 그렇게까지 칭찬하시면 부끄럽습니다. 하지만 열심히 한 보람이 있네요."

라며 트레이드마크인 천진난만 미소를 지으며 쑥스러운 듯이 머리를 긁었다.

"음, 훌륭한 물건을 받았소. 프란체스코 전하. 다시 한 번 감사하오."

한편 아우라는 억양 없는 목소리와 냉정한 표정을 유지하면서도 속으로는 눈앞에 놓인 마법도구의 힘에 새삼스럽게 감탄하고 있었다.

이 마법도구를 지니는 의미는 대단히 크다.

지금까지 마력이 너무 많이 들어서 거의 사용하지 못했던 '시간역행'이나 '차원 차단 대결계' 등도 효과적으로 활용할 수 있게 될 것이다.

애석한 것은 '미래보상'으로 축적한 마력을 잘게 나눌 수 없다는 점이다. 그것이 가능하다면 시공마법 중에서도 단연 사용 빈도가 높은 '순간 이동' 마법을 좀 더 편하게 사용할 수 있을 텐데. 그러나

세상일이라는 게 그렇게 원하는 대로 순조로울 수는 없는 것이다.

(하지만 장래에 '미래보상'의 마법도구를 대량 생산할 수 있게 된다면, 그 것에 가까운 효과를 기대할 수 있을지도 몰라.)

당연하지만 쌍왕국의 부여술사들이 카파 왕국을 위해 마법도구를 '대량 생산'해 줄 가능성은 전혀 없다.

그렇다면 필연적으로 대량 생산 계획을 위해서는 카를로스 왕자에게 부여마법을 익히게 하거나 젠지로에게 부여마법을 쓸 수 있는 서자를 만들게 할 수밖에 없다.

아우라와의 사이에서 태어나는 아이는 카파 왕가의 피가 너무 진해서 부여마법의 재능을 발현할 가능성이 낮은 것이다.

카를로스처럼 양쪽의 마법을 구사할 수 있을 만큼의 마력량을 타고난다면 얘기가 달라지지만, 그런 파격적인 마력의 소유자가 직계에 둘이나 태어나리라고 기대하는 건 지나친 낙관이다.

실제로 아우라는 오늘날까지 카를로스에 필적하는 마력량을 지닌 사람을 눈앞에 앉아 있는 이 금발의 왕자 말고는 본 적이 없다.

사실 그들에 비해 마력량이 70~80%밖에 되지 않는 아우라가 그 둘을 제외하면 알고 있는 한 가장 많은 마력을 지닌 사람인 것이다.

그렇게 생각하면 카를로스의 동생들이 그와 동등하거나 그 이상의 마력을 타고나길 기대하는 것이 얼마나 바보스러운 일인지 알 수 있을 것이다.

유리 제조 기술의 개발을 지속해서 장래에는 유리구슬을 대량으로 생산한다.

동시에 젠지로에게 측실을 몇 명 들여 컨트롤이 가능한 범위 내에서 가능한 한 많은 서자를 낳게 해, '시공마법'과 '부여마법' 술사를 많이 길러낸다.

단순히 국익의 증강을 생각하면 망설일 필요도 없이 실행에 옮겨야 할 선택지다.

물론 현실은 그리 간단하지 않다. 측실을 등에 업고 권력을 휘두르는 외척 문제나 혈통마법을 빼앗긴 꼴이 된 쌍왕국과의 외교 문제 등 고려해야 할 점이 한두 가지가 아니다.

(그래도 서방님이 앞으로 단 한 명의 측실도 맞이하지 않는다는 선택지는 없다고 생각하는 편이 낫겠어.)

그렇게 아우라가 속으로 후벼 파는 아픔을 동반하는 결론에 거의 다다른 그때였다.

"실례합니다, 아우라 폐하. 슬슬 시간이 되었습니다만 괜찮으십니까."

출입문에 노크 소리가 들리고 눈에 익은 갸름한 얼굴의 중년 사내——파비오 비서관이 모습을 드러냈다.

나머지 세 사람에 비해 압도적으로 업무량이 많은 아우라는 처음부터 이 회합에서 먼저 빠져나갈 요량이었다.

"벌써 이런 시간인가. 알겠다. 프란체스코 전하, 보나 전하. 나는 여기서 실례하지. 젠지로, 뒤를 부탁해."

그렇게 말하며 아우라가 자리에서 일어나자 젠지로도 그 자리에서 기립했다.

"오늘은 즐거웠습니다, 아우라 폐하."

"바쁘신 와중에 시간을 내 주셔서 감사했습니다, 아우라 폐하."

짧게 미소로 예를 표한 프란체스코 왕자와 변함없이 성실하게 머리를 조아리는 보나 왕녀.

"네. 맡겨 주십시오, 폐하."

그리고 후궁에서는 절대로 들을 수 없는 존댓말로 대답하는 남편의 배웅을 받으며 아우라는 방을 빠져나갔다.

───◆───

뒷일을 젠지로에게 맡기고 먼저 방을 나온 아우라가 향한 곳은 왕궁 안에서도 아우라에게 가장 편안하고 익숙한 곳──여왕의 집무실이었다.

"후우……."

익숙한 의자에 앉은 아우라의 입에서 반사적으로 어두운 한숨이 새어 나왔다.

여왕의 미묘한 감정의 변화를 놓칠 수석 비서관이 아니다.

"왜 그러십니까, 아우라 폐하. 어쩐지 어울리지 않는 한숨을 쉬고 계십니다만."

요즘 줄곧 젠지로를 수행하고 있었던 탓에 한동안 듣지 못했던 파비오 비서관의 비꼬는 말투를 듣자 아우라는 분노보다 오히려 살짝 반가움을 느꼈다.

"아니, 뭐, 그게. 또 서방님에게 부담을 강요하는 쪽으로 일이 흘러가고 있어서 말이야. 솔직히 좀 마음이 무거워."

그렇게 말하고 아우라는 삐걱 소리를 내며 의자의 등받이에 등을 기대고 천장을 올려다보았다.

여왕의 약한 소리에 평소에는 가면과도 같은 무표정을 자랑하는 비서관이 움찔 눈썹을 치켜올리며 놀리는 말투로 말했다.

"이런, 이런. 지금 깨소금 볶으시는 겁니까? 젠지로 님을 화나게 만드는 게 그렇게 두려우십니까?"

확연히 놀리는 비서관의 말투에 기분 나쁘다는 듯이 눈을 가늘게 뜬 아우라는 내뱉듯이 대답했다.

"그래, 무섭고말고. 솔직히 지금 상황에선 무엇보다 두려워. 혹시 자네는 서방님을 화나게 만드는 게 얼마나 무서운 일인지 이해하지 못하는 거야?"

"예에? 하긴 그렇게 평소에 배려심이 많은 분일수록 한번 감정이 폭발하면 손쓸 수가 없다고들 합니다만."

드물게도 요령 없는 대답을 하는 파비오 비서관에게 아우라는 약간 우쭐함이 밴 목소리로 되돌려주었다.

"아냐, 아냐. 그렇게 간단한 문제가 아니라고. 알겠어? 예를 들면 이런 거야. 마누엘 마르케스를 화나게 했다고 쳐. 정당성이 나에게 있느냐 저쪽에 있느냐의 문제는 별개로 하고. 하지만 어쨌거나 마르케스 백작의 기분을 풀어 주지 않으면 국정에 막대한 악영향을 미치게 돼. 그럴 때 자네가 내 입장이라면 뭘 가지고 마르케스 백작을 달래겠어?”

잘은 모르겠지만 그럭저럭 현실감 있는 비유에 파비오 비서관은 고개를 갸웃하면서도 곧바로 대답했다.

“마르케스 백작의 기분을 풀어 준다, 는 거지요? 가능한 한 빨리 수단을 가리지 않는다는 조건이라면 백작령에서 왕가에 납부하는 세금을 일정 기간 면제해 주는 것이 가장 신속한 방법이겠지요. 그 분은 좋든 나쁘든 실리를 기준으로 판단하시는 분이니.”

파비오 비서관의 대답은 만족할 만한 것이었지만 아우라는 고개를 한 번 끄덕이고는 다음 예를 들었다.

“그럼 마르케스 백작이 아니라 푸죠르 기젠이라면 어떡하겠어? 같은 조건으로 한시라도 빨리 푸죠르 장군과의 관계를 회복하지 않으면 나라의 존망에 영향이 미친다. 그런 때 자네는 어떤 수단을 취하겠어?”

“그건, 뭐. 당연히 ‘원수’ 직위겠지요. 그분은 야심가지만 그 야심은 귀족으로서보다는 군인으로서의 출세 쪽에 향해 있으니까요.”

이것도 납득이 가는 대답이었던 듯 싱긋 웃은 아우라는 마지막 질문을 던졌다.

“뭐, 그렇겠지. 그러면 마지막 질문. 이게 진짜야. 방금 두 사람과 같은 조건. 무슨 수를 써서라도 신속하게 관계를 회복하지 않으면 안 되는 상대가 내 서방님──젠지로라면 자네는 어떤 방법을 쓰겠나?”

“…………”

파비오 비서관은 한동안 침묵에 잠겼다.

“…………”

그렇지만 아무리 생각해 봐도 파비오 비서관은 질문에 대한 대답을 찾아내지 못한 모양이다.

“항복입니다. 전혀 떠오르지 않습니다.”

좁은 어깨를 으쓱하며 자신의 패배를 선언했다.

아우라는 그것 보라는 듯이 득의양양하게 웃었다.

“그렇지? 모르겠지? 떠오르지 않지? 나도 그래. 이만큼 말했으니 내가 왜 서방님이 화를 내는 걸 그토록 두려워하는지 알았겠지. 없어. 없다고. 젠지로를 화나게 만들었을 때, 관계가 망가졌을 때, 이걸 들고 가면 최소한 얘기라도 들어 주겠다 싶은 그런 카드가 이쪽에는 한 장도 없어.”

“확실히 그만큼 아무런 집착도 욕심도 없는 분은 저도 알지 못합니다.”

이것만큼은 파비오 비서관도 인정할 수밖에 없다.

재산을 원하는 것도 아니다. 지위에 집착하는 기색도 눈곱만큼도 없다. 특정한 무언가에 열을 올리는 수집가의 면모도 없다. 여자에게 흥미가 없지는 않지만 아내인 아우라 이외의 여자에게는 눈길도 주지 않을뿐더러 오히려 측실을 들이기를 완강히 거부하고 있다.

“서방님이 진짜 화났을 때 달랠 방법이 전혀 없어. 하지만 관계가 틀어지면 국정에 적지 않은 타격을 주게 될 인물. 그런 사람의 반감을 사는 걸 두려워하는 게 그렇게 이상한 일인가?"

"아니요, 제가 실언했습니다. 죄송합니다."

매섭게 노려보는 여왕에게 비서관은 순순히 사죄했다.

"그래서 오늘 업무 예정은? 동부 귀족들의 진정서에 대한 회답이었나?"

잡담을 끝내고 일에 착수하기 위해 아우라가 그렇게 말했지만 파비오 비서관은,

"아니요, 그럴 예정이었습니다만 오전에 소금 도로의 군룡 토벌에 나선 푸죠르 장군이 띄운 '소비룡'이 도착했습니다. 먼저 그쪽을 봐 주십시오."

그렇게 말하고 얇은 용피지가 든 작은 원통을 네 개, 아우라의 집무 책상 위에 늘어놓았다.

'소비룡 우편'의 상식에 비추어 보면 안에 든 서한은 모두 같은 내용일 터이지만 만약을 위해서다.

"푸죠르 장군이 '소비룡'으로 연락을 취해 왔다고? 그건 뭔가 불의의 사태가 일어났다는 얘긴데."

반사적으로 혀를 찬 아우라는 어두운 표정으로 작은 원통을 하나 집어 들고 내용물을 펼쳐 한 번에 훑어보았다.

".........."

대략 내용을 파악한 아우라는 불쾌하다는 듯이 입가를 비틀

었다.

"폐하? 역시 흉보입니까?"

물어 오는 비서관에게 아우라는 한숨을 내쉬고는,

"그래, 흉보라면 흉보다. 푸죠르 기젠이 군룡 토벌에 실패했다는
군. 정확하게는 대적해 본 결과 본인이 이끌고 간 전력으로는 당해
낼 수 없다고 판단, 원군을 요청하고 있어."

"그럴 리가……."

내용을 전해 들은 파비오 비서관은 지극히 드물게도 실처럼 가
는 눈을 동그랗게 뜨고 놀라움을 드러냈다.

파비오 비서관이 그런 반응을 보이는 것도 무리는 아니다.

그 정도로 예상 밖의 사태인 것이다.

저 푸죠르 기젠이 직속 정예 부대인 '용궁기병단'을 이끌고도 그
까짓 육식용 토벌에 실패하다니, 이 나라 사람이라면 누구나가 귀
를 의심할 얘기다.

아우라는 손에 든 작은 용피지를 탁 두드리고는 조금 어깨를 으
쓱했다.

"여기에 쓰여 있는 내용이 사실이라면 푸죠르 기젠의 실패는 아
니야. 나라도 이런 상황이라면 원군을 요청했을 거다."

"푸죠르 장군과 폐하가 같은 의견이시라면 그럴 만한 상황이겠지
요. 그러면 원군을 보낼까요?"

"그래. 목적은 수색전이다. 수준은 일정 이상이면 돼. 중요한 건
숫자다. 단, 지금은 가급적 인적 피해를 피해야 할 시기니까 조금이

라도 병사의 부담을 줄일 수 있도록 보급용 화물 용차와 보급 물자를 넉넉히 보내야 할 거야."

"그건 국고에 적지 않은 부담이 됩니다."

"알고 있어. 하지만 필요한 지출이다."

아우라의 말에 파비오 비서관은 잠시 침묵을 지켰지만 이윽고 납득했다는 듯이 수긍했다.

"알겠습니다. 그나저나 나중에 자세한 얘기를 여쭙겠습니다만, 간단한 육식용 퇴치라고 생각했던 게 일이 커졌군요."

"그러게 말이야. 희망적 관측이란 놈은 도무지 적중하는 법이 없어. 세상에 쉬운 일은 없다더니."

아우라는 그렇게 말하고 심호흡을 하듯이 크게 숨을 몰아쉬는 것이었다.

〈이상적인 기둥서방 생활〉 5권에서 계속됩니다.

[부록] 주인과 시녀의 간접교류 ^{상호원조}

카파 왕국 후궁에서 일하는 시녀들의 노동 조건은 비교적 나쁘지 않은 편이다.

후궁의 규모에 비해 시녀의 인원이 적긴 하지만, 모셔야 하는 대상이 젠지로와 아우라 둘밖에 없기 때문에 각자에게 주어지는 일의 양은 많지 않다. (최근엔 거기에 카를로스 젠키치라는 굉장히 손이 많이 가는 주민이 하나 더 늘긴 했지만, 그를 돌보는 일은 주로 유모 카산드라의 일이고, 다른 시녀들은 그저 거드는 정도라 상대적으로 일이 대폭 늘어났다고 보기는 어렵다.)

특히 낮에는 여왕 아우라가 거의 후궁에 없고 젠지로는 있더라도 시중을 드는 것보다 내버려 두기를 원하는 특이한 주인이라서 돌발적인 일이 생기는 경우는 거의 없다.

물론 세 번의 식사 시중, 각 방의 청소, 욕조 청소와 목욕물 데우기, 정원 손질 등 일상적인 업무가 결코 적은 건 아니지만, 보통 귀족이나 왕족의 저택에 근무할 때 제일 각오하지 않으면 안 되는 상황, 즉 '주인의 억지스러운 요구에 시달린다'는 부분이 거의 없다는 것만으로도 편하다고 해야 할 것이다.

그러나 그렇다고 해서 세상 사람들이 모두 부러워할 정도로 좋은 직장이라고는 못한다.

이세계인인 젠지로를 주인으로 모시는 어려움도 당연히 있다.

그중에서도 특히 어려운 것을 하나 예로 들자면 단연 '활동 시간'
이다.

스위치만 켜면 전깃불이 들어오는 게 당연한 현대 일본에서 나고
자란 젠지로는 밤늦게까지 활동한다. 물론 젠지로는 주위를 배려하
는 성격이라 필요 이상으로 늦게까지 빈둥거리지 않으려고 조심하
고는 있다.

그러나 엉성한 가정용 수력 발전기와 여러 개의 LED 스탠드 라
이트라는 조명 기기를 가지고 온 이상 밤샘(이라고는 해도 기껏해야 밤
10시나 11시까지 정도지만) 버릇이 쉽게 고쳐지지는 않았다.

필연적으로 시녀들 중 일부는 그런 젠지로의 생활 패턴에 휘말
릴 수밖에 없다.

아무리 젠지로가 웬만하면 시녀를 부르는 일이 없다 해도, 아직
잠들지 않은 주인을 놔두고 시녀들이 죄다 잠자리에 들 수는 없는
노릇이다.

당번제로 몇 명씩 '만약의 경우'를 위해 젠지로가 잠자리에 들 때
까지 대기실에서 기다리고 있어야 한다.

그 결과 '밤샘'이라는 젠지로의 나쁜 버릇이 젊은 시녀들에게 전
염되었다.

특히 일명 '문제아 3인방'인 페, 돌로레스, 레테가 그런 '나쁜 습
관'의 영향을 받지 않고 지나갈 리가 만무하다.

카파 왕국의 기준에서 보면 늦은 밤, 현대 일본이라면 초등학교 고학년 아이에게 그만 자라고 잔소리했다간 불평을 들을 만한 그런 시간.

그런 시간에 '문제아 3인방'의 방은 희미한 불빛과 작은 소리들이 새어 나오고 있었다.

같은 후궁 안이라도 전기가 통하는 곳은 젠지로의 생활 공간인 거실과 침실뿐이다.

때문에 시녀들의 방을 밝히는 건 주로 방구석에 고정되어 있는 키 높은 등잔불이다.

흔들거리며 타는 불꽃의 빛은 조명으로서는 다소 약하지만 시녀들의 방은 그리 크지 않기 때문에 그럭저럭 방 전체의 윤곽이 보일 정도는 되었다.

그런 어슴푸레한 방 안에서 문제아들은 각자 좋아하는 방법으로 '밤샘'을 즐기고 있다.

"좋아, 이제 세 홀 남았어. 이 홀에서 버디를 치면 젠지로 님의 기록을 깰 수 있을지도……!"

목제 침대 위에 엎드려 뒹굴거리면서 진지한 표정으로 휴대용 게임기를 조작하고 있는 건 심하게 곱슬거리는 짧은 검은 머리의 왜소한 소녀──페다.

엎드려 누운 채 파닥파닥 정신 사납게 다리를 움직이고 있지만 게임기를 조작하는 시선만큼은 진지함 그 자체다.

하지만 침대 곁에 '바나나 칩'이 담긴 나무 접시가 놓여 있고, 그걸 집어 먹으면서 게임에 열중하고 있는 모습을 '진지하다'고 평하기에는 약간 어폐가 있다.

참고로 지금 페가 만지고 있는 건 접이식이 아니라 화면이 하나밖에 없는 휴대용 게임기다. 전에 테트리스나 카트 레이스를 했던 게임기와는 다른 물건이다. 그녀들이 자발적으로 이 게임기를 골라온 것은 아니고, 게임 제공자인 젠지로의 의향에 따른 것이다.

"위험해. 저 애들 게임 숙달이 너무 빠른데. 이대로 가다간 과자가 남아나질 않겠어."

라는 판단인 모양이다.

그렇다면 아예 '상품' 걸기를 그만두면 될 텐데 그렇게는 하지 않는 것을 보아 실은 젠지로도 그녀들과의 게임 대전을 즐기고 있는 게 분명하다.

이미 마블 초콜릿이나 제과 브랜드 쿠키처럼 비교적 유효 기간이 짧은 과자류는 전부 여왕 부부와 '문제아 3인방'의 배 속으로 사라졌다.

요즘 젠지로가 상품으로 내걸고 있는 건 비상용 초콜릿과 비스킷 통조림인데, 이것들이 소진되면 이세계의 과자는 이제 더 이상 없다.

그런 젠지로의 속사정을 알 리 없는 페는 그저 지고 싶지 않다는 욕망이 시키는 대로 젠지로의 스코어를 깨기 위해 애쓰고 있다.

휴대용 게임기의 디스플레이 불빛이 페의 얼굴을 아래에서부터 희미하게 비췄다.

유난히 크고 동그란 두 눈동자에 디스플레이의 빛을 반사시키며 작은 입을 앙다물고 타이밍을 노려 버튼을 누른다. 그 결과,

"아아, 안 돼, 어째서? 거짓말, 바람?"

중요한 곳에서 벙커에 빠지는 말도 안 되는 미스 샷을 해 버린 페는 지금이 밤이라는 사실도 잊고 다리를 퍼덕거리며 비명을 질렀다.

"얘, 페! 좀 조용히 해! 다른 방에서 항의하면 어쩌려고!"

룸메이트의 행동을 날카롭게 비난한 건 키가 큰 시녀——돌로레스다.

이 방의 양 옆에는 다른 시녀들의 방이 있다. 밤샘은 그다지 칭찬받을 만한 행동이 아니기 때문에 이미 잠자리에 들었을 그녀들이 항의하면 어쨌거나 이쪽의 입장이 불리한 것이다.

"미안, 하지만 이건 좀 아니잖아. 소리를 안 지를 수가 없다고. 아아, 여기서 버디를 했으면 젠지로 님의 기록을 깼을지도 모르는데!"

바로 사과하고 목소리를 낮추긴 했지만 여전히 분하다는 듯이 퍼덕퍼덕 몸부림치는 룸메이트를 보고 돌로레스는 자기 침대에서 일어나 게임기를 들여다보았다.

"어디, 그렇게 스코어가 좋았어? 그보다 너 아직도 그 뚱뚱한 남자 캐릭터로 하고 있는 거야? 그 캐릭터라면 샷이 휘어지는 게 당연하잖아. 컨트롤이 약하거든. 그러니까 금발 여자 캐릭터로 하라

고 했잖아."

"그치만 이 캐릭터가 제일 멀리 날리는걸…… 으으으……."

이미 꽤나 게임에 익숙한 듯 쇼트커트의 작은 시녀와 장발의 키 큰 시녀는 게임 내용에 대해 막힘없는 대화를 나눴다.

"너는 늘 지나치게 하이 스코어를 노린다니까. 계곡을 낀 코스나 좌우에 벙커 존이 있는 홀은 좀 더 안전하게 짧게 끊어서 가 봐. 공격적으로 치는 건 안전한 홀에서만 하면 돼."

"그치만 아무리 안전하게 가도 결국은 컨트롤 미스로 스코어를 무너뜨리는걸. 초반에 안전하게 가도 후반에 미스하면 돌이킬 수 없잖아. 차라리 처음부터 공격적으로 밀어붙이는 게 낫지."

"그건 네가 비거리만 중요하게 여겨서 컨트롤이 나쁜 캐릭터를 고르니까 그런 거잖아."

변함없이 참을성 없는 성격인 페에게 돌로레스는 그렇게 질렸다는 듯이 말했다.

그런 돌로레스도 게임을 통해 이세계의 문화를 경험하게 되어서 자신이 남들에 비해 여러 면에서 특이해졌다는 사실을 깨닫지 못하고 있다.

애초에 골프 스코어를 세는 법은 약간 독특하다. 파는 0, 보기는 플러스 1, 버디는 마이너스 1. 최종적으로 마이너스가 많은 사람이 이긴다.

물론 휴대용 게임기의 경우 기계가 자동으로 스코어를 계산해 준다. 그러나 게임을 하면서 스코어가 내려가거나 올라가거나 할 때마다 일희일비하는 모습을 보아하니 아무래도 문제아 3인방은 막연하게나마 골프 스코어를 계산할 수 있게 된 모양이다.

그건 말하자면 그녀들이 '제로 개념'과 '마이너스 개념'을 어느 정도 이해하기 시작했다는 것을 의미한다.

다만 정작 본인들은 자신들이 알게 모르게 익히고 있는 지식이 얼마나 가치 있는 것인지 전혀 모르고 있다.

"아— 역시 무리였어. 크으, 분하다. 거기서 실수하지만 않았으면 넘었을지도 모르는데!"

게임을 끝낸 페는 양손으로 게임기를 쥔 채 베개에 얼굴을 묻었다.

"아, 끝난 거야?"

"응, 끝났어……."

패배감 때문인지 페는 단정치 못하게 베개에 얼굴을 묻은 채 그렇게 침울한 목소리로 대답했다.

"그럼 아까우니까 '전원'을 꺼 둬. 레테가 아직 돌아오지 않았잖아."

"아, 그렇지. 다음은 레테 차례였지."

돌로레스의 말에 페는 뒹굴거리면서 고개만 돌로레스 쪽을 향하고 뭔가를 말하려 했다.

"저기, 돌로레스?"

왜소한 룸메이트의 어리광 부리는 음색만 들어도 뭘 말하고 싶어 하는지 눈치챈 돌로레스는 재빨리 페의 손에서 휴대용 게임기를 빼앗았다.

"안 돼. 순서를 제대로 지켜야지."

"앗? 에이, 뭐 어때. 레테가 돌아오면 바로 돌려줄게, 응?"

미련을 떨치지 못하고 침대 위에서 뻗어 오는 페의 손을 돌로레스는 찰싹 때려 쳐냈다.

"안 돼. 그런 걸 허락하면 어차피 너는 '조금만 기다려, 이 홀만. 조금만 기다려, 한 홀만 더 하면 끝나니까.'라면서 결국 끝까지 할 게 뻔해. 레테는 순해 빠져서 아무 말도 못하고 양보하겠지."

두 사람이 그런 공방을 주고받는데 마침 타이밍을 잰 것처럼 방문 저편에서 다급한 듯한, 그러나 어딘가 느긋하게도 들리는 목소리가 들려왔다.

"페 짱, 돌로레스 짱, 열어 줘어~. 양손을 쓸 수가 없어~."

"봐, 돌아왔잖아, 페."

"알았어, 알았다고. 기다려, 레테. 지금 열어 줄게."

후다닥 침대에서 일어난 페와 돌로레스는 또 한 사람의 룸메이트를 맞아들이기 위해 잰걸음으로 출입문으로 다가가는 것이었다.

◆

"후우, 무거웠어! 고마워, 페 짱. 돌로레스 짱."

양손에 가득했던 짐을 페와 돌로레스에게 나눠 준 큰 가슴에 눈이 처진 시녀——레테는 자기 침대에 앉았다.

"아니야. 레테도 차출돼서 일하느라 수고했어. 힘들었지?"

"와아, 굉장해! 이거 선물이지? 역시 바네사 님은 통이 크셔. 저기, 레테. 나도 먹어도 돼?"

레테가 가져온 은제 술병이나 나무 그릇을 방구석에 있는 작은 테이블 위에 늘어놓은 페는 양해도 구하지 않고 나무 그릇 뚜껑을 열어 보며 환호했다.

"기다려, 페! 뻔뻔스럽긴."

"아하하, 괜찮아~. 둘 다 먹어도 돼. 아, 돌로레스 짱. 그쪽 은그릇은 젠지로 님이 만드신 술이야. 마셔 보고 감상을 얘기해 달라고 하셨어."

돌로레스가 페를 나무랐지만 레테는 여전히 복스럽게 웃을 뿐이었다.

기본적으로 시녀들은 3인 1조로 일을 맡게 되어 있지만, 레테 혼자만 늦게까지 일을 한 것은 조리 담당 책임자인 바네사가 도움을 청했기 때문이다.

현재 조리 담당을 맡고 있는 시녀들이 조금 조리 일에 서툰 면면들이라는 것. 게다가 내일의 요리는 오늘 밤부터 확실하게 밑준비를 해 놓아야 하는 손이 많이 가는 메뉴라는 이유 때문이었다.

때문에 젊은 시녀들 중에서 요리 실력이 으뜸으로 뛰어난 레테가 긴급하게 불려 나간 것이다.

카파 왕국에는 아직 '야근 수당'이라는 개념이 없어서 이른바 '서비스 야근'인 셈이지만, 조리 담당의 '조수'는 그나마 이렇게 먹을 것이라도 생긴다는 점에서 다른 부서의 일에 차출되는 경우보다 나은 편이다.

"뭐? 술? 젠지로 님의?"

레테의 말에 세 명 중에서 술이라면 가장 사족을 못 쓰는 돌로레스가 돌연 적극적으로 반응했다.

"응. 근데 처음 만든 거라서 실패작일지도 모르니까 혹시 마셔보고 이상한 맛이 나면 바로 그만두라고 하셨어. 아, 그리고 나중에 평가를 듣고 싶으시대!"

은제 술병에 든 것은 젠지로가 요즘 새롭게 착수한 '혼성주(리큐르)'다.

베이스는 젠지로의 수제 증류주다. 전기식 자동 온도 관리 기능이 있는 증류 장치를 가져왔기 때문에 증류주 제조는 비교적 손쉽게 성공했지만, 역시 그냥 증류만 한 술은 알코올 도수가 너무 높아서 그대로 마시기에는 맛이 없었다.

그래서 지금까지는 칵테일처럼 과즙을 더해 맛을 내거나 반대로 기존의 술에 증류주를 더해 알코올 도수를 높이거나 했지만, 거기에서 일보 전진한 것이 이 혼성주다.

일본에서도 매실주로 대표되는 혼성주 제조를 취미로 삼고 있는 사람이 꽤 있다.

만드는 법은 그다지 어렵지 않다. 알코올 도수가 높은 증류주에 과일과 설탕을 적당량 붓고 밀봉해서 서늘하고 그늘진 곳에 두고 최소한 한 달 이상 숙성시키면 기본적으로는 완성이다.

일반적으로 매실주 레시피는 '소주', '매실', '얼음설탕'을 사용하는 경우가 많지만, 당연히 이쪽 세계에는 그런 재료가 존재하지 않으므로 '자가 제조 증류주'와 '라임 비슷한 과일', '굵은 설탕'으로 대신했다.

애초에 증류 장치를 일부러 가지고 오기로 한 시점에서 이쪽 세계에서 술을 제조할 생각이 있었던 젠지로는 인터넷에서 혼성주 제조법을 소개하고 있는 사이트를 잔뜩 갈무리해 두었다.

그러나 베이스가 되는 자가 제조 증류주의 알코올 도수가 어느 정도인지 파악할 수 없었기 때문에 (미처 알코올 도수 측정기는 가져오지 못했다.) 시행착오를 거듭하고 있다.

일단 잡균이 들어가지 않도록 사전에 용기를 뜨거운 물로 소독하고, 재료의 물기를 제거한 후 밀폐하는 데에도 상당한 주의를 기울이긴 했지만 성공 여부는 확실하지 않다.

시행착오 단계인 술을 마신다는 것은 시음이라기보다 몸에 해롭지는 않은지 확인하는 '독미(毒味)'에 가까운 행위였지만, 돌로레스를 비롯해 이 시음을 즐겁게 기다리고 있는 시녀는 의외로 많다.

평소의 돌로레스는 굳이 따지자면 '문제아 3인방' 중 진정시키는 역할을 맡을 경우가 비교적 많지만, 지금은 제일 먼저 나서서 준비에 돌입했다.

"그럼, 페. 테이블을 옮길 테니까 일단 요리랑 술을 다른 데로 옮겨 줘."

"응, 알았어."

"괜찮아, 돌로레스 짱? 좀 거들까?"

그렇게 말하며 자리에서 일어나려는 레테를 돌로레스가 손으로 제지했다.

"괜찮아. 어둡고 좁으니까 혼자서 하는 게 편해."

그 말대로 돌로레스는 익숙한 손놀림으로 작은 테이블을 침대들 사이로 옮겼다.

어슴푸레한 어둠 속에서 반쯤은 감각으로 움직여야 했지만 돌로레스의 머릿속에는 가구의 배치가 완벽하게 들어 있는 모양이어서 눈 깜짝할 새에 준비가 끝났다.

"좋아, 이 정도면 되겠지. 페, 요리와 술을 올려놔도 돼. 나는 술을 따를 컵을 가져올게."

"알았어. 내가 아까 먹고 있던 바나나 칩도 아직 남았으니까 그것도 같이 올려놓을게."

"그래, 좋아…… 근데 너 또 침대 위에 누워서 먹은 거야!? 침대 위에서 먹으면 부스러기가 침대 시트에 떨어지니까 그러지 말라고 했잖아."

"미안, 미안."

돌로레스의 꾸중을 들은 페는 눈곱만큼도 반성의 기미가 보이지 않는 표정으로 침대에 뛰어 올라가서는 손으로 침대 위를 팡팡 두드려 털었다.

"털지 마! 바닥에 떨어뜨리면 어떡해!? 쥐가 나오잖아!"

"돌로레스 짱, 목소리가 너무 커!"

참지 못하고 소리를 지르는 돌로레스에게 레테는 평소의 느긋한 말투보다 약간 빠른 말로 주의를 주는 것이었다.

돌로레스가 지른 소리는 상당히 컸지만, 다행히 옆방의 시녀가 항의를 해 오는 일은 없었다.

준비가 갖춰진 시점에서 세 명의 시녀는 의자 대신 침대에 걸터앉아 각자 원하는 대로 테이블 위의 요리와 술에 손을 뻗었다.

"음…… . 냄새는 그렇게 이상한 것 같지 않은데."

은제 술병에 들어 있는 혼성주를 나무 잔에 따른 돌로레스는 컵을 코끝에 가져다 대고 신중하게 냄새를 맡았다.

어두침침한 방 안에서 혹시 실패작일지도 모르는 술을 입에 대는 것이다. 충분히 신중할 필요가 있다.

이어서 돌로레스는 입에 컵을 갖다 대고 살짝 혀를 내밀어 액체의 표면에 혀끝을 적셨다.

"으음…… ."

"어때, 돌로레스 짱?"

"맛이 이상해?"

조금 얼굴을 찡그리는 돌로레스를 페와 레테가 걱정스러운 눈으로 바라보았다.

돌로레스는 말없이 고개를 젓고는,

"아니, 실패작은 아닌 것 같아. 이상한 맛은 나지 않으니까. 근데 이거 엄청 달아. 신맛도 있어서 못 마실 정도는 아니지만 내 취향은 전혀 아닌데."

그렇게 딱 잘라 평가했다.

"아아, 돌로레스 짱은 좀 드라이한 술을 좋아하지, 참!"

"어디 어디…… 뭐야, 맛있잖아. 난 이거 좋은데. 아니, 지금까지 마셔 본 술 중에서 제일 맛있어."

돌로레스의 감상을 듣고 자기 컵에 입을 댄 페는 만면에 희색을 떠올렸다.

"그래, 넌 단 걸 좋아하지. 그래도 조심해. 이 술, 엄청 세니까."

"괜찮아, 괜찮아."

"뭐야, 말이 떨어지기가 무섭게 원샷하는 거야, 너?"

돌로레스와는 달리 단것을 좋아하는 페는 이 술이 꽤 마음에 든 모양이다. 첫 잔을 단숨에 마셔 버린 페는 곧 은술병으로 손을 뻗어 다음 잔을 따랐다.

한편 돌로레스와 레테는 술은 목을 축이는 정도로만 마시고 요리로 손을 가져갔다.

"이건 잎채소 절임? 단 술의 안주로는 나쁘지 않네."

"응. 이쪽은 고기와 채소 꼬치구이. 재료를 다듬을 때 나온 고기 조각과 채소 조각을 받아서 내가 소금과 향신료를 뿌려서 구웠어. 아주 맛있어."

"음, 이것만 먹으면 맛있는데 이 단 술이랑은 좀 안 어울리네. 이쪽의 절임이 더 나은 것 같아."

"으음~ 그런가. 아쉽다. 단 술에 어울리는 맛이라……. 음, 좀 고민해 볼게."

요리에 관해서라면 연구심이 왕성한 레테는 지적에도 굴하지 않고 꼬치구이를 먹으면서 다음 요리 구상에 들어갔다.

"어디, 그것도 줘 봐. ……뭐야, 맛있잖아. 맛있어, 레테. 정말로, 돌로레스는 자기는 제대로 만들 줄도 모르는 주제에 입만 살았다니까."

"제대로 만들 줄 모르는 건 너도 마찬가지 아냐, 페?"

"나는 돌로레스와는 달리 다른 사람이 만든 요리에 불평하거나 하지 않거든. 아무거나 맛있게 잘 먹으니까."

"그건 네가 입맛이 둔해서 그런 거지. 칭찬받을 일이 아니라고. 본인은 행복할지 몰라도."

언제나 그렇듯이 페와 돌로레스의 대화는 말다툼 일색이지만, 그 목소리 톤은 화기애애하기 그지없는 명랑한 빛을 띠고 있었다.

"아유, 페 짱도 돌로레스 짱도 다투지 말고 먹어."

그걸 잘 아는 것인지, 나무라는 레테의 목소리에도 진짜 혼내는 기색은 없었다.

"괜찮아. 먹고 있어. 앗, 어라? 이거 벌써 다 먹은 거야? 좀 그늘져서 잘 안 보이네. 아, 맞다. 돌로레스, 잠깐 빌려 줘."

잎채소 초절임이 들어 있던 나무 그릇을 손으로 뒤적이던 페는 문득 생각난 듯이 돌로레스의 침대로 올라가 왼손으로 베개 옆에 있던 휴대용 게임기를 집어 들었다.

"좋아, 이제 보이네."

휴대용 게임기의 백라이트를 조명 삼아 바닥이 깊은 그릇 안을 살펴보는 페를 보며 돌로레스는 질린 표정을 지었다.

"너, 설마 그 고기와 채소를 집었던 손으로 만진 건 아니겠지? 그거, 젠지로 님에게 빌려온 거거든?"

"당연하지. 음식은 다 오른손으로 먹었고, 이건 왼손으로밖에 만지지 않았어."

방약무인하게 보여도 페는 엄연한 후궁 시녀인 것이다. 넘어서는 안 될 선을 간당간당하게 지키고 있다.

레테가 돌아오기 전에 침대 위에서 바나나 칩을 먹으며 게임을 했을 때도 곁에 물에 적셔서 짠 천을 놓아두고 일일이 손가락에 묻은 기름이나 소금을 닦으며 게임기를 만졌다.

"으응, 역시 비었구나. 아쉽다."

"그야, 셋이서 먹으니 금세 없어지지."

"아하하, 잠자기 전이니까 너무 많이 먹지 않는 게 좋아, 페 짱."

"아, 그러고 보니 정말 이제 슬슬 자는 게 좋겠는데. 페, 지금 몇 시?"

돌로레스의 말에 페는 왼손만으로 능숙하게 휴대용 게임기를 조작하며,

"잠깐 기다려. 어디 보자, 9시 3분."

지극히 당연하다는 듯한 표정으로 화면의 아라비아 숫자를 읽어 현재 시각을 알렸다.

어느 틈엔가 문제아 3인방은 24시간 단위의 시간 감각이 몸에

뺐다. 이제 아침에 누가 깨울 때 "5분만 더."라고 말하게 되는 건 시간문제일지도 모른다.

"우와, 진짜 이제 슬슬 자지 않으면 안 되겠어. 어서 치우고 자자. 내일부터는 정원 담당으로 바뀌니까."

그렇게 말하며 침대에서 일어나는 돌로레스에게 비명 섞인 목소리로 외친 건 레테였다.

"아아, 잊고 있었어~. 나 정원 일은 정말 싫은데~."

청소, 취사, 욕실, 정원. 크게 네 부문으로 나누어 돌아가며 일을 하는 후궁 시녀들에게는 당연히 제각각 잘하는 것과 못하는 것이 있다.

레테는 요리에 관해서는 젊은 시녀들 중에서 가장 뛰어난 실력을 자랑하지만 대신에 정원 일에는 소질이 없었다. 그렇다기보다 다소 몸이 둔한 편인 레테는 전반적으로 일솜씨가 좋은 편이 아니다. 요리 솜씨가 좋은 것이 예외라고 해야 맞다.

"괜찮다니까. 레테 몫까지 내가 열심히 할게."

큰 가슴이 짜부러지도록 침대에 엎어져 울먹이는 레테에게 척척 뒷정리를 시작한 페가 그렇게 말하며 다독였다.

실제로 체구는 왜소하지만 체력과 활기가 왕성한 페는 정원 일을 힘들어하지 않았다.

"나도 여유가 있으면 도와줄게."

한편 요리가 조금 서툴 뿐 모든 일을 요령 있게 잘해 내는 돌로레스는 레테만큼 정원 일에 소질이 없는 건 아니지만 싫어하긴 했다.

　가능하면 그다지 하고 싶지 않은 일이기 때문에 '여유가 있으면'이라고 도망갈 구멍을 만들어 놓는 그런 점에서 돌로레스의 성격이 드러난다.

　"응, 부탁해~. 그 대신 요리 담당 부서가 됐을 때는 내가 앞장서서 열심히 할게."

　룸메이트의 속내를 눈치채지도 못하고 레테는 순순히 감사를 표하는 것이었다.

———◆———

　정원 담당.

　그 일에 대한 후궁 시녀들의 평가는 양극단으로 나뉜다. 수많은 업무 중에서 '가장 싫다' 아니면 '가장 좋다'로 꼽히는 것이다. 참고로 전체적으로 보면 '가장 싫다'고 하는 시녀가 다수고 '가장 좋다'라고 하는 시녀는 소수파다.

　'가장 싫은' 이유는 간단하다. 다른 업무에 비해 정원 담당은 힘든 일이 많기 때문이다.

　조리 담당이 되어 화덕 앞에서 냄비를 휘두르는 일도 덥지만 혹서기에 정원에서 잡초를 뽑는 일은 더 덥다.

　욕조의 바닥을 닦고 있으면 지긋지긋하게 넓게 느껴지지만 잔디를 깎아야 하는 안뜰의 넓이는 그에 비할 바가 아니다.

총체적으로 정원 담당은 다른 부서와 비교해도 체력적으로 힘든 일인 것이다.

　그렇다면 비록 소수일지언정 어째서 그런 힘든 일을 '가장 좋다' 고 하는 시녀가 있는 것일까? 그 이유도 지극히 간단하다. 그건 즉, 업무 시간이 짧기 때문이다.

　세 끼 식사를 모두 챙기려면 하루 종일 주방에 서 있어야 하는 조리 담당.

　날씨가 좋은 날에는 오전 내내 빨래를 하고 밤늦게까지 장작으로 목욕물의 온도를 유지시켜야만 하는 욕실 담당.

　그리고 일 자체는 비교적 짧은 시간에 끝나지만 급한 용무에 대처해야 하기 때문에 주인이 잠자리에 들 때까지 거의 하루 종일 얽매여 있는 청소 담당.

　그에 비해 정원 담당 시녀의 업무 시간은 상당히 짧다. 당연한 일이다.

　카파 왕국의 태양은 기합이나 근성으로 극복할 수 있는 것이 아니다. 또한 해가 지고 나면 정원 일은 할 수 없다.

　결국 정원 담당의 근무 시간은 원칙적으로 새벽부터 해가 높이 뜨기 전까지, 그리고 해가 질 무렵부터 해가 완전히 질 때까지의 비교적 짧은 시간대로 한정되어 있다.

　시작 시간은 이르지만 중간 휴식이 길고 마치는 시간도 이르다. 실제 노동 시간만을 놓고 보면 확실히 압도적으로 편한 업무다.

　그러나 그것을 알면서도 대부분의 시녀가 가장 싫어하는 걸 보면, 그 짧은 시간 안에 해치워야 하는 업무의 혹독함을 상상하고도 남음이 있다.

'문제아 3인방' 중에서는 돌로레스와 레테가 다수파, 페가 소수파였다.

"이 부근은 잔디가 자라 있군요. 오늘은 잔디를 깎고 다듬는 일을 중점적으로 합시다."

아침 해가 막 뜨기 시작하는 안뜰에 정원 담당 책임자인 에밀리아의 힘찬 목소리가 울려 퍼졌다.

"네!"

"알겠습니다!"

"알겠습니다!"

페, 돌로레스, 레테는 평소에 좀처럼 내지 않는 커다란 목소리로 대답했다.

이건 정원 담당 책임자인 에밀리아의 방침이다.

에밀리아는 지극히 일반적인 중년의 카파 왕국 귀족 계급 여성이다.

긴 흑발과 갈색 피부, 나이를 짐작케 하는 튀어나온 똥배.

단, '살이 쪘다'고 하는 건 조금 어폐가 있다. 굳이 말하자면 '덩치가 있다'고 표현해야 할 체격이다.

가식 없이 말하자면 야무지게 살찐 중년 여인, 이라고 할 수 있겠다.

그러나 움직임은 보기와 달리 민첩하다.

두꺼운 장갑을 낀 오른손에 한 손으로 사용하는 작은 낫을 든 에밀리아는 젊은 시녀들에게 시범을 보이듯이 그 자리에 쭈그리고 앉아 앞장서서 잔디를 깎았다.

당황한 페 일행도 낫을 들고 그 자리에 쭈그려 앉았다.

"…………."

벌써 공격적으로 내리쬐는 아침 햇살 아래에서 긴 그림자를 잔디밭 위에 드리우며 페 일행은 묵묵히 잔디 깎기를 시작하는 것이었다.

약 1시간 후.

"흐에에……. 더는 못하겠어!"

해가 높아짐에 따라 급격히 기온이 올라간 안뜰에서 처음으로 입을 연 것은 아니나 다를까 레테였다.

잔디 위에 쭈그려 앉은 채 낫을 내던지고 허리를 펴며 주먹으로 등을 툭툭 두드렸다.

등줄기를 뒤로 젖힌 반동으로 이마의 땀이 턱을 타고 가슴께로 흘러내렸다.

바깥 작업이기 때문에 두꺼운 베일을 머리에 감아 햇빛에 대처했지만, 그것도 고작해야 '없는 것보다 나은' 정도의 효과일 뿐이다.

"레테는 식칼은 잘 다루면서 낫질은 잘 못하네."

"페 짱, 이거, 낫질의 문제가 아니야……."

기운 넘치는 모습으로 레테의 담당 구역까지 낫질을 해 주는 왜소한 동료에게 레테는 풀이 죽어 울먹이면서 그렇게 대답했다.

기술이 어쩌고저쩌고 이전에 체력이 달린다.

원래 레테는 몸이 유연하지 않아서 오래 쭈그리고 있어야 하는 일이 괴롭다. 운동 신경도 없는데다가 큰 가슴이 균형을 해치는지 풀을 벨 때마다 자꾸 자세가 무너졌다. 그리고 다른 젊은 시녀들에 비해 조금, 아주 조금 체중이 무거운 탓에 무릎 꿇는 자세를 취하면 무릎이 아파 온다.

결국 정원 일은 레테에게 있어서 천적이라 부를 만큼 궁합이 안 맞는 것이다.

"정말 한심하군. 당신 그러고도 무가(武家)의 딸입니까?"

에밀리아는 낫을 놀리는 손을 멈추지 않고 레테에게 엉덩이를 향한 채 그렇게 엄한 질책을 날렸다.

"예, 옛, 죄송합니다! 에밀리아 님!"

움찔 소스라치며 몸을 떤 레테는 황급히 내던졌던 낫을 집어 들었다. 그러나 아직 숨도 제대로 고르지 못한 레테가 낫질을 재개하기도 전에 에밀리아의 다음 말이 들려왔다.

"기다려요, 레테. 당신은 지금 게으름을 피운 겁니까? 아니면 체력의 한계를 느껴서 쉰 겁니까?"

"아? 네?"

"대답하세요."

에밀리아의 질문에 레테는 땀을 너무 많이 흘려서 바짝 마른 혀를 아래턱에서 떼어 내는 느낌으로 대답했다.

"아, 아닙니다. 게으름을 피운 게 아닙니다. 정말로 한계였습니다."

"그렇다면 뺀질대지 말고 나무 그늘로 이동해서 제대로 휴식을 취하도록 하세요. 땡땡이는 말할 것도 없고 능력 부족도 큰 문제지만 무리하는 것도 금물입니다. 체력이 부족한 사람이 무리를 해서 쓰러지면 그게 훨씬 민폐니까요."

상사로서 에밀리아가 요구하는 바는 좋든 싫든 '최선을 다하라'는 것이다.

태만한 자에게는 용서 없고, 능력이 낮은 자에게는 능력을 갖추도록 노력을 요구한다. 그리고 능력이 없으면 없는 대로 가능한 만큼의 성과를 낼 것을 요구하며, 능력 이상의 성과를 내기 위해 무리하지는 말 것을 충고한다.

언뜻 듣기에는 좋은 말이지만, 사실 일에 소질이 없는 사람에게 가혹한 얘기다.

실수하면 엄한 질책을 당하고, 실수를 만회하려고 무리를 하면 더 큰 질책을 당하기 때문에 심약한 사람은 위축돼서 옴짝달싹도 할 수 없게 돼 버린다.

그러나 레테는 그렇게까지 신경줄이 섬세한 편은 아니다.

"네, 실례하겠습니다."

상사의 엄한 '휴식 명령'을 받은 레테는 만면에 꽃이라도 핀 듯한 미소를 띠우며 잔디밭 위를 기듯이 하여 나무 그늘 아래로 대피하는 것이었다.

———————◆———————

"슬슬 태양이 위험한 높이에 이르렀군요. 오전 일은 여기까지로
합시다."

오전 업무의 종료를 알리는 그 말은 만장일치의 찬성으로 환영
받았다.

그러나 환영의 속내는 각각 달랐다.

"네…………. 겨우 끝났다!"

"후우, 역시 이 일은 힘드네."

"신난다! 끝났다! 좋아, 이제부터 저녁때까지 실컷 놀아야지!"

실이 끊어진 것처럼 축 늘어져 있는 레테와 돌로레스와는 대조적
으로 혼자 힘이 넘치는 페는 그 자리에서 폴짝폴짝 뛰어 올랐다.

"아, 맞다. 젠지로 님이 비는 시간에 '축구공'을 사용해도 좋다고
하셨어. 돌로레스랑 레테도 할래?"

좋은 생각이 났다, 라는 듯이 웃는 얼굴로 이쪽을 향하는 검은
단발의 동료에게 몸을 구르듯이 하여 나무 그늘로 피신한 돌로레스
는 풀밭에 털썩 주저앉은 채 갈라진 목소리로 대답했다.

"아니, 너 혼자 놀아……."

레테는 대답할 기력도 남아 있지 않은 듯,

"…………"

말없이 희미하게 고개를 저으며 간신히 거절의 의사를 전했다.

"그래, 그럼 나 혼자 갖고 놀아야지. 얏호~!"

페는 축구공을 가지러 건물 안쪽으로 뛰어갔다.

"저 애, 분명 인간이 아니야……. 최소한 반은 용의 피가 섞여 있는 게 분명해……."

"아하하……. 좀, 부정할 수 없을지도……."

아무렇게나 내뱉는 듯한 돌로레스의 말에 가까스로 대답을 들려줄 수 있을 만큼은 기력을 회복한 레테가 쓴웃음과 함께 긍정했다.

변온 동물인 용——대형 파충류는 기온이 높으면 높을수록 활발해진다고 한다. 물론 유기 생명체인 이상 한계는 있겠지만, 최소한 남대륙 혹서기의 기온 정도는 아무렇지도 않은 게 확실하다.

과연 남대륙의 토착 지배 생물. 남대륙의 외래종에 불과한 인류와는 환경 적응력이 전혀 다르다.

그런 남대륙의 따가운 태양 아래에서 자발적으로 축구공을 꺼내와 시녀복인 미니스커트 차림 그대로 리프팅 놀이를 하는 페의 모습은 역시 순수한 인류가 아니라 용과의 혼혈을 의심할 수밖에 없는 괴이한 광경이었다.

"하나, 둘, 셋, 넷! 으라차!"

"우아아……. 페 짱, 팬티가 보여."

"그런 것치고는 전혀 섹시하지 않은데."

리프팅이라기보다 거의 점프 킥을 하고 있는 페를 나무 둥치에 기대 풀밭에 앉은 레테와 돌로레스는 질렸다는 듯이 바라보고 있었다.

"저런, 저런. 한심하네. 폐를 본받으라고까지는 안 하겠지만 너희들도 젊은데 혈기가 좀 부족하지 않니?"

상냥하지만 쓴웃음이 섞인 목소리. 그 목소리의 주인은 어느 틈엔가 레테와 돌로레스 옆에 와서 서 있던 에밀리아였다.

업무 중의 엄격한 말투와는 완전히 다른 다정하고 배려로 넘치는 말씀씀이다.

에밀리아는 각 담당 책임자들 중에서 가장 공사의 구분이 명확한 사람이다.

사실 완전히 입주형 직업이라 할 수 있는 후궁 시녀의 경우에는 엄밀하게 말하면 휴식 시간이나 수면 시간도 완벽하게 사적인 시간이라고는 할 수 없기에 '일손을 쉬고 있는 동안에는 가능한 한 상냥하게 대한다'라고 바꿔 말하는 편이 좋을 것이다.

어쨌든 명확하고 철저한 선 긋기는 젊은 시녀들 사이에서 평판이 좋다.

업무 중에는 숨이 막힐 정도로 엄격하지만 거기서 아무리 엄격한 질책을 당해도 휴식 시간까지 그 영향이 이어지지는 않는 것이다.

"가만히 있는다고 몸이 회복되지는 않아. 자, 음료수."

그렇게 말하며 에밀리아는 거실의 냉장고에서 가져온 커다란 은 주전자와 나무 컵 몇 개를 들어 올려 보였다.

주전자에 든 것은 신 맛이 강한 과즙과 흑설탕을 녹인 물이다.

수분과 칼로리를 동시에 보급할 수 있고, 과일 향을 더해 마시기 쉽게 만들었기 때문에 이럴 때는 특히 고마운 존재다.

말하자면 원시적인 스포츠 드링크와 같은 것이다.

"와아— 역시 에밀리 님이셔!"

하며 맨 먼저 컵을 받아 들고 '주세요'라는 폼으로 앞으로 내민 사람은 조금 아까까지 저쪽에서 공놀이를 하고 있던 페였다.

"너, 어느 틈에……."

돌로레스는 반쯤 뜬 눈으로 작은 몸집의 동료를 노려보았다.

"자, 자, 3인분 가져왔으니까 새치기는 그만두렴. 순서대로."

에밀리는 상냥하게 웃으며 페의 이마를 집게손가락으로 콕 찔러 밀어내고 스커트 자락을 간추려 나무 그늘에 앉았다.

"자, 마시렴. 급하게 마시면 사레가 들리니까 조심하고."

그렇게 말하며 에밀리아는 은주전자를 기울여 젊은 시녀들이 내민 나무 컵에 음료를 따라 주었다.

"후우……."

"하아……."

"살 것 같아……."

셋 다 그것을 단숨에 마셨다.

혹서기의 카파 왕국에서는 후궁에서밖에 맛볼 수 없는 섭씨 10도 이하의 냉수가 갈증으로 타는 목을 차갑게 달랬다.

"맛있어, 더 주세요!"

기세 좋게 빈 컵을 내미는 페에게 에밀리아는 상냥하게 웃으며